A FAZENDA

TOM ROB SMITH

A FAZENDA

Tradução de
JANAÍNA MARCOANTONIO

2ª edição

Editora Record
RIO DE JANEIRO • SÃO PAULO
2022

CIP-BRASIL. CATALOGAÇÃO NA FONTE
SINDICATO NACIONAL DOS EDITORES DE LIVROS, RJ

S649f
2ª ed.

Smith, Tom Rob, 1979 –
   A fazenda / Tom Rob Smith; tradução de Janaína Marcoantonio. – 2. ed. – Rio de Janeiro:
   Record, 2022.

   Tradução de: The farm
   ISBN 978-85-01-06201-7

   1. Ficção inglesa. I. Marcoantonio, Janaina. II. Título.

14-16325

CDD: 823
CDU: 821.111-3

Título original em inglês:
THE FARM

Copyright © Tom Rob Smith, 2014

Texto revisado segundo o novo Acordo Ortográfico da Língua Portuguesa.

Todos os direitos reservados. Proibida a reprodução, no todo ou em parte, através de quaisquer meios. Os direitos morais do autor foram assegurados.

Direitos exclusivos de publicação em língua portuguesa somente para o Brasil adquiridos pela
EDITORA RECORD LTDA.
Rua Argentina, 171 – Rio de Janeiro, RJ – 20921-380 – Tel.: (21) 2585-2000, que se reserva a propriedade literária desta tradução.

Impresso no Brasil

ISBN 978-85-01-06201-7

Seja um leitor preferencial Record.
Cadastre-se no site www.record.com.br e receba informações sobre nossos lançamentos e nossas promoções.

Atendimento e venda direta ao leitor:
sac@record.com.br

ATÉ AQUELE TELEFONEMA, fora um dia como outro qualquer. Carregado de compras, eu estava voltando para casa por Bermondsey, um bairro de Londres, logo ao sul do rio. Era uma noite asfixiante de agosto. Quando o celular tocou, pensei em ignorá-lo, louco para chegar em casa e tomar uma ducha. A curiosidade me venceu e por isso desacelerei, tirando o celular do bolso, pressionando-o contra a orelha — o suor pingando na tela. Era meu pai. Ele tinha acabado de se mudar para a Suécia e aquela chamada era pouco usual; ele raramente usava o celular, e ligar para Londres era caro. Meu pai estava chorando. Eu parei abruptamente, derrubando a sacola de compras. Era a primeira vez que eu o ouvia chorar. Meus pais sempre tomaram cuidado para não discutir nem perder a calma na minha frente. Em nossa casa, não havia discussões furiosas ou brigas chorosas. Falei:

— Pai?

— Sua mãe... Ela não está bem.

— A mamãe está doente?

— É tão triste.

— Triste porque ela está doente? Doente como? O que ela tem?

Meu pai continuava chorando. Tudo o que eu pude fazer foi esperar em silêncio, até que ele falou:

— Ela anda imaginando coisas — coisas terríveis.

Aquela referência à imaginação da minha mãe, em vez de a algum mal físico, foi tão estranha e surpreendente que eu me agachei, apoiando a mão sobre o concreto quente e rachado da calçada, observando uma mancha de molho vermelho vazando pelo fundo da sacola que eu tinha derrubado. Finalmente, perguntei:

— Há quanto tempo?

— Desde o começo do verão.

Meses, e eu não sabia — eu estivera aqui, em Londres, sem saber de nada, meu pai mantendo a tradição de ocultar as coisas. Adivinhando meus pensamentos, ele acrescentou:

— Eu tinha certeza de que poderia ajudá-la. Talvez eu tenha esperado tempo demais, mas os sintomas surgiram aos poucos — ansiedade e comentários estranhos, qualquer pessoa pode ter isso. Depois vieram as alegações. Ela afirma que tem provas, fala sobre evidências e suspeitos, mas são mentiras e coisas sem sentido.

Meu pai agora falava mais alto, destemido, enfático, já não chorava. Recobrara a fluência. Em sua voz havia mais do que tristeza.

— Eu tinha esperança de que passasse, ou de que ela só precisasse de um tempo para se adaptar à vida na Suécia, numa fazenda. Só que ficou cada vez pior. E agora...

Meus pais eram de uma geração que não ia ao médico a não ser que houvesse alguma lesão que se pudesse ver com os próprios olhos ou sentir com os dedos. Incomodar um estranho com os detalhes íntimos de sua vida era inconcebível.

— Pai, me diga que ela foi a um médico.

— Ele diz que ela está tendo um surto psicótico. Daniel...

Minha mãe e meu pai eram as únicas pessoas no mundo que não abreviavam meu nome para Dan.

— Sua mãe está no hospital. Ela foi internada.

Eu ouvi essa última notícia e abri a boca para falar sem a menor ideia do que dizer, talvez só para exclamar, mas acabei não dizendo nada.

— Daniel?

— Oi.

— Você ouviu?

— Ouvi.

*

Um carro amassado passou por mim, desacelerando para me observar, mas não parou. Olhei para o relógio. Eram oito da noite, e havia poucas chances de conseguir um voo ainda naquela noite — eu viajaria na manhã seguinte. Em vez de ficar emotivo, tratei de ser eficiente. Conversamos por mais alguns instantes. Após o cataclismo dos primeiros minutos, nós dois estávamos voltando ao normal — controlados e comedidos. Falei:

— Vou reservar uma passagem para amanhã de manhã. Assim que eu fizer isso, ligo de volta. Você está na fazenda? Ou no hospital?

Ele estava na fazenda.

Quando a chamada terminou, vasculhei a sacola de compras, tirando cada item, enfileirando-os na calçada, até que encontrei o frasco quebrado de molho de tomate; removi-o com cuidado, os pedaços de vidro mantidos no lugar apenas pelo rótulo da embalagem. Descartei o vidro em uma lixeira que havia por perto e retornei às minhas compras esparramadas, usando guardanapos de papel para limpar o excesso de molho, e talvez isso pareça desnecessário — que se dane a sacola, minha mãe está doente —, mas o frasco poderia ter se quebrado por completo, espalhando molho de tomate em tudo, e de todo modo havia conforto na simplicidade trivial da tarefa. Levantei a sacola e, acelerando o passo, cheguei em casa, no último andar de uma antiga fábrica, hoje um conjunto de apartamentos. Fiquei parado sob a ducha fria e considerei chorar — eu não deveria chorar?, perguntei a mim mesmo, como se fosse o mesmo que decidir se deveria fumar um cigarro. Não era meu dever como filho? Chorar deveria ser instintivo. Mas antes de mostrar emoção eu me detenho. Diante de estranhos, sou cauteloso. Neste caso, não era cautela — era descrença. Eu não podia associar uma resposta emocional a uma situação que não compreendia. Eu não iria chorar. Havia demasiadas perguntas sem resposta para chorar.

Depois do banho, sentei à frente do computador estudando os e-mails enviados pela minha mãe ao longo dos últimos cinco meses, perguntando-me se haveria alguma pista que tivesse passado despercebida por mim. Eu não via meus pais desde que eles se mudaram para a Suécia, em abril. Em sua festa de despedida da Inglaterra, brindamos por seu retiro tranquilo. Todos os convidados se reuniram do lado de fora de sua antiga casa e acenaram adeuses carinhosos. Eu não tenho irmãos nem irmãs, não há tios nem tias; quando falo sobre a família me refiro a nós três — minha mãe, meu pai e eu —, um triângulo, como um fragmento de uma constelação, três estrelas brilhantes reunidas, com um monte de espaço vazio à nossa volta. A ausência de parentes nunca fora discutida em detalhe. Havia pistas — meus pais tiveram uma infância difícil, apartada de seus próprios pais, e eu tinha certeza de que o voto de nunca discutir na minha frente surgiu de um forte desejo de me proporcionar uma infância diferente da deles. A motivação não era o caráter reservado dos britânicos. Eles nunca mesquinharam amor ou felicidade — isso eles expressavam em cada oportunidade. Se o momento era bom, eles celebravam; se não era tão bom, mostravam otimismo. É por isso que algumas pessoas acham que eu fui superprotegido — eu só vi os bons momentos. Os maus momentos eram ocultados. Eu era cúmplice no acordo. Não sondava. Aquela festa de despedida fora um bom momento, a multidão celebrando quando minha mãe e meu pai partiram, embarcando em uma grande aventura, minha mãe regressando ao país de onde saíra quando tinha apenas 16 anos.

Logo depois de chegarem à fazenda remota, situada no extremo sul da Suécia, minha mãe escrevera regularmente. Os e-mails descreviam as maravilhas da vida na fazenda, a beleza da paisagem rural, a cordialidade do povo local. Se havia alguma pista de algo errado, era muito sutil, e eu não captei. Seus e-mails se tornaram mais curtos com o passar das semanas, e as linhas expressando admiração eram cada vez mais breves. Na minha cabeça, eu interpretara isso como algo positivo. Provavelmente minha mãe se sentia em casa outra vez e já não tinha tempo livre. Seu último e-mail chamou minha atenção:

Daniel!

Nada mais, apenas meu nome, um ponto de exclamação — minha reação fora enviar uma resposta instantânea dizendo que tinha ocorrido uma falha, que seu e-mail não havia chegado completo e se ela poderia por favor reenviá-lo, imaginando que tinha havido algum erro, jamais considerando a possibilidade de que o e-mail tivesse sido enviado às pressas em um momento de desespero.

Verifiquei toda a correspondência, perturbado pela noção de que eu tivesse sido cego e preocupado com o que mais teria negligenciado. Entretanto, não havia sinais intrigantes, nem voos de imaginação desconcertantes; seu estilo de escrita permanecia regular, quase sempre em inglês, pois, infelizmente, esqueci grande parte do sueco que ela havia me ensinado quando eu era criança. Um e-mail continha dois grandes anexos — fotografias. Devo tê-las visto antes, mas agora existia um branco em minha mente. A primeira apareceu na tela — um celeiro sombrio com um teto de aço enferrujado, um céu cinza, um trator estacionado do lado de fora. Dando zoom no vidro da cabana, vi um reflexo parcial da fotógrafa — minha mãe —, seu rosto obscurecido pelo flash, parecendo que sua cabeça havia explodido em pontos brilhantes de luz branca. A segunda mostrava meu pai do lado de fora da casa, conversando com um homem alto. A fotografia parecia ter sido tirada sem que meu pai soubesse. À distância, era mais como uma fotografia de vigilância do que um retrato de família. Nenhuma das duas condizia com descrições de grande beleza, embora, é claro, eu não tenha questionado isso, respondendo que estava louco para visitar a fazenda. Era mentira. Eu não estava ansioso pela visita e já tinha adiado várias vezes, do começo para o fim do verão e então para o início do outono, oferecendo meias-verdades vagas como explicação.

A verdadeira razão para a demora era que eu estava assustado. Eu não tinha contado para os meus pais que morava com meu companheiro e que nós estávamos juntos havia três anos. A fraude era tão antiga que me convenci de que não poderia revelá-la sem arruinar minha família. Eu saía com garotas na época da faculdade, meus pais preparavam jantar para essas meninas e demonstravam alegria por minhas escolhas — elas eram bonitas, alegres e inteligentes. Mas meu coração não acelerava quando elas tiravam a roupa, e durante o sexo eu exibia uma concentração profissional diante da tarefa em mãos, uma crença de que proporcionar prazer significava que eu não era gay. Foi só quando fui morar longe de casa que aceitei a verdade, contando a meus amigos, mas excluindo meu pai e minha mãe, não por vergonha, e sim por covardia bem-intencionada. Eu estava morrendo de medo de destruir a memória da minha infância. Meus pais fizeram tudo o que estava ao alcance deles para criar um lar feliz. Fizeram sacrifícios, fizeram um voto solene de tranquilidade, juraram proporcionar um santuário livre de trauma e nunca cometeram um deslize, nem mesmo uma vez, e eu os amava por isso. Ao ouvir a verdade, eles certamente concluiriam que haviam falhado. Pensariam em todas as mentiras que eu devo ter dito; iam me imaginar solitário e atormentado, ameaçado e ridicularizado, quando nada disso era verdade. A adolescência fora fácil para mim. Minha jornada da adolescência à vida adulta fora alegre e confiante — meu cabelo loiro claro perdendo apenas um pouco do brilho, meus olhos azul-claros sempre brilhando — e, com a boa aparência, veio a popularidade imerecida. Vivi aqueles anos sem atropelos. Até mesmo meu segredo eu guardei com leveza. Não me deixava triste. Eu só não pensava muito a respeito. No fim das contas, tudo se resumia a isto: eu não podia suportar a ideia dos meus pais se perguntando se alguma vez eu duvidei do amor deles. Parecia injusto com eles. Eu podia me ouvir dizendo em uma voz desesperada, sem acreditar em minhas próprias palavras:

— Isso não muda nada!

Eu tinha certeza de que eles receberiam meu companheiro de braços abertos, celebrariam nossa relação como celebravam tudo, mas ainda restaria um vestígio de tristeza. A memória de uma infância perfeita morreria, e nós a choraríamos como choraríamos a morte de um ente querido. Então, a verdadeira razão pela qual adiei minha visita à Suécia era que eu tinha prometido ao meu companheiro que esta seria a oportunidade em que eu contaria a verdade aos meus pais, quando, finalmente, depois de todos esses anos, eu revelaria a eles o seu nome.

Quando chegou naquela noite, Mark me encontrou no computador procurando voos para a Suécia e, antes que eu pudesse dizer uma palavra, ele sorriu, presumindo que as mentiras haviam chegado ao fim. Fui lento demais para me antecipar ao engano e, em vez disso, fui forçado a corrigi-lo, adotando o eufemismo do meu pai:

— Minha mãe está doente.

Foi doloroso ver Mark se adaptar, escondendo a decepção. Ele era 11 anos mais velho que eu, tinha acabado de fazer 40 anos, e este apartamento era dele, resultado de sua bem-sucedida carreira como advogado corporativo. Eu fazia o melhor que podia para exercer um papel equivalente no relacionamento, fazendo questão de pagar o quanto pudesse do aluguel. Mas a verdade é que eu não podia pagar muito. Eu trabalhava como designer freelancer para uma empresa que transformava espaços nos terraços em jardins, e só recebia quando havia comissão. Em plena recessão, não tínhamos trabalhos em vista. O que Mark via em mim? Eu suspeitava de que ele desejasse o tipo de vida doméstica tranquila, o que era minha especialidade. Eu não discutia. Não brigava. Seguindo os passos dos meus pais, eu me esforçava para fazer da nossa casa um refúgio do mundo. Mark havia sido casado com uma mulher durante dez anos, terminando em um divórcio amargo. Sua ex-mulher o acusou de ter roubado os melhores anos da vida dela, disse que desperdiçou seu amor com ele e que, agora, aos 30 e poucos anos, não conseguiria encontrar um companheiro de verdade. Mark aceitou a noção de que a culpa era toda dele. Eu não estava convencido de que isso algum dia viesse a passar.

Tinha visto fotos dele aos 20 anos, esbanjando autoconfiança, elegante em ternos caros — ele costumava malhar bastante na academia e tinha os ombros largos, os braços fortes. Ele ia a clubes de striptease e planejava despedidas de solteiro sensacionais para os colegas. Ria de piadas em voz alta e dava tapas nas costas das pessoas. Hoje ele já não ria daquele jeito. Durante o divórcio, seus pais ficaram do lado da ex-esposa. O pai, em particular, ficou desgostoso com Mark. Eles já não se falavam. Sua mãe nos enviava cartões de Natal musicais, como se quisesse dizer algo mais, mas não soubesse bem o quê. Seu pai nunca os assinou. Parte de mim se perguntava se Mark via meus pais como uma segunda chance. Nem é preciso dizer que ele tinha todo o direito de pedir que eles fossem parte de sua vida. A única razão pela qual aceitou esperar foi que, depois de ter demorado tanto tempo para se revelar, ele se sentia incapaz de fazer qualquer exigência quanto a isso. Em algum nível, eu devo ter explorado esse fato. Tirou a pressão de cima de mim. Permitiu que eu rechaçasse a verdade de tempos em tempos.

Sem qualquer trabalho em vista, não existia problema algum em viajar para a Suécia de última hora. Só havia a questão de com que dinheiro comprar a passagem. Mark pagar estava fora de cogitação, pois eu nem sequer tinha dito o nome dele aos meus pais. Usei minhas últimas economias, entrando no cheque especial, e, com a passagem comprada, telefonei para o meu pai informando os detalhes. O primeiro voo disponível partia do Heathrow às nove e meia da manhã seguinte, chegando a Gotemburgo, no sul da Suécia, ao meio-dia. Meu pai disse não mais do que algumas palavras, soando moribundo e derrotado. Preocupado com como ele estaria lidando com isso sozinho na fazenda isolada, perguntei o que ele estava fazendo. Ele respondeu:

— Arrumando. Ela vasculhou cada gaveta, cada armário.

— O que ela estava procurando?

— Eu não sei. Não tem lógica nisso. Daniel, ela escreveu nas paredes.

Perguntei o que ela escreveu. Ele falou:

— Não importa.

Não havia a menor chance de eu dormir aquela noite. Lembranças da minha mãe se repetiam indefinidamente na minha cabeça, fixando-se na época em que estivemos juntos na Suécia, há vinte anos, sozinhos em uma pequena ilha no arquipélago ao norte de Gotemburgo, sentados lado a lado em uma rocha, os pés no mar. À distância, um navio de carga singrava as águas profundas rumo ao oceano, e nós observamos a onda criada pelo casco vir em nossa direção, uma ruga no mar calmo, nenhum dos dois se movendo, tomando as mãos um do outro, esperando o impacto inevitável, a onda aumentando de tamanho enquanto passava pela água rasa até que arrebentou contra a base da rocha, deixando-nos encharcados. Eu retive essa memória porque isso foi mais ou menos na época em que estive mais próximo da minha mãe, quando eu não podia me imaginar tomando uma decisão importante sem consultá-la.

Na manhã seguinte, Mark insistiu em me levar de carro até o Heathrow, embora nós dois soubéssemos que seria mais rápido ir de transporte público. Quando o trânsito estava congestionado eu não reclamei, nem olhei para o relógio, ciente do quanto Mark gostaria de vir comigo e de como eu havia tornado impossível que ele se envolvesse para além desse percurso de carro. Quando desci do carro, ele me abraçou. Para minha surpresa, ele estava prestes a chorar — pude sentir as vibrações contidas em seu peito. Disse que ele não precisava me acompanhar até o portão de embarque, e nos despedimos do lado de fora.

Passagem e passaporte em mãos, eu estava prestes a fazer o check-in quando meu celular tocou:

— Daniel, ela não está aqui!

— Aqui onde, pai?

— No hospital! Eles a liberaram. Ontem eu a trouxe para cá. Ela não teria vindo sozinha. Mas não protestou, foi uma admissão voluntária. Então, assim que eu fui embora, ela convenceu os médicos a liberá-la.

— A mamãe convenceu os médicos? Você disse que eles a diagnosticaram como psicótica.

Meu pai não respondeu. Eu insisti:

— A equipe médica não discutiu a liberação dela com você?

A voz dele diminuiu de volume:

— Ela deve ter pedido para eles não falarem comigo.

— Por que ela faria isso?

— Eu sou uma das pessoas contra as quais ela está fazendo acusações.

Ele logo acrescentou:

— Nada do que ela afirma é real.

Foi minha vez de ficar em silêncio. Eu queria perguntar sobre as acusações, mas não consegui. Sentei sobre a bagagem, a cabeça nas mãos, deixando a fila passar por mim.

— Ela tem celular?

— Destruiu o dela há algumas semanas. Ela não confia neles.

Hesitei diante da imagem de minha mãe frugal destruindo irracionalmente um celular. Meu pai estava descrevendo as ações de uma pessoa que eu não reconhecia.

— Dinheiro?

— Provavelmente um pouco... Ela leva uma bolsa de couro para todo lado. Está sempre de olho nela.

— O que tem dentro?

— Todo tipo de lixo que ela acredita ser importante. Ela chama de provas.

— Como ela saiu do hospital?

— O hospital não quer me dizer nem isso. Ela pode estar em qualquer lugar!

Sentindo pânico pela primeira vez, falei:

— Você e a mamãe têm uma conta conjunta. Você pode ligar para o banco e perguntar sobre as últimas transações. Pode rastreá-la pelo cartão.

Pelo silêncio, pude perceber que meu pai nunca tinha telefonado para o banco: ele sempre deixou as questões financeiras a cargo da minha mãe. Em seu negócio conjunto, ela fazia a contabilidade, pagava as contas e fazia a declaração de impostos anual, dotada de uma aptidão para números e do foco requerido para passar horas reunindo receitas e despesas. Eu podia imaginar seu velho livro de contabilidade, nos dias antes das planilhas eletrônicas. Ela pressionava a caneta com tanta força que os números pareciam braile.

— Pai, veja com o banco e me ligue em seguida.

Enquanto esperava, eu saí da fila e fui para fora do terminal, passando por uma congregação de fumantes, lutando contra a ideia da minha mãe perdida na Suécia. Meu telefone tocou novamente. Fiquei surpreso de que ele tivesse conseguido realizar a tarefa tão depressa, só que não era meu pai:

— Daniel, escute com atenção...

Era minha mãe.

— Estou em um telefone público e não tenho muito crédito. Tenho certeza de que seu pai falou com você. Tudo que esse homem falou para você é mentira. Eu não sou louca. Não preciso de um médico. Preciso da polícia. Estou prestes a tomar um voo para Londres. Me encontre no Heathrow, terminal...

Ela fez uma pausa pela primeira vez, para verificar a informação em seu bilhete. Agarrando a oportunidade, tudo que consegui dizer foi um patético "Mãe!".

— Daniel, não fale, eu tenho pouco tempo. O avião chega no terminal 1. Estarei aí em duas horas. Se o seu pai ligar, lembre...

A ligação se corta.

Tentei ligar para o telefone público na esperança de que minha mãe atendesse, mas não houve resposta. Quando eu estava prestes a tentar de novo, meu pai ligou. Sem preâmbulos ele começou a falar, como se estivesse lendo:

— Às sete e vinte da manhã ela gastou 400 libras no aeroporto de Gotemburgo. A empresa foi Scandinavian Airlines. Ela está em tempo de pegar o primeiro voo para Heathrow. Ela está indo até você! Daniel?

— Oi.

Por que eu não contei para ele que minha mãe tinha acabado de ligar e que eu já sabia que ela estava a caminho? Eu acreditava nela? Ela pareceu firme e determinada. Eu esperara um fluxo de consciência, não fatos claros e frases compactas. Eu estava confuso. Parecia agressivo e confrontador repetir suas afirmações de que meu pai era mentiroso. Balbuciei uma resposta:

— Vou esperar por ela aqui. Você vem quando?

— Eu não vou.

— Vai ficar na Suécia?

— Se ela achar que estou na Suécia, vai se tranquilizar. Ela enfiou na cabeça que eu a estou perseguindo. Se eu fico aqui, você ganha tempo. Você precisa convencê-la a buscar ajuda. Eu não posso ajudá-la. Ela não me deixa. Leve-a ao médico. Vai ser mais fácil para você se ela não estiver se preocupando comigo.

Não consegui acompanhar seu raciocínio.

— Eu ligo para você quando ela chegar. Vamos pensar em um plano.

Terminei a conversa com meus pensamentos comprimidos entre duas interpretações. Se minha mãe estava tendo um surto psicótico, por que os médicos a liberaram? Mesmo que eles não pudessem detê-la por uma tecnicidade legal, deveriam ter notificado meu pai, mas se recusaram a fazer isso, tratando-o como uma força hostil, ajudando-a a escapar não só do hospital, mas dele. Para outras pessoas, ela deve parecer bem. Os funcionários da companhia aérea lhe venderam uma passagem, o pessoal da segurança permitiu que ela passasse pela triagem do aeroporto — ninguém a deteve. Comecei a me perguntar o que ela havia escrito nas paredes, incapaz de tirar da cabeça a imagem que minha mãe tinha me enviado, mostrando o meu pai conversando com um estranho.

Daniel!

Na minha cabeça, começou a soar como um grito de socorro.

O painel foi atualizado; o avião da minha mãe tinha pousado. As portas automáticas se abriram e eu corri para a frente da faixa que delimita a área de desembarque, verificando as etiquetas das bagagens. Logo os passageiros de Gotemburgo começaram a aparecer. Primeiro vieram os executivos à procura das placas de plástico laminado com seus nomes, depois os casais, depois as famílias com montes de malas empilhadas. Não havia nem sinal da minha mãe, embora ela costumasse andar depressa e eu não pudesse imaginar que ela tivesse despachado a bagagem. Um senhor passou vagarosamente por mim, decerto um dos últimos passageiros vindos de Gotemburgo. Pensei seriamente em telefonar para o meu pai, explicando que algo dera errado. Então as portas gigantes se abriram e minha mãe apareceu.

Ela olhava para baixo, como se seguisse uma trilha de migalhas de pão. Havia uma bolsa de couro gasta em seu ombro, abarrotada e forçando a alça. Eu nunca a vira antes: não era o tipo de coisa que minha mãe compraria. Suas roupas, como a bolsa, mostravam sinais de desespero. Havia arranhões em seus sapatos. A calça estava amarrotada em volta dos joelhos. Faltava um botão em sua camisa. Minha mãe tinha uma tendência a se vestir bem demais — elegante para restaurantes, elegante para o teatro, elegante para o trabalho ainda que não houvesse necessidade. Ela e meu pai costumavam ter uma loja de jardinagem no norte de Londres, instalada num terreno em forma de T entre grandes casas brancas de estuque, comprado no início dos anos 1970, quando a terra em Londres era barata. Enquanto meu pai usava jeans rasgados, botas deformadas e suéteres folgados, fumando cigarros enrolados à mão, minha mãe selecionava camisas brancas engomadas, calças de lã no inverno e de algodão no verão. Os clientes comentavam sobre seu traje de trabalho imaculado, perguntando-se como ela se mantinha tão impecável, considerando que ela fazia o trabalho braçal tanto quanto o meu pai. Ela ria quando eles perguntavam e dava de ombros de modo inocente, como que dizendo: "Não faço ideia!" Mas era calculado. Sempre havia mudas extras de roupa no quarto dos fundos. Ela me dizia que, sendo a cara do negócio, era importante manter as aparências.

Deixei minha mãe passar, curioso para saber se ela me veria. Ela estava visivelmente mais magra do que quando nos despedimos em abril — chegava a parecer doente. Sua calça estava larga e me trazia à memória as roupas em uma marionete de madeira pendendo sem forma. Ela parecia não ter curvas naturais, um boneco de palito feito às pressas em vez de uma pessoa real. Seu cabelo loiro e curto parecia molhado, escovado para trás, alisado e lustroso, não com cera ou com gel, mas com água. Ela deve ter parado em um banheiro depois de sair do avião, fazendo um esforço para ajeitar a aparência de modo que não houvesse um fio de cabelo fora do lugar. De aparência normalmente jovem, seu rosto havia envelhecido nos últimos meses. Como as roupas, sua pele carregava marcas de desespero. Havia manchas escuras nas bochechas. As linhas sob os olhos se tornaram mais pronunciadas. Em contraste, seus olhos azuis aquosos pareciam mais brilhantes do que nunca. Quando contornei a faixa, o instinto me impediu de tocá-la, temendo que ela gritasse.

— Mãe.

Ela levantou os olhos, assustada, mas, ao ver que era eu — seu filho —, sorriu de modo triunfante:

— Daniel.

Ela proferiu meu nome da mesma forma que quando eu a deixava orgulhosa — uma felicidade silenciosa, intensa. Quando nos abraçamos, ela pousou o rosto contra meu peito. Recuando, segurou minhas mãos, e eu disfarçadamente examinei seus dedos com a ponta do polegar. Sua pele estava áspera. As unhas estavam irregulares e descuidadas. Ela sussurrou:

— Acabou. Estou a salvo.

Logo concluí que ela estava lúcida, pois imediatamente notou minha bagagem:

— Isso é para quê?

— O papai me ligou ontem à noite para contar que você estava no hospital...

Ela me interrompeu:

— Não chame de hospital. Era um hospício. Ele me levou para um manicômio. Falou que esse era o meu lugar, ao lado de pessoas uivando como animais. Então telefonou para você e falou a mesma coisa. Sua mãe está louca. Não foi isso?

Eu demorei para responder, com dificuldade de me ajustar à sua fúria confrontadora:

— Eu estava prestes a viajar para a Suécia quando você me ligou.

— Então você acreditou nele?

— E por que não acreditaria?

— Ele estava contando com isso.

— Me conte o que aconteceu.

— Não aqui. Não com essas pessoas. Precisamos fazer isso direito, desde o começo. Precisa ser feito da maneira certa. Sem perguntas, está bem? Não ainda.

Havia uma formalidade no modo como ela falava, uma polidez excessiva, articulando exageradamente cada sílaba e detendo-se em cada pontuação. Eu concordei:

— Sem perguntas.

Ela apertou minha mão agradecida, suavizando a voz:

— Me leve para casa.

Ela já não tinha uma casa na Inglaterra. Vendeu a sua e se mudou para uma fazenda na Suécia, uma fazenda que deveria ser seu último lar, o mais feliz. Eu só pude presumir que ela se referia ao meu apartamento, o apartamento de Mark, um homem de quem ela nunca ouvira falar.

Eu já tinha conversado com Mark enquanto esperava o avião aterrissar. Ele ficou alarmado com o desenrolar dos acontecimentos, sobretudo com o fato de que já não existiam médicos supervisionando. Agora era por minha conta. Eu disse a Mark que telefonaria para mantê-lo atualizado. Também havia prometido ligar para o meu pai, mas não havia oportunidade de telefonar com a minha mãe ao meu lado. Eu não me atrevia a deixá-la sozinha e temia que falar abertamente com meu pai me fizesse parecer tomar partido dele, um risco que eu não podia correr; ela poderia começar a desconfiar de mim ou, o que é pior, poderia fugir, uma ideia que nunca teria me ocorrido se meu pai não a houvesse mencionado. Essa possibilidade me apavorava. Enfiei a mão no bolso, silenciando o telefone.

Minha mãe permaneceu ao meu lado enquanto eu comprava passagens de trem para o centro da cidade. Eu me vi inspecionando-a com frequência, sorrindo em uma tentativa de ocultar o fato de que ela estava sob observação cuidadosa. De tempos em tempos ela segurava minha mão, algo que não fazia desde que eu era criança. Minha estratégia foi me comportar da forma mais natural possível, sem fazer conjecturas, pronto para ouvir sua história de coração aberto. Acontece que eu não tinha nenhum histórico de ficar do lado da minha mãe ou do meu pai, simplesmente porque eles nunca tiveram um conflito em que eu precisasse escolher um lado. No geral, eu era mais próximo da minha mãe, mas só porque ela sempre esteve mais envolvida nos detalhes cotidianos da minha vida. Meu pai sempre se contentou em acatar as decisões dela.

Ao subir no trem, minha mãe escolheu assentos no fundo do vagão, aninhando-se contra a janela. Notei que seu assento tinha a melhor visão. Ninguém podia se aproximar sem que ela percebesse. Ela colocou a bolsa no colo, segurando-a com força — como se fosse a portadora de uma correspondência de vital importância. Perguntei:

— Isso é tudo que você tem?

Ela solenemente deu um tapinha na bolsa:

— Aqui estão as provas de que eu não sou louca. Provas de crimes que estão sendo encobertos.

Essas palavras eram tão apartadas da vida cotidiana que soaram estranhas ao meu ouvido. No entanto, foram pronunciadas com seriedade. Perguntei:

— Posso ver?

— Não aqui.

Ela levou um dedo aos lábios, sinalizando que esse não era um assunto sobre o qual devêssemos conversar em um lugar público. O próprio gesto era peculiar e desnecessário. Embora estivéssemos juntos há mais de trinta minutos, eu não conseguia chegar a uma conclusão sobre seu estado mental. Pensei que saberia imediatamente. Ela estava diferente, tanto fisicamente quanto com relação ao seu caráter. Era impossível saber ao certo se as mudanças eram consequência de uma experiência real ou se essa experiência acontecera totalmente em sua cabeça. Muito dependia do que ela tiraria daquela bolsa — muito dependia de suas evidências.

Quando chegamos à estação Paddington, prontos para desembarcar, minha mãe agarrou meu braço, tomada por um medo vívido e repentino:

— Prometa que vai escutar tudo o que eu disser com a mente aberta. Tudo o que eu peço é uma mente aberta. Prometa que vai fazer isso, foi por isso que eu vim até você. Prometa!

Eu pus minha mão sobre a dela. Ela estava tremendo, morrendo de medo de que eu não estivesse ao seu lado.

— Prometo.

No banco de trás do táxi, nossas mãos se entrelaçaram como as de dois amantes em fuga, e senti o cheiro de seu hálito. Era um odor sutil — metálico. Pensei em aço ralado, se é que existe tal cheiro. Vi que seus lábios estavam contornados com uma fina linha azul, como que tocados por frio extremo. Minha mãe seguiu meus pensamentos, abrindo a boca e colocando a língua para fora para que eu examinasse. A ponta estava preta, da cor de tinta de polvo. Ela falou:

— Veneno.

Antes que eu pudesse questionar a afirmação desconcertante, ela fez que não com a cabeça e apontou para o motorista, recordando-me de seu desejo de discrição. Eu me perguntei que exames os médicos na Suécia realizaram, que venenos descobriram, se é que descobriram algum. O que é mais importante, eu me perguntei de quem minha mãe suspeitava tê-la envenenado.

O carro parou em frente ao meu prédio, a apenas algumas centenas de metros do lugar onde deixei cair minhas compras na noite anterior. Minha mãe nunca tinha me visitado, contida por meu protesto de que era embaraçoso compartilhar um apartamento com outras pessoas e receber a visita dos meus pais. Não sei por que eles aceitaram uma mentira tão fraca, nem como eu tive estômago de proferi-la. Por enquanto, eu continuaria com a história que criei para mim mesmo, não desejando tirar minha mãe do rumo com revelações sobre minha própria vida. Eu a guiei dentro do apartamento, percebendo tardiamente que qualquer pessoa atenta notaria que havia apenas um quarto em uso. O segundo quarto estava mobiliado como um escritório. Ao destrancar a porta de entrada, corri na frente. Minha mãe sempre tirava os sapatos antes de entrar em uma casa, o que me daria tempo suficiente para fechar as portas do quarto e do escritório. Eu regressei:

— Eu queria ver se tinha mais alguém em casa. Mas está tudo bem, estamos sozinhos.

Minha mãe ficou satisfeita. No entanto, do lado de fora das duas portas fechadas, ela parou. Queria verificar por si mesma. Eu pus o braço em volta dela, conduzindo-a até o andar de cima, e falei:

— Eu juro, somos só nós dois.

*

Parada na cozinha integrada com a sala de estar, o centro do apartamento de Mark, minha mãe estava fascinada ao ver minha casa pela primeira vez. Mark sempre descrevera seu gosto como minimalista, deixando que a personalidade do apartamento ficasse por conta da vista da cidade. Quando me mudei para lá, quase não havia móveis. Longe de ser estiloso, o apartamento parecia triste e vazio. Mark dormia lá, comia lá, mas não vivia lá. Aos poucos, fui dando sugestões. Seus pertences não precisavam ficar escondidos. As caixas podiam ser desempacotadas. Observei minha mãe identificar minha influência com precisão impressionante. Ela pegou um livro da estante, um que ela tinha me dado de presente. Soltei:

— Eu não sou o dono deste lugar.

Eu mentira durante anos, com facilidade e determinação, mas hoje as mentiras eram dolorosas, como correr com um tornozelo torcido. Minha mãe pegou minha mão e falou:

— Me mostre o jardim.

Mark havia contratado a empresa para a qual trabalho para projetar e plantar um jardim no terraço. Ele afirmou que tinha intenção de fazer isso, mas na verdade foi um favor para mim, uma forma de patrocínio. Meus pais sempre ficaram perplexos com a profissão que escolhi, acreditando que eu faria algo diferente deles. Os dois pararam de estudar aos 16 anos, ao passo que eu frequentei a universidade, só para acabar fazendo a mesma coisa que eles fizeram a vida toda, mais ou menos, exceto que endossado por um diploma e começando com uma dívida de 20 mil libras. Mas eu passei a infância inteira cercado de plantas e flores; herdei dos meus pais o dom de cultivar, e o trabalho, quando pingava, me fazia feliz. Sentado no terraço, olhando para Londres, em meio àquelas plantas, era fácil esquecer que alguma coisa estava errada. Eu queria ficar assim para sempre, tomando sol, agarrando-me ao silêncio. No entanto, percebi que minha mãe não estava interessada no jardim; ela estava examinando o plano do terraço, as saídas de incêndio, identificando rotas de fuga. Olhou para o relógio, tomada por uma grande impaciência:

— Não temos muito tempo.

Antes de ouvir sua versão dos fatos, ofereci comida. Minha mãe recusou educadamente, querendo prosseguir:

— Há tanta coisa que eu preciso contar a você.

Insisti. Uma verdade incontestável é que ela perdera peso. Incapaz de descobrir quando foi sua última refeição — minha mãe era evasiva sobre o assunto —, comecei a fazer uma vitamina de banana, morango e mel. Ela ficou de pé, estudando o processo:

— Você confia em mim, não confia?

Seus instintos eram de cautela extrema e suspeita exacerbada, permitindo apenas que eu usasse frutas que houvessem passado por sua inspeção. Para provar que a vitamina era segura, tomei um pouco antes de lhe entregar o copo. Ela deu o menor gole possível. Ao perceber que eu a observava, entendeu que este se tornara um teste de seu estado mental. Sua atitude mudou, e ela começou a dar goles grandes e apressados. Ao terminar de beber, declarou:

— Preciso usar o banheiro.

Tive receio de que ela forçasse o vômito, mas não havia como insistir em acompanhá-la.

— Fica no andar de baixo.

Ela saiu da cozinha, agarrando a bolsa que nunca saía do seu lado.

Tirei o celular do bolso e havia umas trinta chamadas perdidas do meu pai. Eu liguei para ele, sussurrando:

— Pai, ela está aqui, está segura. Eu não posso falar...

Ele interrompeu:

— Espere! Você precisa me escutar!

Era arriscado falar com ele desse jeito, e eu temia ser pego. Eu me virei, pretendendo ir em direção à escada para que pudesse ouvir quando minha mãe estivesse voltando. Mas ela já estava lá, ao pé da escada, me observando. Ela não poderia ter ido ao banheiro tão depressa. Deve ter mentido, bolando um teste, para ver como eu usaria esse tempo. Se foi um teste, eu não passei. Ela olhava para mim de uma forma como eu nunca tinha visto. Eu já não era seu filho, mas uma ameaça — um inimigo.

Eu estava preso entre os dois. Minha mãe falou:

— É ele, não é?

A formalidade se fora — ela era acusatória e agressiva. Meu pai ouviu sua voz ao fundo:

— Ela está aí?

Não pude me mover, paralisado pela indecisão, o fone contra o ouvido — os olhos em minha mãe. Meu pai falou:

— Daniel, ela pode ficar violenta.

Ouvindo meu pai dizer isso, fiz que não com a cabeça — não, eu não acreditava nisso. Minha mãe nunca machucara alguém em toda a sua vida. Meu pai estava enganado. Ou estava mentindo. Minha mãe deu um passo à frente, apontando para o telefone:

— Diga mais uma palavra para ele e eu vou embora.

Com a voz do meu pai ainda audível, desliguei o celular.

Como se estivesse entregando uma arma, ofereci o telefone à minha mãe. Minha voz falhou quando tratei de me defender:

— Eu prometi ligar para o papai quando você chegasse. Só para avisar que você estava fora de perigo. Assim como prometi escutar você. Por favor, mãe, vamos sentar. Você queria me contar sua história. Eu quero ouvir.

— Os médicos me examinaram. Ele contou isso a você? Eles me examinaram, ouviram minha história e me deixaram ir. Os profissionais acreditaram em mim. Não acreditaram nele.

Ela deu um passo em minha direção, oferecendo a bolsa — suas evidências. Tendo uma segunda chance, eu a encontrei no meio da sala, apoderando-me da bolsa de couro rachada. Minha mãe precisou de força de vontade para soltá-la. Fiquei surpreso ao sentir como a bolsa era pesada. Quando a coloquei sobre a mesa de jantar, meu pai ligou outra vez, sua imagem aparecendo na tela. Minha mãe viu o rosto dele:

— Você pode atender o telefone. Ou abrir a bolsa.

Ignorando o celular, coloquei uma mão sobre a bolsa, pressionando para soltar a fivela, o couro rangendo quando ergui a aba e olhei dentro.

* * *

MINHA MÃE PROCUROU DENTRO DA BOLSA, tirando dela um pequeno espelho compacto, mostrando meu reflexo como se fosse a primeira evidência. Eu parecia cansado, mas minha mãe fez uma observação diferente.

Você está com medo de mim, eu percebo. Eu conheço o seu rosto melhor do que o meu e, se isso parece um exagero sentimental estúpido, pense em quantas vezes eu enxuguei suas lágrimas ou observei seu sorriso. Daniel, em todos esses anos você nunca me olhou desse jeito...

Veja por si mesmo!

Mas eu não devo ficar chateada. Não é sua culpa. Eu fui enquadrada, não como criminosa, mas como psicótica. Seu instinto é ficar ao lado do seu pai. Não há por que negar isso, precisamos ser honestos um com o outro. Em vários momentos eu peguei você olhando para mim de um jeito nervoso. Meus inimigos declaram que eu sou um perigo para mim mesma e para os outros, um perigo até mesmo para você, meu filho. Como são inescrupulosos, vandalizando a relação mais preciosa da minha vida, preparados para fazer qualquer coisa para me deter.

Devo lembrar que a alegação de ser mentalmente incapaz é um método testado e aprovado de silenciar mulheres há séculos, uma arma para nos desacreditar quando lutamos contra abusos e desafiamos as autoridades. Dito isso, reconheço que minha aparência é alarmante. Meus braços estão magérrimos, minhas roupas, surradas, minhas unhas, lascadas e meu hálito está ruim. Passei a vida toda me esforçando para estar apresentável, e hoje você me olhou da cabeça aos pés no aeroporto e pensou:

"Ela está doente!"

Errado. Estou pensando com mais clareza do que nunca.

De vez em quando você talvez ache minha voz estranha. Talvez pense que não falo como antes. Mas você não pode esperar que eu fale com a tranquilidade cotidiana quando há consequências tão sérias se eu for incapaz de convencê-lo. Também não pode esperar que eu pule para os incidentes mais alarmantes e conte em poucas palavras o que está acontecendo. Se eu resumir, você vai ficar estarrecido. Vai balançar a cabeça e revirar os olhos. Um resumo não serve. Você vai ouvir palavras como "assassinato" e "conspiração" e não vai aceitá-las. Em vez disso, preciso apresentar os detalhes um por um. Você precisa ver como as peças se encaixam. Sem a imagem completa, você vai achar que eu sou louca. Vai, sim. Vai me levar para um hospício em um edifício vitoriano em alguma esquina esquecida de Londres e dizer aos médicos que estou doente da cabeça. Como se eu fosse uma criminosa, como se eu fosse a pessoa que fez coisas horríveis, eles vão me prender até que eu esteja tão desesperada para ser solta, tão entorpecida pelos medicamentos que vou acreditar que tudo o que estou prestes a contar para você é mentira. Tendo em mente o poder que você tem sobre mim, eu deveria estar com medo de você. E olhe para mim, Daniel, olhe para mim! Eu estou com medo.

* * *

Não parecia um discurso comum, era mais como palavras desatadas. As frases estancadas na cabeça da minha mãe saíam confusas, rápidas, mas nunca descontroladas. Ela tinha razão: não falava como antes — sua voz estava elevada, tão estranha quanto impressionante. Às vezes ela soava julgadora, outras, íntima. Não falou dessa forma no aeroporto nem durante a viagem de trem para casa. Era diferente de tudo que já a ouvi dizer, em termos de energia e quantidade ininterrupta. Era mais uma performance do que uma conversa. Minha mãe estava mesmo com medo de mim? Suas mãos certamente tremiam quando ela colocou o espelho sobre a mesa, e não de volta na bolsa, sinalizando que procederia com o conteúdo, um por um. Em algum nível, eu devia estar esperando que fosse possível encontrar uma solução simples nesta sala, entre nós dois, sem envolver médicos ou detetives — um final tranquilo, uma aterrissagem suave e um retorno gentil às nossas vidas tal como haviam sido. No entanto, seus ânimos estavam tão agitados que ou minha mãe estava muito doente ou algo realmente terrível tinha acontecido na Suécia para provocá-los.

Grande parte depende de você acreditar em mim, mais do que é justo esperar de você. Eu admito que com tanta coisa em risco é tentador explorar nossa relação e brincar com suas emoções. Mas vou resistir, porque meu caso precisa se sustentar por si mesmo, corroborado por fatos, e não apoiado em sua devoção a mim. Por essa razão, você não deve pensar em mim como sua mãe, mas como Tilde, a acusadora.

Não se deixe abalar! Seja objetivo. Este é seu único dever hoje.

O tempo todo você estará se perguntando como Chris, um homem bom e gentil, um pai excelente para você, pode estar no centro de tais alegações tão sérias? Considere isso. Há uma fraqueza em seu caráter que outras pessoas podem manipular. Ele prefere acordos a conflitos. Ele se rende facilmente. É suscetível a opiniões contundentes. E tem desejos como todo mundo. Eu acredito que ele foi enganado, manipulado por um homem em particular — um vilão.

* * *

MEU PAI ERA UM HOMEM QUE podia nomear cada planta e flor, um homem que nunca levantava a voz, um homem que amava perambular pelas florestas — alegações de má conduta não se aplicam a ele facilmente. Minha mãe percebeu minha hesitação e reagiu com sensibilidade impressionante:

> Você desconfia dessa palavra?
> Vilão.
> Acha que parece irreal?
> Os vilões são reais. Eles estão entre nós. Você pode encontrá-los em qualquer rua, em qualquer comunidade, em qualquer casa — ou em qualquer fazenda.
> O que é um vilão? São pessoas que não se detêm diante de nada ao ir atrás de seus desejos. Não conheço outra palavra para descrever o homem que tenho em mente.

> Nesta bolsa estão algumas das evidências que reuni durante o verão. Havia outras, mas isso foi tudo o que eu consegui trazer da Suécia às pressas. Faz sentido examinar cada uma delas em ordem cronológica, começando com esta...

* * *

DO BOLSO DA FRENTE DA BOLSA, minha mãe tirou uma agenda Filofax preta com encadernação de couro, do tipo que era popular há vinte anos. Continha papéis, fotografias e recortes de jornal,

Originalmente concebida para ser um lugar onde anotar meus pensamentos, esta acabou sendo minha aquisição mais importante. Folheando, você pode ver que fiz cada vez mais anotações à medida que os meses se passaram. Veja as páginas em abril, quando cheguei à fazenda. Elas contêm apenas anotações ocasionais. Compare com as de julho, três meses depois, em que escrevi em cada uma das linhas com caligrafia apertada. Este caderno foi uma forma de tentar entender o que estava acontecendo à minha volta. Tornou-se meu companheiro, um parceiro na minha investigação. Não importa o que os outros digam, aqui estão os fatos anotados no momento em que os eventos aconteceram, ou no máximo algumas horas depois. Se fosse possível analisar a idade da tinta, a ciência forense confirmaria minha afirmação.

De tempos em tempos, vou fazer uma pausa e consultar essas notas a fim de evitar qualquer erro. Não vou me permitir nenhuma licença poética. Se eu for incapaz de me lembrar de um detalhe específico e se isso não estiver anotado, não vou tentar preencher as lacunas. Você precisa acreditar que cada palavra que eu digo é verdade. Até mesmo um floreio descritivo inofensivo é inaceitável. Por exemplo, não vou afirmar que havia pássaros cantando nas copas das árvores a não ser que tenha certeza disso. Se você suspeitar que estou embelezando em vez de apresentando os fatos essenciais do que realmente aconteceu, minha credibilidade será afetada.

Por fim, devo acrescentar que eu faria qualquer coisa para que os problemas desses últimos meses existissem unicamente na minha cabeça. Meu Deus, essa explicação seria fácil. O horror de um hospício e a humilhação de ser tachada de fantasista seriam um preço pequeno a se pagar se significassem que os crimes que estou prestes a descrever nunca aconteceram.

* * *

ATÉ AGORA, ESTÁVAMOS DE PÉ, com a bolsa de couro sobre a mesa. Minha mãe gesticulou para que eu me sentasse, indicando que seu relato levaria algum tempo. Eu obedeci, sentando-me de frente para ela, a bolsa entre nós como se fosse a aposta num jogo de pôquer. Ela examinou seu diário, focada em encontrar as anotações relevantes. Por um instante, fui levado de volta às muitas ocasiões em que ela leu para mim à hora de dormir, entristecido pelo contraste entre a tranquilidade daquelas lembranças de infância e a ansiedade que eu sentia agora. Podia parecer que eu não tinha curiosidade ou coragem, mas meu impulso era implorar para que ela não lesse.

A última vez que você me viu foi no dia de nossa partida. Quinze de abril. Nós nos despedimos com um abraço ao lado daquela velha van branca carregada com todos os nossos pertences. Foi um daqueles dias em que todos estavam de bom humor, rindo tanto — um dia feliz, verdadeiramente feliz; para ser sincera, um dos mais felizes da minha vida. Mas até mesmo aquela felicidade hoje é objeto de disputa. Olhando para trás, Chris afirma que eu estava buscando uma vida perfeita na Suécia e se abriu uma brecha em minha mente entre expectativa e realidade, uma brecha que aumentou à medida que os meses se passaram, e, da minha decepção, nasceu a crença de que havia, no lugar do paraíso, um inferno de depravação e desgraça humana. É um argumento sedutor. E é uma mentira, uma mentira inteligente, porque por trás da risada eu entendia melhor do que ninguém as dificuldades que teríamos pela frente.

Eis o que você não sabe, Daniel. Nós estamos falidos. Nossa família não tem dinheiro. Nenhum. Você sabia que houve dificuldades durante a recessão. Era muito pior do que deixamos transparecer. Nosso negócio estava em ruínas. Era necessário enganar você porque Chris e eu estávamos constrangidos e não queríamos ofertas de dinheiro. Devo ser honesta — hoje é um dia de honestidade e nada mais — eu estava envergonhada. Ainda estou.

* * *

A O OUVIR A NOTÍCIA, EU REAGI com uma mistura de vergonha, tristeza e choque. Sobretudo havia descrença. Eu simplesmente não sabia. Nem sequer desconfiava. Como era possível que eu fosse tão ignorante do que se passava na vida deles? Eu estava prestes a fazer essa pergunta à minha mãe, mas ela percebeu que eu pretendia interromper e tocou o dorso da minha mão para me impedir.

Deixe-me terminar.

Por favor.

Você pode falar em um minuto.

Eu sempre me encarreguei das contas. Gerenciei o negócio com pulso firme durante trinta anos. Estávamos bem. A loja de jardinagem nunca deu muito dinheiro. Mas nós não estávamos atrás de riqueza. Íamos tocando o barco. Amávamos nosso trabalho. Se não passávamos férias no exterior por alguns anos, fazíamos viagens curtas para a praia. Sempre nos viramos. Tínhamos poucas dívidas, poucas despesas, e éramos bons no que fazíamos. Nossos clientes eram fiéis. Mesmo quando abriram lojas de jardinagem mais baratas fora do centro, nós sobrevivemos.

Você estava morando fora quando chegou à nossa porta a carta de um corretor imobiliário. Eles explicaram o verdadeiro valor da nossa minúscula loja de jardinagem. Era inacreditável. Eu nunca poderia ter sonhado com tal riqueza. Passamos a vida em longas jornadas de trabalho, cultivando plantas e ganhando uma margem mínima. E, enquanto isso, sob nossos pés, a terra em que nunca fizemos nada valorizou tão drasticamente que valia mais do que tudo que já tínhamos ganhado com o trabalho. Pela primeira vez na vida, Chris e eu nos embriagamos com a ideia de dinheiro. Levamos você para jantar em restaurantes caros. Inflamos como idiotas. Em vez de simplesmente vender, tomei a decisão de obter empréstimos gigantescos oferecendo a propriedade como garantia. Todos diziam que fazia sentido. Por que se agarrar ao dinheiro? Um imóvel era como mágica: podia produzir riqueza sem trabalho. Negligenciando a loja de jardinagem, contratando funcionários para fazer de má vontade as tarefas que sempre fizemos de coração, investimos em apartamentos. Diante disso, Chris e eu tomamos a decisão juntos, mas você o conhece — ele não se interessa por números. Ele deixou por minha conta. Eu encontrei os apartamentos. Eu os escolhi. No intervalo de seis meses, tínhamos cinco, e nosso objetivo era chegar a dez, um número que escolhi ao acaso, porque soava melhor do que nove. Começamos a usar termos como "nosso portfólio de propriedades". Eu me envergonho só de pensar nisso. Falávamos daqueles apartamentos como se os tivéssemos construído com as próprias mãos. Ficamos maravilhados com o fato de seu valor ter aumentado sete, oito, nove por cento num único ano. Em minha defesa, devo dizer que não sentia ganância. Eu estava planejando nossa aposentadoria. Administrar uma loja de jardinagem é trabalho pesado. Não poderíamos fazer isso para sempre. Não sabíamos nem mesmo se seríamos capazes de continuar por mais um ano. Nós não tínhamos nenhum dinheiro guardado. Não tínhamos pensão. Essa era nossa saída.

Agora eles dizem que estou louca, mas há cinco anos eu estava louca, ou tocada por uma espécie de loucura. É a única maneira de explicar isso. Eu perdi a cabeça. Arrisquei-me em um negócio sem conhecimento algum, abandonando um meio de subsistência que estava em nosso sangue. No pior momento da recessão, nosso banco esteve à beira do colapso. A própria instituição que tinha nos convencido a obter empréstimos e investir agora olhava para nós como se fôssemos uma abominação. Nós éramos sua cria! Eles queriam o dinheiro de volta em ainda menos tempo do que nos emprestaram. Fomos forçados a vender tudo, todos os cinco apartamentos, você soube disso, mas você não fazia ideia das perdas que tivemos com cada um. Com isso, demos entrada em uma nova construção. Como não conseguimos completar a compra, perdemos o dinheiro. Perdemos tudo! Estávamos contra a parede. Vendemos a casa e a loja de jardinagem. Fingíamos para todo mundo, e não só para você, que era parte de um grande plano. Antecipamos nossa aposentadoria sob o pretexto de que estávamos cansados do negócio. Era mentira. Não havia escolha.

Com o pouco dinheiro que sobrou, compramos a fazenda na Suécia. É por isso que encontramos um lugar remoto e arruinado. Apresentamos isso a você como a busca pelo idílico. É verdade, mas também compramos barato, por metade do preço de uma garagem em Londres. Por mais barato que fosse, incluindo os custos da mudança, nos restaram 9 mil libras. Cite esse número a qualquer consultor financeiro e ele dirá categoricamente que é inviável, nós somos dois, 4.500 libras cada um, temos 60 e poucos anos — podemos viver por outras três décadas. Não havia nada a que recorrer. Estávamos apostando nosso futuro em uma fazenda no meio do nada em um país que me era estranho havia cinquenta anos.

Não ter dinheiro em Londres é paralisante. Você sobe em um ônibus e tem de pagar 2 libras. Um saco de pão no supermercado pode custar 4 libras. Em nossa fazenda, iríamos reescrever as regras da vida moderna, felicidade sem a necessidade de cartões de crédito e dinheiro. Reciclaríamos tudo. A gasolina seria economizada apenas para emergências. Não haveria necessidade de férias. Por que tirar férias quando você mora em um dos lugares mais bonitos do mundo? No verão, havia o rio onde nadar; no inverno, neve para esquiar — atividades que não custam nada. Nós reconectaríamos nossa vida com a natureza, cultivando nossa própria comida, com planos de uma grande horta complementada com alimentos colhidos na floresta, cestas de bagas silvestres e cogumelos *chanterelle*, que valeriam milhares de libras se você comprasse o equivalente em qualquer delicatéssen. Seu pai e eu voltaríamos a fazer o que sempre fizemos, o que fazíamos melhor, o que fomos trazidos ao mundo para fazer: plantar e cultivar.

Apesar do que parece, fazer esses planos não foi uma tarefa infeliz. Não me deixou deprimida. Estávamos reduzindo nossa existência de volta ao essencial, não por alguma filosofia virtuosa de que a austeridade era boa para a alma. Viver com nossos meios era a única forma de sermos verdadeiramente independentes. Éramos peregrinos em busca de uma nova vida, escapando da opressão da dívida. No barco a caminho da Suécia, Chris e eu passamos a noite sentados no convés olhando para as estrelas com um cobertor sobre os joelhos e uma garrafa térmica de chá, criando estratégias de economia doméstica como se fosse uma operação militar, porque juramos jamais fazer empréstimos outra vez, jamais haveria outra carta do banco nos ameaçando, não mais a sensação sufocante de impotência diante de uma pilha de contas, nunca, nunca mais!

* * *

FORÇANDO UM INTERVALO, eu me levantei. Caminhando até a janela, apoiei a cabeça contra o vidro. Sempre tive certeza de que meus pais poderiam se manter confortavelmente durante a aposentadoria. Eles venderam cinco apartamentos, a casa da família e a loja de jardinagem. A recessão atingira o valor de suas propriedades, isso era verdade, mas suas decisões nunca pareceram perturbadas. Eles estavam sempre sorrindo e brincando. Fora tudo encenado, e eu acreditei. Eles apresentaram sua decisão como parte de um plano maior. Mudar-se para a Suécia era uma mudança de estilo de vida, não um meio de sobrevivência. Na minha cabeça, a vida deles na fazenda era uma vida de lazer, cultivando o próprio alimento por gosto, e não por necessidade. O mais humilhante de tudo é que eu flertara com a ideia de lhes pedir um empréstimo, confiante de que uma soma de 2 mil libras fosse insignificante para eles. Estremeci de pensar em pedir o dinheiro sem fazer ideia da angústia que isso teria causado. Se eu fosse rico, ofereceria todo o meu dinheiro à minha mãe, cada centavo, e pediria perdão. Mas eu não tinha nada a oferecer. Eu me perguntei se me permiti ser negligente com relação à minha própria falta de dinheiro porque tinha certeza de que todos à minha volta — meus pais e Mark — estavam seguros. Minha mãe se pôs ao meu lado na janela, interpretando equivocadamente minha reação:

— Neste momento, dinheiro é o menor dos nossos problemas.

Aquilo era verdade apenas em parte. Minha família estava em crise financeira, mas não era sobre a crise que minha mãe queria falar, não foi a crise que a fez tomar um avião esta manhã. Fiquei pensando que, se eu não sabia sobre suas finanças, o que mais eu teria deixado passar? Há apenas alguns minutos, desprezei as descrições que minha mãe fez do meu pai. Eu estava errado em ter tanta certeza. Eu ainda não tinha nenhuma evidência sólida quanto à confiabilidade do relato da minha mãe, mas tinha provas concretas de que minhas percepções não eram confiáveis. A única conclusão lógica, naquele momento, era que eu não estava à altura da tarefa em mãos e cogitava pedir ajuda. No entanto, segurei a língua, determinado a provar que minha mãe estava certa em me procurar em seu momento de necessidade. Como eu não tinha o direito de ficar com raiva — afinal, menti para eles durante tantos anos —, tentei manter a voz calma, perguntando:

— Quando vocês iam me contar?

Quando você visitasse a fazenda. Nós planejávamos contar tudo. Nossa preocupação era que, se discutíssemos a ideia de ser autossuficientes enquanto ainda estávamos em Londres, você considerasse nossos planos irreais e inatingíveis. Quando você estivesse na fazenda, veria a horta, comeria o alimento que não nos custou um centavo. Caminharíamos pelo pomar. Você colheria cestas de bagas e cogumelos que crescem soltos nas florestas. Veria uma despensa cheia de conservas e geleias caseiras. Seu pai pescaria um salmão no rio e comeríamos como reis, com a barriga cheia do alimento mais delicioso do mundo, e tudo isso de graça. Nossa pobreza de dinheiro pareceria irrelevante. Seríamos ricos de outras maneiras. Nossa falta de dinheiro não era uma ameaça ao nosso bem-estar. Isso é mais fácil de demonstrar do que de explicar. E é por isso que, secretamente, ficamos felizes quando você adiou sua visita; isso nos deu tempo para fazer mudanças, para preparar melhor a fazenda e para construir um argumento convincente de que ficaríamos bem e de que você não precisaria se preocupar.

* * *

MINHA PRIMEIRA VISITA À FAZENDA teria sido um banquete de alimentos caseiros e de fraudes caseiras — deles e minhas. Não é de se admirar que meus pais não tenham pressionado mais quando dei motivos vagos para postergar a visita. Era vantajoso para eles também, ganhando tempo, os três nos preparando para revelar nossas mentiras. A insistência da minha mãe de que eu deveria ser poupado de preocupações era mais um lembrete do quanto eles me consideravam incapaz. Mas sua atitude mudou. Ela já não estava me protegendo. Estando pronto ou não, hoje ela não me pouparia de nenhum detalhe perturbador. Ela pegou minha mão, conduzindo-me de volta ao meu assento, sua impaciência indicando que essa revelação foi algo pequeno em comparação com os crimes que ela queria abordar. De dentro da bolsa, tirou um mapa amassado da Suécia e o desdobrou sobre a mesa.

Como viemos morar nessa região específica da Suécia — uma região desconhecida para mim, uma área onde não tenho parentes nem amigos, onde nunca passei um tempo?

A fazenda fica aqui...

Chris e eu consideramos inúmeros lugares, a maioria no extremo norte, depois de Estocolmo, onde os preços eram mais baixos. Durante nossa busca, Cecilia, a senhora que era dona da fazenda, nos procurou como compradores. Eu disse a você que foi um incrível golpe de sorte. Recebemos um telefonema de um corretor de imóveis perguntando se queríamos visitar a propriedade. O que é mais raro ainda, a vendedora queria nos conhecer pessoalmente. Nós tínhamos deixado nossos dados com os agentes locais, mas a província de Halland ao sul é popular — muitas pessoas têm uma segunda casa lá — e cara. Depois de confessar nosso orçamento limitado, não tínhamos recebido informações sobre nenhuma fazenda, até esse telefonema. Examinamos os detalhes. Parecia perfeita. Só podia ser uma cilada.

Quando visitamos, nossos receios se mostraram infundados. Era perfeita! Você se lembra de como estávamos entusiasmados? A fazenda ficava perto do mar, a menos de trinta minutos de bicicleta, uma região com praias de areia branca, sorveterias à moda antiga e hotéis de veraneio. A terra incluía um pequeno pomar e uma ponte flutuante no rio Ätran, famoso por seu salmão. Mas o preço era incompreensivelmente baixo. A dona, Cecilia, era uma viúva sem filhos. Havia uma necessidade médica urgente de que ela se mudasse para um asilo, e por isso ela queria vender rápido. Durante nossa entrevista, não perguntamos muito mais. Eu estava tão encantada com a propriedade que interpretei isso como um sinal de que o meu retorno à Suécia era abençoado e que nossa sorte finalmente tinha mudado.

Você deve ter se perguntado por que eu nunca entrei em contato com o meu pai durante esse processo. Parte de mim entende por que você não fez essa pergunta. Eu dei a impressão de que minha infância não era um assunto a ser discutido. E você sempre gostou do fato de sermos só nós três na família. Talvez você imaginasse que três laços fossem mais fortes que quatro ou cinco. Entretanto, sinto muito por seu avô ser um estranho para você e nunca ter sido parte da nossa vida. Ele ainda mora na mesma fazenda onde eu cresci. A fazenda não fica em Halland, onde compramos nossa casa, mas na província de Värmland, ao norte de onde estamos, do lado mais distante do grande lago Vänern, entre as cidades de Gotemburgo e Estocolmo.

Aqui...

Fica a umas seis horas de carro.

A distância fala por si só. A triste verdade é que eu não queria tentar uma reaproximação. Tinha se passado tempo demais. Meu regresso foi para a Suécia, e não para ele, que agora tem seus 80 anos. Alguns podem considerar cruel querer manter distância, mas não existe mistério em nosso afastamento. Quando tinha 16 anos, eu lhe pedi ajuda. Ele recusou. E se tornou impossível ficar.

Não se preocupe com as anotações que eu fiz à mão. Voltaremos a elas mais tarde. Pensando bem, como você as viu agora, seria importante notar a escala desses crimes. A conspiração abrange toda a região e toca muitas vidas, incluindo políticos e policiais, instituições e autoridades locais. Há tanto para contar e tão pouco tempo. Enquanto conversamos, Chris deve estar comprando sua passagem para Londres. Logo ele estará chegando ao seu apartamento, batendo à sua porta, exigindo...

* * *

I NTERROMPI, ERGUENDO A MÃO como se eu estivesse na sala de aula:
— O papai não vem para cá. Ele vai ficar na Suécia.

Foi o que ele disse a você? Ele quer que você pense que ele não precisa estar aqui e não precisa se defender porque não há dúvida, na cabeça dele, de que você vai ignorar tudo o que eu digo. Ele tem absoluta confiança de que você vai chegar à única conclusão possível — de que eu sou louca. Bem, não importa o que ele falou sobre ficar na Suécia, esse homem deve estar em uma discussão acalorada com seus coconspiradores. Juntos, eles vão mandá-lo para Londres na primeira oportunidade para garantir que eu seja internada. A qualquer minuto ele vai ligar para você e dizer que mudou de ideia, que comprou uma passagem, que está no aeroporto prestes a embarcar. Ele vai disfarçar essa mudança de ideia com alguma desculpa nobre, fingindo estar preocupado com como você está lidando com tudo isso. Espere só para ver! Ele vai provar que estou certa, e é por isso que a mentira não foi uma boa ideia. Tenho certeza de que ele está arrependido, porque logo você vai ter provas irrefutáveis da fraude dele...

* * *

SEM TERMINAR A FRASE, minha mãe se levantou da cadeira e correu para o andar de baixo. Eu a segui até a porta da frente, temendo ter feito algo errado e que ela estivesse prestes a ir embora.

— Espere!

Em vez disso, ela trancou a porta com a corrente e se virou para me encarar, determinada a reforçar a segurança do apartamento. Eu fiquei tão aliviado por ela não ter fugido que levei um segundo para acalmar minha voz:

— Mãe, você está segura aqui. Por favor, deixe o trinco sem corrente.

— E por que não deixar com?

Eu não consegui pensar em uma razão para discordar, a não ser o fato de que a corrente me deixava desconfortável. Era uma aceitação tácita de que meu pai era uma ameaça — algo que ainda não tinha sido provado. Para pôr fim ao impasse, cedi:

— Está bem, deixe assim, se é o que você quer.

Minha mãe me lançou um olhar sagaz. Ela podia obter uma pequena vitória, mas contaria contra ela. Tirou a corrente e a deixou pender. Irritada, enxotou-me para o andar de cima, vindo logo atrás.

Você está cometendo os mesmos erros que eu cometi. Eu subestimei o Chris. Assim como você, eu lhe dei o benefício da dúvida, repetidas vezes, até que era tarde demais. Ele provavelmente já está no avião. Havia um voo partindo apenas algumas horas depois do meu. Ele talvez não nos dê nenhum aviso.

* * *

DE VOLTA À MESA — SUA INSATISFAÇÃO comigo ainda pairava no ar — minha mãe dobrou o mapa, pegando novamente seu diário, reorientando-se após a interrupção. Eu ocupei um assento diferente, mais perto dela, sem a mesa volumosa entre nós. Ela me mostrou a anotação de 16 de abril, a data em que eles chegaram à fazenda. Tudo que estava escrito na página era a nota: "Que céu estranho, movendo-se tão depressa."

A caminho da Suécia, em nossa van branca, eu estava entusiasmada, mas também assustada, com medo de ter me proposto um desafio impossível ao tentar reivindicar essa terra como minha casa depois de tantos anos. A responsabilidade recaía sobre os meus ombros. Chris não falava uma palavra de sueco. Ele tinha não mais do que uma leve familiaridade com as tradições suecas. Eu seria a ponte entre as nossas culturas. Essas questões não importavam para ele — Chris era um estrangeiro, sua identidade estava clara. Mas o que eu era? Eu era uma estrangeira ou uma local? Nem inglesa nem sueca, uma estranha em meu próprio país — que nome há para mim?

Utländning!

É assim que eles me chamariam! É uma palavra sueca cruel, uma das mais cruéis, que significa uma pessoa de fora dessa terra. Embora eu tenha nascido e crescido na Suécia, a comunidade me consideraria uma estrangeira, uma estrangeira em minha própria casa — eu seria uma *utländning* lá como havia sido em Londres.

Utlänning aqui!

Utlänning lá!

Utlänning em toda parte!

Olhando pela janela, eu me lembrei do quanto essa paisagem era solitária. Na Suécia, fora das cidades, a natureza é suprema. As pessoas caminham timidamente na ponta dos pés na beira das florestas, cercadas por abetos gigantes e lagos maiores do que nações inteiras. Lembre-se, essa é a paisagem que inspirou a mitologia dos trolls, histórias que eu costumava ler para você sobre criaturas gigantes e desajeitadas, devoradoras de gente, com verrugas de cogumelo em seus narizes deformados e barrigas que parecem rochas. Seus braços musculosos podem partir uma pessoa ao meio, quebrando ossos humanos e usando lascas para escarvar a cartilagem de seus dentes, que parecem estilhaços de bomba. Só em florestas grandes como essas, tais monstros poderiam se esconder, com seus olhos amarelos nos espreitando.

Ao longo do último trecho de estrada deserta, antes da fazenda, existiam campos marrons e sombrios; a neve do inverno havia derretido, mas a camada superior do solo era dura e cheia de gelo. Não tinha nem sinal de vida, nenhuma plantação, nenhum trator, nenhum fazendeiro — quietude, mas no céu as nuvens se moviam incrivelmente depressa, como se o sol fosse um tampão que tivesse sido arrancado do horizonte, e as nuvens, junto com os últimos vestígios de luz do dia, estivessem sendo sugadas para um escoadouro. Não consegui tirar os olhos desse céu em rápido movimento. Após um breve período comecei a me sentir tonta, minha cabeça começou a girar. Pedi a Chris que parasse a van porque eu estava enjoada. Ele continuou dirigindo, argumentando que estávamos quase chegando e que não fazia sentido parar. Pedi novamente, dessa vez de maneira menos educada, para ele parar a van, mas ele só repetiu o quanto estávamos perto, e finalmente eu dei um murro no painel e exigi que ele parasse a van naquele instante!

Ele me olhou como você está me olhando agora. Mas obedeceu. Eu desci do carro e vomitei na margem gramada, com raiva de mim mesma, preocupada por ter arruinado o que deveria ter sido uma ocasião alegre. Enjoada demais para voltar ao veículo, eu disse a Chris para continuar dirigindo, pretendendo percorrer o último trecho a pé. Ele se recusou, querendo que chegássemos juntos. Declarou o momento importante simbolicamente. Por isso, decidimos que ele dirigiria a passo de tartaruga e eu caminharia à frente. Como se eu estivesse liderando uma procissão funerária, comecei a breve caminhada até nossa nova casa, nossa fazenda, a van seguindo atrás — um espetáculo ridículo, reconheço, mas de que outro modo poderíamos conciliar minha necessidade de caminhar, sua necessidade de dirigir a van, e o desejo em comum de chegarmos juntos?

Quando ouvi Chris chorar lágrimas de crocodilo para os médicos no hospício sueco, ele apresentou esse episódio como indício de uma mente irracional. Se ele estivesse contando a história agora, quase certamente teria começado aqui sua versão dos acontecimentos, omitindo qualquer menção ao céu estranho que se movia depressa. Ele teria me descrito como confusa e frágil, instável desde o início. É o que ele afirma, sua voz forçada com tristeza fingida. Quem teria pensado que ele é tão bom ator? Independentemente do que ele afirma agora, no momento ele entendeu as emoções desencadeadas pelo meu regresso, uma sensação extraordinária depois de cinquenta anos, tão extraordinária quanto o céu que me recebeu.

Quando chegamos à fazenda, ele saiu da van, deixando-a estacionada no meio da estrada. Ele pegou minha mão. Quando atravessamos o portão para nossa fazenda, fizemos isso juntos, como companheiros, como um casal apaixonado começando um novo capítulo entusiasmante em sua vida.

* * *

EU ME LEMBRO DESSES TERMOS — "dentes que parecem estilhaços de bomba" e "barrigas que parecem rochas" —; eles foram tirados de uma coleção sueca de histórias de trolls que nós dois amávamos. O livro estava sem capa e havia uma única ilustração de um troll perto do começo, um perigoso par de olhos amarelo-encardidos espreitando das profundezas de uma floresta. Havia livros mais vistosos sobre trolls, histórias amenizadas voltadas para crianças, mas essa velha antologia gasta, há muito esgotada, encontrada em um sebo, estava cheia de histórias pavorosas. De longe, era o livro que minha mãe mais gostava de ler à hora de dormir, e eu ouvira cada uma das histórias muitas vezes. Minha mãe mantivera o livro em sua coleção, talvez porque estivesse em um estado tão frágil que ela temia que se desintegrasse em minhas mãos. Era uma contradição que ela sempre me protegesse de traumas e, quando se tratava de contos de fadas, procurasse intencionalmente as histórias mais perturbadoras, como que tentando compensar, oferecendo-me na ficção o que ela tanto se empenhara em eliminar da vida real.

Minha mãe tirou do diário três fotografias e as colocou lado a lado sobre a mesa à minha frente. Elas se encaixavam, formando um único panorama da fazenda.

É uma pena que você nunca tenha tido a chance de visitar. Minha tarefa hoje seria mais fácil se você tivesse conhecido a fazenda pessoalmente. Talvez com essas fotos você considere desnecessária uma descrição da paisagem. É exatamente isso o que meus inimigos esperam que você pense, porque eles retratam o campo como sendo não diferente do estereótipo da Suécia rural nos catálogos de turismo. Eles querem que você conclua que qualquer coisa que não seja uma reação entusiasmada é tão estranha que só pode ser produto de doença e paranoia. Fique atento: eles têm um interesse pessoal em apresentá-la como pitoresca, considerando que beleza é facilmente confundida com inocência.

No lugar em que essas fotografias foram tiradas, você está imerso na quietude mais inacreditável. É como estar no fundo do mar, exceto que, em vez de um navio enferrujado naufragado, há uma casa velha. Até mesmo os pensamentos em minha cabeça pareciam ruidosos, e às vezes eu percebia meu coração batendo depressa sem motivo algum a não ser em reação ao silêncio.

Você não pode perceber isso pelas fotografias, mas o telhado de palha estava vivo, uma entidade viva cheia de musgos e pequenas flores, lar de insetos e pássaros. Um telhado de contos de fada em um cenário de contos de fada — eu uso a palavra com cuidado, porque contos de fada são cheios de perigo e escuridão e também de luz e encanto.

O exterior dessa antiga propriedade não foi alterado desde sua construção há duzentos anos. O único indício do mundo moderno era a coleção de pontos vermelhos na distância, olhinhos de rato brilhantes no topo das turbinas de vento, mal visíveis na escuridão, agitando um mórbido céu de abril.

Este é o ponto crucial. À medida que o fato do isolamento chega à nossa consciência, nós mudamos, não de imediato, mas devagar, aos poucos, até que o aceitamos como norma, vivendo dia a dia sem a presença do Estado, sem o mundo externo nos importunando, lembrando-nos do nosso dever um para com o outro, nenhum estranho passando nem vizinho próximo, ninguém espreitando por sobre nossos ombros — um estado permanente de não vigilância. Altera nossa noção de como devemos nos comportar, do que é aceitável e, o que é mais importante, do que podemos escapar impunes.

* * *

A MELANCOLIA NA DESCRIÇÃO DA MINHA MÃE não me surpreendeu. Seu regresso à Suécia sempre envolveria mais do que felicidade pura e simples. Aos 16 anos ela fugiu de casa e continuou fugindo, para a Alemanha, a Suíça e a Holanda, trabalhando como babá e garçonete, dormindo no chão, até que chegou à Inglaterra, onde conheceu meu pai. É claro, esta não era a primeira vez que ela voltava; nós viajávamos à Suécia com frequência, alugando casas de campo remotas em ilhas ou perto de lagos, nunca passando mais do que um dia nas cidades, em parte pelas despesas, mas principalmente porque minha mãe queria estar em meio às florestas e à natureza. Dias depois de nossa chegada, frascos vazios de geleia se enchiam de flores silvestres. Tigelas transbordavam de bagas. Mas jamais fizemos uma tentativa de encontrar nossos parentes. Embora eu estivesse contente de passar o tempo só com minha mãe e meu pai, ocasionalmente até mesmo eu — ingênuo que era — sentia tristeza na ausência de outras pessoas.

Minha mãe retornou ao diário e pareceu frustrada ao folhear as páginas.

Não consigo ter certeza do dia exato. Foi mais ou menos uma semana depois que chegamos. Naquele momento eu não tinha o hábito de tomar muitas notas. Não havia me ocorrido que minha palavra seria posta em dúvida como se eu fosse uma criança imaginativa inventando histórias para chamar atenção. Das muitas humilhações que vivi nesses últimos meses, inclusive ter as mãos e os pés atados, de longe a pior de todas é a descrença no olhar das pessoas quando faço uma afirmação. Falar, ser ouvida, e não ser acreditada.

Durante nossa primeira semana na fazenda, o estado mental de Chris era motivo de preocupação, e não o meu. Ele nunca viveu fora de uma cidade e teve dificuldade de se adaptar. Abril foi muito mais frio do que havíamos esperado. Os fazendeiros têm um termo chamado Noites de Ferro, quando o inverno persiste e a primavera não consegue irromper. Há gelo no solo. Os dias são gélidos e curtos. As noites são amargas e longas. Chris estava deprimido. E eu sentia sua depressão como uma acusação de que eu era responsável por trazê-lo a uma propriedade sem nenhuma das conveniências modernas, longe de tudo que ele conhecia, porque eu era sueca e a fazenda era na Suécia. Na verdade, tomamos a decisão juntos, como uma solução desesperada para nossas circunstâncias. Não havia escolha. Era ou lá ou em lugar nenhum. Se vendêssemos a fazenda, teríamos dinheiro para alugar um lugar por dois ou três anos na Inglaterra e, depois disso, nada.

Certa noite, eu me cansei da tristeza dele. A casa não é grande — os tetos são baixos, as paredes são grossas, os aposentos são pequenos —, e estávamos o tempo todo juntos, presos do lado de dentro por causa do clima hostil. Não havia aquecimento central. Na cozinha existia um forno de ferro fundido no qual se podia assar pão, fazer comida e aquecer água — o coração da casa. Quando Chris não estava dormindo, ele se sentava em frente ao fogão, as mãos estendidas, uma pantomima de labuta rural. Eu perdi a paciência, gritei para ele parar de ser tão mal-humorado, antes de correr para fora, batendo a porta...

* * *

EU DEVO TER REAGIDO À IMAGEM de minha mãe gritando com meu pai.

Daniel, não fique tão surpreso. Seu pai e eu discutimos, não com frequência, não regularmente, mas como um em cada dois casais no mundo, nós perdemos a compostura. Só cuidávamos para que você não ouvisse. Você era uma criança muito sensível. Se levantávamos a voz, você ficava chateado por horas. Não dormia. Não comia. Uma vez, no café da manhã, eu dei um murro na mesa. Você me copiou! Começou a bater as mãozinhas contra a cabeça. Precisamos segurar seus braços para você parar. Logo aprendemos a controlar nossos impulsos. As brigas eram contidas, guardadas, e nós as resolvíamos quando você não estava.

* * *

EM NÃO MAIS DO QUE UMA BREVE DIGRESSÃO, minha mãe acabou com toda a minha concepção da nossa vida familiar. Eu não tinha nenhuma lembrança de me comportar dessa maneira — esmurrando a própria cabeça, recusando-me a comer, incapaz de dormir, irritado. Pensei que meus pais tivessem feito um voto de tranquilidade voluntariamente. A verdade é que eles foram forçados a me proteger, não porque acreditavam que fosse melhor assim, mas porque eu exigia calma como se fosse um requisito da minha existência, o mesmo que comida ou abrigo. O santuário de nosso lar foi definido por minha fraqueza, tanto quanto pela força deles. Minha mãe tomou minha mão:

— Talvez eu tenha cometido um erro ao vir até você.

Mesmo agora, ela tinha receio de que eu não fosse capaz de lidar com a situação. E tinha razão em duvidar de mim. Há apenas alguns minutos eu sentira um impulso de lhe pedir para não falar, me agarrar ao silêncio.

— Mãe, eu quero ouvir... Estou pronto.

Em um esforço para ocultar minha ansiedade, tentei encorajá-la:

— Você gritou com o papai. Saiu. Bateu a porta. O que aconteceu depois?

Foi uma boa ideia trazer sua atenção de volta aos acontecimentos. Seu desejo de discutir as alegações era tão intenso que eu pude ver suas dúvidas a meu respeito desaparecendo à medida que ela foi conduzida de volta ao fluxo da narrativa. Com nossos joelhos se tocando, ela baixou a voz como se comunicasse uma conspiração.

Eu saí em direção ao rio. A área beira-rio era uma das partes mais importantes da nossa propriedade. Nós ainda precisávamos de um pouco de dinheiro para sobreviver. Não estávamos produzindo nossa própria eletricidade e havia os impostos anuais sobre a propriedade. Nossa solução era o salmão. Podíamos comer salmão no verão, defumá-lo e conservá-lo para o inverno. Podíamos vender um pouco para vendedores de peixe, mas eu via o potencial para mais. Nós reformaríamos as partes externas da fazenda — elas costumavam abrigar animais, mas podiam facilmente ser convertidas em acomodações rústicas para hóspedes. Realizaríamos o trabalho com o mínimo de mão de obra remunerada, pois Chris e eu somos habilidosos com ferramentas. Quando estivesse concluído, inauguraríamos a fazenda como um destino de férias, os hóspedes atraídos para nosso local obscuro com a promessa de alimentos produzidos ali mesmo, uma paisagem pitoresca e a perspectiva de pescar alguns dos salmões mais bonitos do mundo a um preço irrisório em comparação com a pesca na Escócia ou no Canadá. Apesar de sua importância, naqueles primeiros dias Chris nunca passava o tempo à beira do rio. Dizia que era sombrio demais. Ele não enxergava como nossos planos seriam possíveis. Ninguém jamais pagaria para vir à nossa fazenda. Era o que ele afirmava. Eu admito que, quando chegamos, não era uma paisagem de cartão-postal. A margem do rio estava tomada por vegetação, a grama estava na altura dos joelhos, e eu nunca tinha visto caracóis tão grandes, gordos como meu polegar. Mas o potencial estava lá. Só precisava de amor.

No rio havia um pequeno píer de madeira. Em abril, estava emaranhado de junco. No píer aquela noite, sob aquele céu pouco iluminado, eu me senti cansada e sozinha. Depois de alguns minutos, eu me recompus e decidi que era hora de nadar e declarar esse rio oficialmente aberto para os negócios! Eu me despi, deixando as roupas caírem no chão, e pulei na água. A temperatura foi um choque. Quando voltei à superfície, respirei fundo e comecei a nadar desesperadamente, tentando me aquecer, até que de repente parei, porque, na margem oposta, os galhos baixos de uma árvore estavam se mexendo. Não podia ser o vento, porque as copas das árvores estavam imóveis. Era outra coisa — uma pessoa me observando, abraçada ao galho. Sozinha e nua na água, eu estava vulnerável. Dessa distância, Chris não me ouviria mesmo se eu gritasse. Então os galhos começaram a se mexer outra vez, quebrando-se da árvore, deslizando em minha direção. Eu deveria ter nadado para longe, o mais rápido que pudesse, mas meu corpo não obedeceu e eu permaneci onde estava, tratando de manter a cabeça fora d'água à medida que os galhos se aproximavam. Só que não eram galhos! Eram os chifres de um alce gigante.

Nunca, durante minha infância na Suécia, eu tinha visto um alce de tão perto. Tomei cuidado para não espirrar água ou fazer barulho, pois o alce passou tão perto que eu poderia ter jogado os braços em volta do seu pescoço, me levantado e montado em seu dorso, como naquelas histórias que eu lia para você em que uma princesa da floresta cavalga nua montada em um alce, seu cabelo comprido e prateado banhado pela luz da lua. Eu devo ter soltado uma exclamação, porque o alce se virou, ficando de frente para mim — seus olhos negros cravados nos meus, seu hálito morno no meu rosto. Em minhas coxas, eu pude sentir a água agitada por suas patas robustas. Então ele soltou um espirro e nadou para o nosso lado do rio, dirigindo-se à nossa fazenda na área do píer e revelando suas proporções imensas, verdadeiramente um rei dessa terra. Ele se chacoalhou para eliminar água da pele, exalando vapor, antes de voltar lentamente para a floresta.

Eu continuei no meio do rio por um longo tempo, mantendo a cabeça fora d'água, já sem sentir frio, abençoada com a certeza de que tomamos a decisão certa em nos mudarmos para cá. Havia uma razão para estarmos nessa fazenda. Nós pertencíamos a esse lugar. Fechei os olhos, imaginando milhares de salmões coloridos e brilhantes nadando à minha volta.

* * *

M INHA MÃE COLOCOU A MÃO DENTRO DA BOLSA e tirou uma faca. Instintivamente recuei, uma reação que a preocupou:

— Assustei você?

Era uma acusação. A maneira como ela brandiu a faca abruptamente, sem avisar, fez que eu me perguntasse se ela estava me testando, como tinha feito antes, quando me deixou sozinho, e pensei que deveria estar alerta contra futuras tentativas de me provocar. Ela girou a faca, oferecendo-me o cabo.

— Segure.

A faca inteira era feita de madeira, inclusive a lâmina, pintada de prata para parecer metal. Era cega e inofensiva. No cabo havia gravuras elaboradas. De um lado, uma mulher nua nadando perto das rochas de um lago, com seios fartos e cabelo comprido ondulado, sua vagina marcada por uma única fenda. Do outro lado, o rosto de um troll, sua língua para fora como a de um cachorro ofegante, e seu nariz com a forma perversa de um falo grotesco.

É um tipo de humor que você provavelmente reconhece, popular na Suécia rural, em que os fazendeiros esculpem figuras grosseiras tais como um homem se aliviando, uma curva fina de madeira talhada para representar o arco da urina.

Vire a faca em sua mão, para trás e para a frente...

Girando assim...

Mais depressa! Assim você pode ver as duas figuras ao mesmo tempo, o troll cobiçando a mulher, a mulher sem saber que está sendo observada — as duas imagens se fundem. A implicação é clara. O fato de que a mulher não está ciente do perigo aumenta o prazer sexual do troll.

A faca foi um presente, um estranho presente, tenho certeza de que você concordaria comigo, que me foi dado por meu vizinho no dia em que nos conhecemos. Apesar de estar a uma distância de apenas dez minutos de caminhada da nossa fazenda, nós só viemos a nos conhecer depois de duas semanas — duas semanas e, em todo esse tempo, nenhum dos fazendeiros das redondezas veio se apresentar. Estávamos sendo ignorados. Receberam instruções para não se aproximarem de nós. Em Londres, há incontáveis vizinhos que nunca falam uns com os outros. Mas o anonimato não existe na Suécia rural. Não é possível viver dessa maneira. Precisávamos do consentimento da comunidade para nos instalar naquela região, não podíamos ficar de cara feia no nosso canto. Havia considerações práticas. A antiga dona — a corajosa Cecilia — havia me dito que nossa terra desocupada poderia ser alugada a fazendeiros locais. Tipicamente eles pagariam uma soma simbólica, mas eu era da opinião de que poderíamos persuadi-los a fornecer os alimentos que não podíamos produzir.

Concluindo que duas semanas era tempo demais, acordei certa manhã e disse a Chris que, se eles não batiam à nossa porta, nós bateríamos à deles. Naquele dia eu cuidei muito bem da minha aparência, escolhendo uma calça de algodão; afinal, um vestido daria a entender que eu era incapaz de realizar trabalho braçal. Eu não queria aparentar pobreza. Não poderíamos admitir a magnitude de nossos problemas financeiros. A verdade poderia nos tornar dignos de pena, e eles interpretariam a informação como um insulto, deduzindo que só nos mudamos para a região porque não dispúnhamos dos meios financeiros para viver em outro lugar. Também não queríamos dar a impressão de que acreditávamos que poderíamos comprar nosso lugar na comunidade. No calor do momento, peguei a pequena bandeira sueca pendurada na lateral da nossa casa e a transformei em uma bandana, usando-a para atar meu cabelo.

Chris se recusou a me acompanhar. Ele não falava sueco e era orgulhoso demais para ficar ao meu lado esperando uma tradução. Para dizer a verdade, eu preferi assim. A primeira impressão era fundamental, e eu tinha dúvidas de que eles receberiam bem um inglês que mal falava uma palavra em sua língua. Eu queria provar para esses fazendeiros que não éramos pobres forasteiros vindos da cidade, que não dão valor algum às tradições. Eu mal podia esperar para ver a surpresa em seu rosto quando eu falasse com eles em sueco fluente, declarando orgulhosamente que fui criada em uma fazenda remota, como a que tínhamos agora.

A fazenda mais próxima de nós pertencia ao maior dono de terras da região, e foi com esse fazendeiro em particular que Cecilia tinha fechado um acordo para alugar os campos. Era óbvio que eu deveria começar por ele. Caminhando até a estrada, cheguei a um enorme chiqueiro, sem janelas, um telhado de aço sombrio com chaminés pretas estreitas saindo do topo e um cheiro de esterco de porco e ração para porco. Receios quanto à criação intensiva não ajudariam a conquistar os locais. O que é pior, Chris havia declarado abertamente que não poderia sobreviver sendo vegetariano. Havia muito pouca proteína em nossa dieta e quase nenhum dinheiro no banco, e, se essa era nossa única fonte de carne além do salmão, eu não poderia me dar ao luxo de recusar com base em ética alimentar. Uma posição moral me faria parecer superior, presunçosa e, o que é pior, estrangeira.

A casa deles ficava no fim de uma longa pista de cascalho. Todas as janelas da frente davam para o chiqueiro, o que é estranho, considerando que havia campos e árvores nas outras direções. Ao contrário da casa na nossa fazenda, que foi construída há duzentos anos, eles derrubaram a propriedade original e construíram uma casa moderna no lugar. Por moderna não quero dizer um cubo de vidro, concreto e aço; tinha formato tradicional, com dois andares, revestida de madeira azul-clara, uma varanda, um telhado de ardósia. Eles queriam a aparência de tradição, mas todas as vantagens da modernidade. Nossa casa, apesar de suas muitas falhas, era mais atraente, uma representante genuína da herança arquitetônica sueca, e não uma imitação.

Quando bati à porta, não houve resposta, mas seu Saab prata brilhante — e Saab já nem é uma empresa sueca — estava na entrada. Eles estavam em casa, provavelmente em algum lugar do terreno. Eu fui à procura deles, andando pelos campos, absorvendo a enormidade imponente da propriedade, um reino agrícola — talvez cinquenta vezes o tamanho da nossa pequena fazenda. Perto do rio, deparei-me com um leve declive coberto de ervas daninhas, um relevo na paisagem. Só que era feito pelo homem. Sob a colina havia o telhado de um abrigo não diferente dos abrigos contra bombas construídos em Londres durante a guerra ou dos abrigos contra tornados nos Estados Unidos. Havia uma porta de aço feita do mesmo material que o telhado do chiqueiro. O cadeado pendia aberto. Aproveitando a chance, bati e escutei uma comoção do lado de dentro. Segundos depois a porta foi aberta. Aquela foi a primeira vez que fiquei cara a cara com Håkan Greggson.

* * *

D E SEU DIÁRIO, MINHA MÃE tirou um recorte de jornal. Ela o segurou para que eu o inspecionasse, sua unha rachada sobre a cabeça
de Håkan Greggson. Eu o tinha visto antes, na fotografia que minha
mãe enviou por e-mail — o homem alto conversando com o meu pai.

O recorte é da primeira página do *Hallands Nyheter*. A maioria
das pessoas na região assina. Quando recusamos, porque não podíamos arcar com o custo, houve conversas maliciosas sobre por que
havíamos esnobado uma instituição local. Não havia outra opção
senão assinar. Chris ficou furioso. Eu expliquei a ele que ser aceito
na comunidade não tem preço. De todo modo, estou lhe mostrando
isso porque você precisa entender o poder do homem que estou
enfrentando.

Håkan é o do meio.

À sua direita está a líder dos democratas cristãos, Marie Eklund.
Uma mulher austera, um dia será uma grande política, por "grande" quero dizer de sucesso, e não decente. Ela falhou comigo. Eu
a procurei pessoalmente, com minhas alegações, no auge da crise.
Seu gabinete se recusou a me conceder uma audiência. Ela nem
sequer me ouviu.

À esquerda de Håkan está Kristofer Dalgaard, o prefeito de Falkenberg, a cidade litorânea mais próxima da nossa fazenda. Sua cordialidade é tão excessiva que é impossível não questioná-la. Ele ri alto
demais de suas piadas. Está excessivamente interessado nas suas
opiniões. Ao contrário de Marie Eklund, ele não tem nenhuma am-

bição a não ser ficar exatamente onde está, mas manter o status quo pode ser uma motivação tão poderosa quanto querer subir na vida.

E finalmente há o Håkan. Ele é bonito. Eu não nego. É ainda mais impressionante pessoalmente. Alto, com ombros largos, fisicamente muito poderoso. Sua pele é firme e bronzeada. Não há nada suave em seu corpo — nada fraco. Ele é tão rico que poderia empregar um exército de pessoas e agir como um imperador decadente, dando ordens de sua varanda. Mas ele não é assim. Ele se levanta ao amanhecer e não termina o trabalho até anoitecer. Estando na presença dele, é difícil imaginá-lo vulnerável em algum momento. Quando ele agarra você, é impossível se livrar. Embora tenha 50 anos, tem o vigor de um jovem, com a astúcia de um velho — uma combinação perigosa. Eu o considerei intimidador, mesmo naquele primeiro dia.

Quando ele surgiu da escuridão de seu refúgio subterrâneo, eu me apressei em me apresentar. Falei algo do tipo — "Oi, meu nome é Tilde, é um prazer conhecê-lo, eu me mudei para a fazenda no fim da estrada" — e, sim, eu estava nervosa. Falei demais, e muito depressa. No meio da minha tagarelice bem-intencionada, eu me lembrei da bandeira atada em meu cabelo. Pensei: que ridículo! Enrubesci como uma colegial e tropecei nas palavras. E você sabe o que ele fez? Pense na reação mais cruel possível.

* * *

M INHA MÃE ATÉ ENTÃO FIZERA inúmeras perguntas retóricas. Nessa ocasião, ela estava esperando uma resposta. Era mais um teste. Eu poderia imaginar crueldade? Várias possibilidades me ocorreram, mas eram tão aleatórias e infundadas que decidi responder:

— Eu não sei.

Håkan respondeu em inglês. Eu fui humilhada. Talvez meu sueco fosse um pouco ultrapassado. Mas éramos ambos suecos. Por que estávamos falando um com o outro em uma língua estrangeira? Tentei continuar a conversa em sueco, mas ele se recusou a mudar. Fiquei confusa, não desejando parecer rude. Lembre-se, nesse momento eu queria ser amiga dele. No fim, respondi em inglês. Assim que fiz isso, ele sorriu como se tivesse conquistado uma vitória. Começou a falar em sueco e nunca mais falou comigo em inglês durante todo o tempo em que estive na Suécia.

Como se esse insulto não tivesse acontecido, ele me mostrou o interior do abrigo. Era uma oficina. Havia aparas de madeira no piso, ferramentas cortantes nas paredes. Em quase todas as superfícies havia trolls entalhados de madeira, centenas deles. Alguns eram pintados. Outros estavam semiacabados — um nariz comprido saindo de uma tora, esperando que se entalhasse um rosto. Håkan afirmou que não vendia nenhum deles. Eram dados de presente. Ele se gabou de que toda casa num raio de 30 quilômetros tinha pelo menos um de seus trolls, e alguns de seus amigos mais próximos tinham uma família inteira de trolls. Você percebe o que ele faz? Ele usa esses trolls de madeira como medalhas, concedendo-os a seus aliados de confiança. Quando você passa pela fazenda de alguém, há trolls na janela, enfileirados, um, dois, três, quatro — pai, mãe, filha, filho, um conjunto completo, uma família de trolls, a maior honra que Håkan poderia conceder, expostos como uma afirmação de aliança.

Eu não recebi um troll. Em vez disso, ele me entregou a faca e me desejou boas-vindas à Suécia. Eu não prestei muita atenção ao presente porque considerei inapropriado, pois eu estava recebendo boas-vindas ao meu próprio país. Eu não era uma convidada. Irritada por seu tom de voz, não notei as gravuras no cabo, nem me perguntei por que ele me dera uma faca em vez de uma escultura de troll. Agora é óbvio — ele não queria que eu tivesse um troll exposto em nossa janela para que as pessoas não o interpretassem equivocadamente como um sinal de que éramos amigos.

Quando ele me acompanhou até a saída, eu avistei uma segunda porta, no fundo do abrigo. Um cadeado pesado pendia da fechadura. Pode parecer uma observação irrelevante, mas essa segunda porta será importante mais tarde. Guarde-a em sua memória e pergunte-se por que era preciso um segundo cadeado quando já havia um na porta da frente.

Håkan continuou me acompanhando até a saída. Ele não me convidou para entrar em sua casa. Não ofereceu café. Ele estava me escoltando para fora de sua propriedade. Fui forçada a tocar no assunto de alugar nossos campos enquanto caminhávamos, mencionando minha ideia de aceitarmos carne em troca da terra. Ele tinha uma ideia diferente:

— O que acha de eu comprar sua fazenda, Tilde?

Eu não ri porque ele não parecia estar fazendo uma piada. Ele falava sério. Só que não fazia sentido. Por que ele simplesmente não comprou a fazenda de Cecilia? Perguntei isso a ele diretamente. Ele explicou que tentou, afirmando que ofereceu o dobro do que pagamos e teria oferecido o triplo, mas Cecilia recusou categoricamente. Eu perguntei por quê. Ele disse que seus desentendimentos não me interessariam. No entanto, ele estava disposto a fazer a mesma oferta, a fazenda inteira por três vezes o preço que pagamos por ela. Teríamos triplicado nosso dinheiro no intervalo de poucos meses. Antes que eu pudesse responder, ele acrescentou que a vida pode ser difícil em uma fazenda, instruindo-me a discutir a oferta com meu marido como se eu fosse meramente uma enviada.

Deixe-me explicar.

Antes dessa conversa, houve agruras e dificuldades, mas nenhum mistério. Agora uma pergunta pairava sobre mim, uma pergunta que me tirava o sono. Por que Cecilia vendeu a fazenda para um casal estrangeiro sem nenhum vínculo pessoal com a região quando o maior dono de terras na região, leal à comunidade e vizinho dela por muitos anos, cobiçou a propriedade e estava disposto a pagar muito mais?

* * *

EU NÃO VI NENHUM OBSTÁCULO SE INTERPONDO entre minha mãe e a verdade:

— Por que não telefonar para a Cecilia e perguntar a ela?

Isso foi exatamente o que eu fiz. Voltei correndo para a fazenda e telefonei para o asilo — Cecilia tinha deixado o endereço e o telefone de um asilo em Gotemburgo. Mas, se você achou que uma simples pergunta resolveria o mistério, está enganado. Cecilia estava esperando o telefonema. Ela me perguntou diretamente sobre Håkan. Expliquei que ele tinha oferecido comprar a fazenda. Ela ficou perturbada. Afirmou que vendeu a fazenda para nós porque queria que fosse nossa casa. Se eu a vendesse para obter lucro rápido, seria trair sua confiança. Agora ficou claro! Foi por isso que ela instruiu seus corretores a encontrar compradores de fora. Foi por isso que ela usou corretores de Gotemburgo, a mais de uma hora de carro dali — ela não confiava em nenhum dos corretores locais. Ela insistira em uma entrevista como parte do processo de verificação para ter certeza de que não estávamos inclinados a vender, dadas as nossas circunstâncias. Eu perguntei por que ela não queria que Håkan fosse dono da fazenda. Lembro-me exatamente do diálogo que se seguiu. Ela me implorou:

— Tilde, por favor, aquele homem jamais deve ser dono da minha fazenda.

— Mas por quê? — perguntei.

Ela não entrou em detalhes. No fim da conversa, telefonei para Håkan no número que ele tinha me dado. Enquanto o telefone chamava, planejei falar com ele de maneira calma e educada. Mas, assim que ouvi sua voz do outro lado, declarei categoricamente:

— Nossa fazenda não está à venda!

Eu não tinha sequer discutido o assunto com Chris.

Quando Chris entrou na cozinha, ele pegou a faca desagradável de Håkan. Olhou para a mulher pelada. Olhou para o troll ávido por sexo. E riu. Fiquei feliz por não ter lhe contado sobre a oferta. Eu não confiava em seu estado de espírito. Chris teria vendido a fazenda.

Três dias depois, a água em nossas torneiras ficou marrom, cheia de sedimentos, como água de poça suja. Essas fazendas são tão remotas que não fazem parte de uma rede de abastecimento. Eles tiram a água de poços individuais. Não havia outra opção senão contratar uma empresa especializada para cavar um novo poço, acabando com metade de nosso fundo de reserva de 9 mil libras. Enquanto Chris se desesperava diante de nossa falta de sorte, eu não acreditava que fosse sorte; o momento era oportuno demais, a sequência, muito suspeita. Eu não disse nada no momento. Não quis deixá-lo em pânico. Eu não tinha nenhuma prova. Não havia como negar o fato de que nosso dinheiro talvez não durasse até o inverno. Se quiséssemos sobreviver, precisávamos acelerar nossos planos para fazer a fazenda render.

* * *

U SANDO AMBAS AS MÃOS, minha mãe tirou uma caixa de aço enferrujada de dentro da bolsa. A caixa era do tamanho de uma lata de biscoitos e muito velha. Era, sem dúvida, o maior item na bolsa.

Quando os empreiteiros chegaram para cavar o poço, encontrei isso enterrado no solo, vários metros abaixo da superfície. Chris e eu estávamos observando o trabalho como se estivéssemos em um funeral, parados solenemente à beira do buraco, dizendo adeus a metade do nosso dinheiro. Quando eles cavaram mais fundo, eu vi algo brilhando. Gritei para eles pararem de trabalhar, sacudindo os braços. Os empreiteiros viram a comoção, desligaram a broca e, antes que Chris pudesse me deter, entrei no buraco. Foi estúpido. Eu poderia ter morrido. Eu simplesmente precisava salvar o que quer que houvesse lá embaixo. Quando saí do buraco, abraçando esta caixa, todos estavam gritando comigo. Ninguém se importou com a caixa. Tudo que pude fazer foi pedir desculpas e me retirar para dentro de casa, onde examinei minha descoberta em particular.

Erga a tampa...
Dê uma olhada neles...
Estes não são os que encontrei naquele dia. Deixe-me explicar. A caixa continha papéis. Continha esses mesmos papéis, mas sem essas coisas escritas. Como você pode ver, o metal está rachado com ferrugem em vários lugares. A caixa não foi capaz de protegê-los contra a umidade, e por isso a tinta original nessas páginas desa-

pareceu há muito tempo. Não era possível decifrar mais do que algumas palavras. Provavelmente eram documentos jurídicos. Eu deveria tê-los jogado no fogo. Na minha cabeça, eles foram parte da história da fazenda. Parecia errado destruí-los, e por isso eu os coloquei de volta na caixa e os deixei debaixo da pia. Meu próximo comentário é muito importante: eu não pensei mais neles.

Quero repetir isso porque não sei se você registrou...

* * *

Tentando colaborar, interrompi:
— Você não pensou mais neles.

Ela assentiu com a cabeça, satisfeita.

— Quando voltei lá para fora, Håkan estava parado onde eu estivera. Era a primeira vez que ele ia à nossa fazenda desde que chegamos...

— Quer dizer, sem contar quando ele sabotou o poço?

Minha mãe reconheceu a seriedade com que eu estava tratando seu relato, em vez de interpretar minha pergunta como ceticismo intransigente.

Eu não testemunhei isso. Então era a primeira vez que eu o via em nossa terra com meus próprios olhos. Mas, sim, você está certo, ele pode ter realizado a sabotagem pessoalmente, ou ter contratado alguém para fazer isso por ele. De todo modo, naquele dia sua postura comunicava um forte senso de propriedade, como se a fazenda já lhe pertencesse. Chris estava ao seu lado. Os dois homens nunca haviam se encontrado. Quando me aproximei, esperando testemunhar cautela e desconfiança, não observei nenhuma das duas coisas. Eu havia dito a Chris o quanto esse homem me incomodara. Mas ele estava entusiasmado demais com a perspectiva de um amigo falante de inglês para compreender a verdade — esse homem queria que nós fracassássemos. Escutei Chris respondendo prontamente perguntas sobre nossos planos. Håkan estava espionando! Eles nem perceberam que eu estava ao lado deles. Não, isso não é verdade, Håkan percebeu.

Finalmente Håkan se virou, fingindo me ver pela primeira vez. Ele se mostrou amistoso e nos convidou para o primeiro de seus churrascos de verão, que aconteciam à beira do rio em sua propriedade. Esse ano ele queria dar a festa para comemorar nossa chegada. Era absurdo! Depois de ter nos evitado por semanas e ter sabotado nosso poço, agora seríamos convidados de honra. Chris aceitou o convite sem pestanejar. Ele apertou a mão de Håkan, afirmando que mal podia esperar pela festa.

Quando decidiu ir embora, Håkan me pediu que o acompanhasse até a saída para que pudéssemos discutir os detalhes do convite. Ele explicou que era tradição que cada convidado levasse um prato de comida. Eu conhecia a tradição muito bem e disse isso a ele, perguntando o que ele queria que eu levasse. Ele fingiu flertar com as possibilidades antes de sugerir uma salada de batatas preparada na hora, explicando que sempre era muito popular. Eu concordei, perguntando a que horas ele queria que chegássemos, e ele disse que a comida seria servida a partir das três. Eu o agradeci pelo amável convite, e ele seguiu em direção à estrada. Depois de alguns passos, ele olhou para trás e fez isto...

* * *

MINHA MÃE LEVOU um dedo aos lábios como se fosse uma bibliotecária silenciando um leitor barulhento. Era o gesto que ela tinha feito antes. Agora ela estava afirmando que Håkan fizera o mesmo. Curioso diante da coincidência, perguntei:

— Ele estava provocando você?

Estava zombando de mim! A conversa fora uma charada. O convite não era um ato de gentileza. Era uma armadilha. E no dia da festa a armadilha estava armada. Nós chegamos pouco antes das três, seguindo o rio rumo à nascente, um percurso mais bonito do que caminhar pela estrada, e eu tinha certeza de que estaríamos entre os primeiros a chegar, pois estávamos sendo extremamente pontuais. Só que não fomos os primeiros: a festa estava no auge. Havia pelo menos cinquenta pessoas, e elas não tinham acabado de chegar. A churrasqueira estava acesa. A comida estava no fogo. Parados à margem da folia, segurando uma vasilha de salada de batatas caseira, nós parecíamos idiotas. Ninguém nos cumprimentou por alguns minutos até que Håkan nos escoltou pela multidão reunida até a mesa, onde colocamos nossa comida. Atrasados e andando de um lado para outro com uma salada de batatas dificilmente era a primeira impressão que eu queria causar, e por isso perguntei a Håkan se eu havia me enganado com a hora, uma maneira educada de dizer que ele devia ter cometido algum engano. Ele disse que a confusão tinha sido minha, a festa começara à uma. Depois acrescentou que não havia necessidade de se preocupar, ele não se sentia ofendido — eu devo ter me lembrado dele dizendo que a comida seria servida a partir das três.

Você poderia considerar isso uma confusão trivial. Estaria enganado. Foi um ato de sabotagem deliberada. Eu sou alguém que se importaria se tivesse confundido o horário? Não, eu teria pedido desculpas e esse teria sido o fim da história. Não houve confusão porque ele só me informou um horário. Håkan quis que chegássemos tarde e que nos sentíssemos deslocados. E conseguiu. Durante toda a festa eu fiquei tensa. Não consegui sustentar nenhuma conversa e, em vez de me acalmar com uma bebida, o álcool me deixou ainda mais perturbada. Fiquei repetindo para as pessoas que nasci na Suécia, tinha passaporte sueco, mas não passava da inglesa atrapalhada que chegou tarde carregando a salada de batatas. Você consegue perceber a jogada por trás disso? Håkan me pediu que fizesse a salada de batatas. No momento eu não pensei a respeito. Mas ele não poderia ter me pedido que fizesse um prato menos ambicioso — um prato que ninguém pudesse elogiar sem soar ridículo. Eu não pude nem usar batatas cultivadas na fazenda, porque nossa colheita não estava pronta. A esposa de Håkan não se cansava de elogiar a comida das outras pessoas, cortes de salmão, sobremesas espetaculares, pratos dos quais você podia se orgulhar. Ela não disse nada da salada de batatas porque não havia nada a dizer. Era pouco diferente da versão produzida em massa que compramos nos supermercados...

* * *

E U OBSERVEI:
— Esta é a primeira vez que você menciona a esposa de Håkan.

Esta é uma omissão reveladora. Não foi intencional, mas é apropriada. Por quê? Ela não passa de uma lua girando na órbita do marido. O ponto de vista de Håkan é o ponto de vista dela. Sua importância não está no modo como agiu: está no modo como se recusou a agir. Ela é uma mulher que arrancaria os próprios olhos em vez de abri-los para a realidade de que esta comunidade estava envolvida em uma conspiração. Eu a encontrei em muitas ocasiões. Tudo que posso descrever é sua robustez — uma massa sólida, sem leveza no andar, sem ritmo, sem música, sem diversão, sem malícia. Eles eram ricos, mas ela trabalhava sem parar. Em consequência, era forte fisicamente, tão boa nos campos quanto os homens. É estranho que uma mulher seja tão forte e ao mesmo tempo tão dócil, tão capaz e tão incapaz. Seu nome é Elise. Não éramos amigas: isso você pode perceber. Mas é difícil sentir a ferroada de seu desapreço, porque a decisão não foi dela. Suas opiniões são totalmente moldadas por Håkan. Se ele tivesse mostrado aprovação, no dia seguinte ela teria me convidado para um café, permitindo que eu entrasse em seu círculo de amizades. Se, depois disso, Håkan passasse a me desaprovar, os convites teriam cessado, o círculo teria se fechado. O comportamento dela só era consistente com sua crença fanática de que Håkan estava certo acerca de tudo. Quando nossos caminhos se cruzavam, ela fazia afirmações insossas sobre as colheitas, ou sobre o tempo, antes de se despedir com alguma observação sobre o quanto estava ocupada. Ela estava sempre ocupada, nunca na varanda com um livro, nunca nadando no rio. Até mesmo suas festas eram outra maneira de se manter ocupada. Sua conversa era uma forma de trabalho — escrupulosamente fazendo as perguntas certas, sem nenhuma curiosidade genuína. Ela era uma mulher sem prazer. Às vezes eu sentia pena dela. Quase sempre eu queria chacoalhá-la pelos ombros e gritar:

— Abra essa merda desses olhos!

* * *

MINHA MÃE DIFICILMENTE XINGAVA. Se ela derrubava um prato, ou se cortava, podia xingar a modo de exclamação, mas nunca para enfatizar alguma coisa. Ela tinha orgulho de seu inglês, que aprendera praticamente sozinha, auxiliada por incontáveis romances emprestados das bibliotecas locais. Nesse caso, seu xingamento parecia captar um acesso de raiva, um lampejo de emoção intensa irrompendo em seu relato comedido. Tentando compensar, ela logo se refugiou em imitações de frases legalistas, como se fossem trincheiras cavadas para protegê-la contra alegações de insanidade.

Não acredito, nem tenho indícios, de que Elise estivesse diretamente envolvida nos crimes que ocorreram. No entanto, estou convencida de que ela sabia. O trabalho era sua distração, mantendo a mente e o corpo tão ocupados que ela não tinha energia para encaixar as peças. Imagine um nadador num oceano, que não ousa tirar os olhos do horizonte ensolarado porque abaixo dele há o abismo mais escuro e profundo, correntes frias contornando seus tornozelos. Ela escolheu viver uma mentira, a escolha de uma cegueira voluntária. Isso não era para mim. Não vou acabar como ela — vou fazer as descobertas que ela não foi capaz de fazer.

Mal falei com Elise na festa. Ela olhava para mim de tempos em tempos, mas não fizera nenhum esforço de me apresentar a seus amigos. Quando a festa estava chegando ao fim, eu tinha de aceitar que minha apresentação à sociedade havia sido um fracasso, ou então reagir. Resolvi reagir. Meu plano era contar uma história cativante. Escolhi o incidente com o alce. Parecia ser uma escolha perspicaz, porque a história era local e eu havia interpretado o incidente como significando que nossa vida na fazenda seria abençoada, e talvez outras pessoas interpretassem de maneira similar. Testei a história em um pequeno grupo, incluindo o prefeito, uma pessoa jovial. Eles disseram que era impressionante. Feliz com a recepção, ponderei sobre qual seria o próximo grupo a ouvir minha história. Antes que eu pudesse decidir, Håkan veio até mim, perguntando se eu poderia repetir a história para que todos ouvissem. Algum espião, provavelmente o prefeito de duas caras, deve ter me dado os créditos pelo efeito positivo da história. Håkan gesticulou pedindo silêncio, colocando-me no centro das atenções. Eu não sou dada a falar em público. Fico tímida diante de multidões. No entanto, as apostas eram altas. Se eu me saísse bem, minha chegada deselegante seria esquecida. Essa história tinha o potencial de me definir aos olhos deles. Eu respirei fundo. Descrevi o cenário. Talvez tenha me entusiasmado demais, havia detalhes que eu poderia ter omitido, como o fato de que me despi, uma imagem que eu não precisava compartilhar com todo mundo, e o fato de que eu tinha certeza de que havia um voyeur perigoso nas árvores — o que me fez parecer paranoica. Mas, de modo geral, minha audiência foi cativada, ninguém bocejou nem ficou checando o celular. No fim da história, em vez de aplausos, Håkan declarou que viveu nessa área a vida toda e nunca viu um alce no rio. Eu devia ter me enganado. Esse homem tinha me encorajado a contar a história em voz alta com o único propósito de me contradizer publicamente. Eu não sei qual é a probabilidade de ver um alce no rio. Talvez aconteça uma vez a cada dez anos, talvez uma vez a cada cem anos. Tudo que eu sei é que aconteceu comigo.

Assim que Håkan manifestou sua descrença, os convidados ficaram do lado dele. O prefeito, que há apenas alguns minutos dissera que o incidente era impressionante, agora confirmou que alces não viriam tão longe. Houve teorias explicando meu engano, afirmações sobre a falta de luz, as sombras que confundem, e outras noções implausíveis sobre como uma mulher pode imaginar um alce gigante nadando ao seu lado quando, de fato, não há nada além de madeira à deriva. Como Chris estava de fora da multidão, eu não sabia ao certo o quanto ele entendeu, porque a conversa ocorrera em sueco. Eu me virei para ele em busca de apoio. Em vez de declarar que eu não era mentirosa, ele sussurrou para mim, em tom de reproche:

— Pare de falar nesse alce!

Eu me rendi.

Gabando-se de sua vitória, Håkan pôs o braço em volta do meu ombro de modo conciliador. Ele prometeu me guiar pelas florestas, onde poderíamos ver um alce de verdade. Tive vontade de perguntar por que ele estava sendo tão horrível. Ele ganhou uma pequena batalha. Mas se enganou se pensou que eu poderia ser intimidada a deixar minha terra. Ele jamais conseguiria a fazenda usando de maldade dissimulada.

Eu fiquei triste aquele dia, triste porque a festa não foi um sucesso, triste porque não tinha o telefone de um amigo para quem ligar, triste porque não recebi um único convite para tomar café na casa de outra pessoa. Eu queria ir para casa e estava prestes a dizer isso ao Chris quando vi uma jovem se aproximando da festa. Ela veio caminhando da fazenda de Håkan, usando roupas folgadas e casuais. Sem dúvida, era uma das mulheres mais bonitas que eu já vi, comparável às modelos que embelezam revistas de moda, fazendo propaganda de roupa ou de perfume. Ao vê-la caminhar em nossa direção, eu imediatamente me esqueci de Håkan. Depois pensei que estivera observando essa garota e seria educado disfarçar meu interesse. Quando percebi, estavam todos olhando para ela, homens e mulheres, todos voltados em sua direção como se ela fosse a atração da noite. Eu me senti desconfortável, como se estivesse participando de algo perturbador. Ninguém estava se comportando de maneira inadequada, mas havia pensamentos naquela multidão que não deveriam estar lá.

A garota era jovem, prestes a alcançar a idade adulta — 16 anos, descobri mais tarde. Você está correto se presumiu que todos no churrasco eram brancos. Mas essa garota era negra, e fiquei curiosa, ávida por observar com quem ela falaria, mas ela passou pela festa sem dizer uma palavra a ninguém, sem pegar nada para comer nem beber, e seguiu para o rio. No píer de madeira ela começou a se despir, abrindo o zíper da blusa com capuz e deixando-a cair, tirando a calça, descalçando os chinelos. Por baixo daquelas roupas largas ela estava usando não mais do que um biquíni, mais adequado para um mergulho à procura de pérolas do que para as águas congelantes do rio Elk. De costas para nós, mergulhou graciosamente no rio, desaparecendo sob uma onda de borbulhas. Veio à superfície alguns metros depois e começou a nadar, não sei se indiferente à audiência ou completamente ciente dela.

Håkan não conseguiu ocultar a fúria. Sua reação me assustou. Seu braço ainda estava em volta do meu ombro. Seus músculos ficaram tensos. Ele tirou o braço, pois estava denunciando seus verdadeiros sentimentos, e enfiou as mãos nos bolsos. Eu perguntei pela identidade da jovem e Håkan me disse que seu nome era Mia.
— É minha filha.

Mia mantinha a cabeça fora d'água, as pontas de seus dedos rompendo a superfície, examinando-nos. Seus olhos pousaram diretamente em Håkan e em mim. Sob seu olhar, senti um desejo de gritar e explicar que eu não estava com ele, que não era amiga dele. Eu estava sozinha — assim como ela.

Durante o voo para Londres, ocorreu-me que você poderia concluir que tenho preconceito contra adoção. Isso não é verdade. No entanto, para mim parecia haver algo errado com Håkan e Mia. Meus sentimentos não têm nada a ver com raça, por favor, acredite nisso. Meus pensamentos jamais poderiam ser tão horríveis. Mas meu coração me dizia que algo estava errado. Não parecia verdadeiro que eles fossem pai e filha, que vivessem na mesma casa, que comessem à mesma mesa, que ele a confortasse em momentos de dificuldade e que ela procurasse suas palavras de sabedoria. Eu admito que essa revelação me forçou a mudar o modo como eu via Håkan. Eu o havia tachado de xenófobo primitivo. Estava errada. Claramente, seu caráter tinha mais nuances. Seu senso de identidade sueca não dependia de marcas simplistas como cabelo loiro e olhos azuis. Dependia de patronagem. Para Håkan, eu abdicara de minha nacionalidade ao deixar meu país e aceitar a patronagem de um marido inglês. Mia fora naturalizada porque Håkan a escolheu. A posse é tudo para esse homem. Meu instinto, mesmo naquele primeiro dia, era de que ela estava em perigo, do tipo mais grave possível.

* * *

UMA JOVEM NADANDO NO RIO em um dia de verão dificilmente pareceria uma situação de perigo. Eu arrisquei:

— Como a garota estava em perigo?

Essa pergunta irritou minha mãe.

Você não devia estar prestando atenção. Eu lhe contei que Mia estava sendo objeto de desejo não dissimulado. Talvez você nunca tenha considerado essa verdade, mas é perigoso ser desejado, ser o pensamento que distrai uma pessoa, a preocupação que a excita. Nada é mais perigoso. Duvida desse fato? Considere a maneira como Mia se comportou. Ela saiu do rio, sem fazer contato visual com ninguém na festa, embora estivesse sendo observada. Essas não são atitudes naturais. Ela se vestiu sem se secar, manchas úmidas se formando em suas roupas, e então atravessou a multidão novamente, cabeça erguida — sem tocar em nada da comida nem da bebida, sem dizer uma palavra, e voltou para casa. Eu me recuso a dar ouvidos a alguém que me diga que isso não significa nada. Como posso ter tanta certeza? Eu voltei a vê-la uma semana depois, quando estava cuidando da horta. Não sei onde o Chris estava nesse dia. A dedicação dele à fazenda vinha em fases. Às vezes ele trabalhava da manhã até a noite, outras vezes desaparecia por muitas horas. De todo modo, ele não estava ao meu lado quando ouvi uma comoção, levantei os olhos e vi Mia passando de bicicleta pela estrada. Seus movimentos eram erráticos, quase fora de controle, pedalando a uma velocidade alarmante, como se estivesse sendo perseguida. Quando passou pelo portão, eu vi seu rosto. Ela estivera chorando. Soltei minhas ferramentas, correndo para a estrada, temendo que ela sofresse um acidente. Mas, pela graça de Deus, ela continuava na bicicleta, fazendo uma curva difícil à esquerda e desaparecendo de vista.

Eu dificilmente conseguiria continuar trabalhando como se nada tivesse acontecido, e por isso abandonei a horta e corri para o celeiro, pegando minha bicicleta e saindo atrás dela. Pensei que ela estivesse se dirigindo à cidade pela ciclovia isolada que desce pelo rio Elk até Falkenberg. É inconveniente que você nunca tenha visitado, porque esta não é a hora para uma descrição de Falkenberg, uma bela cidade litorânea, quando a verdadeira questão é o estado de ânimo de Mia, e estou tentando determinar a presença de perigo, e não descrever casas pitorescas de madeira pintadas de amarelo-claro e velhas pontes de pedra. Basta dizer que antes de o rio desembocar no mar a água se alarga, e em suas margens estão hotéis, restaurantes e lojas mais prestigiosos da cidade. Foi lá que Mia desceu de sua bicicleta, caminhando pelos jardins públicos impecáveis, absorta em seus pensamentos. Eu a segui até o principal calçadão de compras, onde encenei um encontro acidental. O efeito combinado de minha chegada repentina com minhas roupas sujas, enlameadas da horta, não pode ter causado uma boa impressão. Não esperei que Mia me oferecesse mais do que um oi educado. Que fosse: eu verificaria se ela estava bem e voltaria para casa. Lembro que ela estava usando chinelos rosa-shocking. Ela parecia tão bonita e alegre que era difícil acreditar que estivera chorando. Ela não passou direto por mim. Sabia meu nome e sabia que eu era de Londres. Håkan deve ter falado a meu respeito. Alguns filhos sempre assumem o ponto de vista dos pais. Mas não Mia, não havia hostilidade da parte dela. Sentindo-me encorajada, eu a convidei para um café no Ritz, que fica no calçadão. Apesar do nome, tinha preços razoáveis e uma sala tranquila nos fundos onde poderíamos conversar. Para minha surpresa, ela aceitou.

O café é self-service e eu escolhi um pedaço de Bolo Princesa, com uma camada espessa de creme sob uma lâmina fina de marzipã verde. Peguei dois garfos para que pudéssemos dividir, um bule de café e, para Mia, uma Coca-Cola diet. Na hora de pagar, percebi que saí da fazenda com tanta pressa que não havia levado nenhum dinheiro comigo. Fui forçada a perguntar à mulher no caixa se poderia pagar em outro momento. A proprietária do café observou que não me conhecia, obrigando Mia a me afiançar. Sendo filha de Håkan, suas palavras tinham peso, e a mulher fez sinal para que prosseguíssemos, com nosso bolo e café e Coca-Cola a crédito. Declarei, desculpando-me, que voltaria naquela mesma noite, considerando que eu não queria deixar nenhuma dívida pendente, principalmente porque a razão pela qual viemos à Suécia foi jamais estar em dívida outra vez.

Enquanto partilhávamos o bolo, eu falei muito. Mia prestou atenção quando contei sobre minha vida, mas foi cautelosa ao falar sobre a vida dela na Suécia. Aquilo era atípico, pensei; normalmente os adolescentes preferem falar sobre si mesmos. Não detectei nenhuma autoconfiança presunçosa, apesar de sua beleza excepcional. Perto do fim da conversa, ela perguntou se eu tinha me apresentado a todos os vizinhos, incluindo Ulf, o ermitão no campo. Eu nunca tinha ouvido falar em Ulf. Mia explicou que ele fora um fazendeiro, mas já não era mais. Agora ele nunca abandonava sua propriedade. Sua terra era administrada por Håkan. Uma vez por semana, Håkan lhe levava tudo de que ele necessitava para sobreviver. Com aquela última informação ela se despediu, levantando-se, agradecendo-me amavelmente pelo bolo e pela Coca-Cola.

Quando Mia estava indo embora, percebi a mulher no caixa nos observando. Grudado em sua orelha havia um telefone. Tenho certeza de que ela estava falando com Håkan, contando a ele que eu tinha acabado de tomar café com sua filha. Você sempre percebe, pelos olhos de uma pessoa, se ela estava falando sobre você.

* * *

PERGUNTEI:
— Você sempre percebe?
A resposta da minha mãe foi enfática:
— Sim.
Como um carro em alta velocidade que passou sobre um quebra-molas, as rodas mal saindo da estrada, ela voltou ao seu relato sem acrescentar mais nada.

Eu repeti as últimas palavras de Mia em minha cabeça, e me pareceu uma forma atípica de terminar uma conversa. A referência ao ermitão certamente era uma instrução cifrada de que eu deveria fazer uma visita a esse homem. Quanto mais eu pensava nisso, mais certeza eu tinha de que essa havia sido a intenção de Mia. Eu não iria esperar: resolvi visitá-lo imediatamente. Então, em vez de voltar para casa, passei direto por minha fazenda, pela fazenda de Håkan, pedalando em busca da casa do ermitão. Finalmente vi a velha casa, abandonada no meio dos campos como um animal desgarrado. Era difícil acreditar que alguém vivesse lá, considerando que estava tão dilapidada e negligenciada. O acesso de veículos era completamente diferente do acesso para a fazenda de Håkan, tão bem-cuidado. Havia ervas daninhas na altura da cintura entre pedras soltas, e os campos de ambos os lados estavam se fechando, a paisagem rural engolindo o caminho. Equipamentos agrícolas abandonados pontilhavam a via de acesso, triste e sombria. Havia vestígios de um celeiro, demolido recentemente.

Desci da bicicleta. A cada passo eu dizia a mim mesma que não havia necessidade de verificar se Håkan estava observando. Eu estava quase chegando na casa quando minha determinação foi abalada. Então me virei, só para ter certeza. Mas lá estava ele, com seu trator gigante no horizonte, preto contra o céu cinzento. Embora eu não conseguisse distinguir seu rosto na distância, na minha cabeça não havia dúvida de que era Håkan — imperioso, sobre seu trono de trator. Parte de mim queria sair correndo, e eu o odiei por me fazer sentir tão covarde. Recusando-me a ceder ao medo, bati à porta do ermitão. Eu não sabia o que esperar, talvez um vislumbre de um interior sombrio com teias de aranha e moscas mortas. Eu não esperava um homem gigante e gentil emoldurado por uma entrada ordenada. Seu nome era Ulf Lund, um homem com a força e o tamanho de Håkan, mas tocado por tristeza, a voz tão suave que eu tinha de me esforçar para ouvi-lo. Eu me apresentei, explicando que era nova na região, esperando que pudéssemos ser amigos. Para minha surpresa, ele me convidou para entrar.

Ao entrar na cozinha, notei que ele parecia preferir luz de velas a luz elétrica. Havia uma solenidade em sua casa que fazia lembrar uma igreja. Ele me ofereceu café e tirou um bolinho de canela do freezer, colocando-o no forno e pedindo desculpas pelo fato de que demoraria um tempo para descongelar. Ele pareceu contente em se sentar de frente para mim em silêncio enquanto o bolinho solitário era aquecido no forno. Eu tomei coragem e perguntei se ele era casado, plenamente ciente de que esse homem vivia sozinho. Ele disse que a esposa havia morrido. Não me contou como. Não me disse nem mesmo o nome dela, servindo, em vez disso, o café mais forte que já provei, tão amargo que fui obrigada a adoçá-lo. Seu pote de açúcar mascavo tinha endurecido. Raspei a colher contra a crosta, percebendo que ninguém mais o visitava. Ulf me serviu o bolinho em um prato, e eu o agradeci profusamente, embora o centro não tivesse descongelado por completo, sorrindo enquanto engolia uma bola de massa doce e fria.

Depois, quando me sentei no hall de entrada, calçando lentamente os sapatos, examinando os arredores, duas observações chamaram minha atenção. Não havia trolls, nenhuma das figuras esculpidas por Håkan. Em vez disso, as paredes estavam cobertas de citações da Bíblia emolduradas, citações bordadas em tecido, cada uma delas decorada com cenas bíblicas, faraós e profetas bordados, o Jardim do Éden em fios coloridos, a divisão do mar Vermelho em fios coloridos, uma sarça ardente e assim por diante. Eu perguntei se foi ele quem tinha feito. Ulf balançou a cabeça negativamente: era o artesanato de sua esposa. Devia haver mais de cem do piso ao teto, inclusive este...

* * *

MINHA MÃE TIROU DA BOLSA uma citação bíblica bordada à mão, enrolada e amarrada com um barbante. Ela a desenrolou na minha frente, permitindo-me estudar o texto bordado em linha preta fina. As pontas estavam chamuscadas, alguns dos fios, danificados pelo fogo.

Está queimado porque há apenas alguns dias Chris o jogou no fogão de ferro, gritando comigo que não significa nada e...

— Deixe esse maldito bordado pegar fogo.

Minha reação foi agarrar um par de pinças, apanhá-lo das chamas meio acesas, enquanto Chris arremeteu contra mim, tentando pegá-lo de volta, me obrigando a correr para a sala, agitando o material em chamas de um lado a outro como se eu estivesse evitando o ataque de um lobo. Aquela foi a primeira vez que ele me chamou de louca, na minha cara. Tenho certeza de que já vinha dizendo isso pelas minhas costas. Mas não é loucura salvar uma evidência, sobretudo quando é prova de que houve algo de podre no cerne dessa comunidade, então não, eu não deixaria "esse maldito bordado pegar fogo".

* * *

MINHA MÃE FEZ QUESTÃO DE ATRIBUIR esse acesso de fúria ao meu pai. Ela havia registrado minha reação à sua exclamação — "Abra essa merda desses olhos!" —, documentando cuidadosamente minha surpresa. Eu me lembrei de seu meticuloso livro contábil, tinta preta de um lado, vermelha do outro. Um ponto havia sido marcado contra ela, e ela estava empatando o jogo. Era cada vez mais visível que o modo como eu ouvia a história mudava a história em si, e reafirmei minha intenção de manter uma expressão neutra no rosto, revelando o mínimo possível.

Esta citação bíblica é diferente das outras penduradas no corredor. O tecido não tem nenhum ornamento, é por isso que meus olhos foram atraídos para ela. Enquanto as outras eram cercadas de ilustrações bíblicas um tanto cômicas, esta era puro texto. Ulf me disse que sua esposa estava trabalhando nesta peça quando morreu. Há várias palavras faltando, reduzidas a cinzas. Deixe-me traduzir.

"Pois-minha-luta-é-contra-a-carne-e-o-sangue-contra-os-governan-tes-contra-as-autoridades-contra-os-poderes-deste-mundo-obscu-ro-e-contra-as-forças-do-mal-neste-reino-terrestre."

Ela bordara a referência exata. Você pode ler lá — Efésios capítulo 6, versículo 12. Quando criança, eu lia a Bíblia todos os dias. Meus pais eram figuras importantes na igreja do bairro, principalmente minha mãe. Eu frequentava as aulas de religião aos domingos. Gostava das aulas sobre a Bíblia. Era devota. Isso é novidade para você, considerando que agora eu só vou à igreja no Natal e na Páscoa, mas a igreja era um estilo de vida no país. Nessa ocasião, meu conhecimento me falhou. Não consegui me lembrar da epístola aos efésios. Eu sabia que era do Novo Testamento. A grande maioria das outras citações bordadas na parede eram cenas famosas do Velho Testamento, e fiquei curiosa me perguntando por que a esposa dele mudou de rumo, em seus últimos dias, escolhendo uma passagem obscura.

* * *

SURGIU NA MINHA CABEÇA A PERGUNTA de por que essa citação em tecido — um dia emoldurada e pendurada na parede — veio parar nas mãos da minha mãe. Eu não podia acreditar que o ermitão houvesse aberto mão de um item tão precioso, o bordado que sua esposa estava fazendo quando morreu:

— Mãe, você roubou isso?

Sim, roubei, mas não de Ulf, de alguém que roubou isso dele, alguém que entendia a importância dessa peça. Não quero falar sobre isso ainda. Você precisa me deixar seguir a cronologia, ou vamos pular coisas e vou acabar lhe contando o que aconteceu em agosto antes de ter terminado o mês de maio.

Quando cheguei à fazenda, a primeira coisa que fiz foi encontrar a Bíblia sueca que meu pai me deu de presente havia cinquenta anos, dedicada a mim em sua bela caligrafia antiquada — ele sempre escrevia com uma caneta-tinteiro. Eu procurei Efésios, capítulo 6, versículo 12, que agora memorizei.

Ouça novamente a versão que ela bordou!

"Pois-minha-luta-é-contra-a-carne-e-o-sangue-contra-os-governan-tes-contra-as-autoridades-contra-os-poderes-deste-mundo-obscu-ro-e-contra-as-forças-do-mal-neste-reino-terrestre."

Agora ouça a versão bíblica correta. Vou enfatizar algumas das palavras que são diferentes, mas fique à vontade para fazer sua própria análise.

"Pois-NOSSA-luta-NÃO-é-contra-a-carne-e-o-sangue-mas-contra-os-governantes-contra-as-autoridades-contra-os-poderes-deste-mundo-obscuro-e-contra-as-forças-do-mal-no-reino-celeste-NÃO-terrestre."

A esposa dele mudou a citação! Ela bordou sua própria versão para dizer que nossa luta era contra a carne e o sangue, e pegou as forças do mal e as situou não no céu, mas na terra. Na terra! O que isso prova? Era uma mensagem, não um erro. Como essa pobre mulher poderia garantir que a mensagem sobrevivesse, que não fosse destruída após sua morte? Ela a pendurou na parede — disfarçada entre tantas outras, uma mensagem para aqueles de nós prestando atenção, uma mensagem, não um erro, uma mensagem!

Eu estava ansiosa para partilhar essa descoberta com Chris e corri para fora, chamando por ele. Não houve resposta. Sem saber onde ele poderia estar, notei manchas de sangue na pista de cascalho. Antes mesmo de me agachar eu sabia que era sangue. As manchas não estavam secas. Eram recentes. Temendo que Chris pudesse estar ferido, segui o rasto até o celeiro. As gotas continuavam por debaixo da porta e eu segurei a maçaneta, abrindo a porta de uma vez, e lá estava, pendendo de um gancho, um porco abatido, um animal inteiro cortado ao meio, aberto como um livro, balançando para trás e para a frente — uma borboleta com asas de carcaça sangrenta. Eu não gritei. Cresci no campo e já tinha visto muitos animais mortos. Se eu estava pálida e tremia, não porque fiquei chocada com a visão de um animal morto, e sim com o significado por trás desse porco abatido.

Era uma ameaça!

Eu reconheço que, em certo sentido, Håkan estava meramente cumprindo sua parte do acordo. Em troca de permitir que ele usasse nossa terra, eu tinha pedido porco. Correto. Mas eu esperava algumas linguiças e fatias de bacon, e não um porco inteiro. Sim, era um bom negócio porque havia muita carne nessa carcaça, mas por que entregá-la àquela hora, porque precisou ser entregue enquanto eu estava conversando com o ermitão? Não lhe parece estranha — a ocasião? Veja a sequência dos acontecimentos: a sequência é tudo.

Primeiro — Håkan recebeu uma ligação da mulher na cafeteria lhe informando que eu estava conversando com sua filha.

Segundo — ele me viu visitando o ermitão no campo, o que ele terá associado com Mia.

O que ele faz depois?

Terceiro — ele seleciona uma carcaça, ou abate um porco ele mesmo, morto há pouco tempo porque ainda estava pingando sangue, e vem até nossa fazenda, deixando um rasto de sangue à nossa porta, pendurando-a, não para cumprir um contrato, mas como uma forma de me dizer para eu me afastar, para não fazer mais perguntas, para cuidar da minha vida.

Devo assinalar que Chris afirma que o incidente com o porco abatido não aconteceu quando voltei da visita ao ermitão no campo, e sim em um dia totalmente diferente, e na minha cabeça eu combinei dois eventos separados, conectando lembranças que não tinham conexão alguma. Ele quer obscurecer essa sequência perturbadora precisamente porque a sequência em si é bastante reveladora.

A ameaça de Håkan teve o efeito oposto ao pretendido. Fez que eu ficasse ainda mais determinada a descobrir o que estava acontecendo. Eu tinha certeza de que Mia queria falar. Eu não sabia sobre o que ela queria falar. Não podia sequer adivinhar. Mas precisava falar com ela novamente, o quanto antes. Eu estava à procura de uma oportunidade, mas no fim das contas Mia me encontrou.

* * *

PRESO POR UM CLIPE DE PAPEL a uma página em seu diário havia o anúncio de um baile campestre. Minha mãe o entregou a mim.

Esses bailes acontecem uma vez por mês em um celeiro da comunidade, o equivalente a uma prefeitura situada a uma curta distância a pé da estrada. Eles são voltados a homens e mulheres de uma certa idade, pessoas que não se importam nem um pouco com o que poderia ser considerado moderno. As entradas são caras, 150 coroas suecas por pessoa, por volta de 15 libras. Como estávamos muito perto do local e podíamos ouvir a música, nos ofereceram entradas gratuitas como forma de compensação. Chris e eu decidimos ir ver como era. Depois do fracasso do churrasco, estávamos começando a sentir falta da dinâmica social de uma cidade. O churrasco não tinha criado uma rede de amigos. Eu não recebi nenhum convite depois daquilo. Não existia uma única pessoa para quem eu pudesse telefonar. Mas havia outra razão pela qual Chris e eu decidimos ir. Antes de partirmos para a Suécia, não tivemos intimidade por vários anos.

* * *

EU PERMANECI ABSOLUTAMENTE IMPASSÍVEL, denunciando meu desconforto como se tivesse aberto a boca em choque. Não era o assunto do sexo — era a franqueza excessiva da minha mãe. Eu não podia lidar com isso, não ainda, não agora. Sem a informação correta, minha mãe interpretou meu desconforto como uma reação meramente juvenil.

Isso talvez seja embaraçoso para você, mas para entender o que aconteceu na Suécia você precisa conhecer cada detalhe, até mesmo os mais difíceis, principalmente os mais difíceis. Depois do colapso das nossas finanças, eu perdi o interesse por sexo. Sexo tem muito a ver com se sentir bem, não só um com o outro, mas com a vida em geral. Muitos casais se esforçam para manter relações sexuais em um casamento longo. Chris e eu tivemos sorte. Ele era um belo jovem britânico de cabelo escuro que odiava autoridade e eu era uma bela jovem loira sueca que nunca tinha conhecido alguém tão anárquico. Éramos almas perdidas que encontraram um lar na companhia um do outro. O sexo para nós se tornou uma celebração de que éramos uma equipe, nós dois contra todos os demais. Enquanto tivéssemos um ao outro, não precisávamos de mais ninguém.

Deu tudo errado quando compramos aqueles apartamentos. Chris confiou em mim, ele queria se aposentar — trabalhou duro a vida toda, estava pronto para relaxar. Começou a pescar mais, passava horas planejando férias no exterior, lendo guias de viagem, querendo visitar os lugares que nunca conhecemos. Ele nunca teve afinidade com bancos ou corretores de imóveis e aceitou alegremente minhas decisões. Quando o mercado quebrou, ele se sentou, impotente e em silêncio, enquanto eu tentava encontrar uma solução para nossos investimentos. Já não éramos uma equipe. Eu estava sozinha. Ele estava sozinho. Comecei a ir para a cama cedo para me levantar cedo. Ele ia para a cama tarde e se levantava tarde. Nossas vidas estavam descompassadas. Parte de nossa ambição para a Suécia era recuperar nosso ritmo, nossa camaradagem e nossa paixão, redescobrir o sexo como se fosse um tesouro arqueológico enterrado sob o pó e os escombros de quatro anos terríveis.

Na viagem de ferry para a Suécia, sob as estrelas, Chris e eu nos beijamos, não um beijo na bochecha, não o beijo nervoso de jovens amantes, mas o beijo de parceiros de toda uma vida, abertamente familiares, temendo que jamais pudessem ser tão apaixonados quanto foram um dia. Não só nos beijamos: fizemos sexo, em um lugar público, no convés superior, em um local isolado e frio atrás de um barco salva-vidas, a bordo de um ferry no meio do Canal da Mancha. Eu estava apreensiva, poderíamos ter sido pegos, mas quando Chris veio para cima de mim eu pude perceber que ele esperava que eu dissesse não, desse alguma desculpa, me preocupasse, então eu fui na dele, mais do que qualquer coisa como um símbolo de mudança, para deixar que ele soubesse que as coisas seriam diferentes para nós — seríamos uma equipe inseparável outra vez.

Depois, na proa do barco, esperando o sol nascer e a primeira porção de terra saltar à vista, acreditei genuinamente que esse era nosso momento — nossa grande aventura, mas também, sendo realista, nossa última aventura juntos. E certamente seria fantástica, porque merecíamos nossa cota de felicidade. A todo mundo é devida uma cota de felicidade, isso é sentimental, felicidade não é um direito humano, mas deveria ser.

Com o estresse da fazenda, a contaminação do poço, os problemas com Håkan, houve uma série de distrações, mas sempre tinha havido distrações. Chris e eu fizemos um pacto de que seríamos disciplinados, planejaríamos o sexo — marcaríamos encontros. Não haveria desculpas. Usaríamos eventos como esse baile campestre para nos obrigar a entrar no clima.

Naquela noite eu usei um vestido rosa pálido que deve ter uns 30 anos, guardado de uma época em que Chris e eu costumávamos dançar em discotecas de Londres. Chris usou uma camisa de seda brilhante, que não era tão antiga quanto o meu vestido, mas fazê-lo vestir qualquer coisa que não fosse jeans e um suéter era um bom sinal. Eu não tinha perfume, não podíamos comprar mais, e por isso preparei um caseiro, espremendo agulhas de pinho das florestas, que soltam um óleo intenso, e o esfreguei atrás das orelhas.

Saímos da fazenda de mãos dadas, caminhando pela estrada, atravessando o campo escuro, seguindo o som da música. Chegamos tarde, incapazes de ver dentro do celeiro porque não tinha uma única janela. Uma fileira de lâmpadas tremeluzentes de cor laranja repletas de mariposas gigantes pendia acima da porta, marcando a entrada, uma imensa porta de correr feita de madeira pesada. Chris foi forçado a segurá-la com as duas mãos, empurrando-a para trás, e nós ficamos lá, como viajantes vindos de uma época remota chegando a uma hospedaria movimentada, procurando nos abrigar de uma tempestade.

Do lado de dentro cheirava a bons tempos: álcool e suor. Havia tantas pessoas dançando que o piso inteiro tremia, e os copos sobre as mesas balançavam. Ninguém parou para olhar para nós: estavam ocupados demais dançando. A banda estava no palco, cinco homens usando ternos pretos baratos com gravatas pretas de tecido fino e óculos escuros Ray-Ban, uma banda em tributo aos Blues Brothers. Por mais estúpidos que pudessem parecer a olhares maldosos, eles cantavam muito bem e estavam determinados a fazer com que nos divertíssemos. Aqueles que queriam evitar a música estavam nos fundos, nas mesas, deleitando-se com a comida que tinham trazido, mas principalmente bebendo. Não havia um bar pago, o local não tinha licença para vender álcool, esperava-se que cada um trouxesse a sua bebida. Isso foi uma surpresa para nós, pois não havíamos trazido nada e estávamos loucos para beber alguma coisa. Não importava. Em poucos minutos recebemos várias ofertas dos outros convidados, *schnapps* vertido de uma garrafa térmica gigante misturado com café preto forte, servido com uma piscadela e uma cotovelada, como se estivéssemos em uma espelunca nos tempos da Lei Seca e, meu Deus, era forte, cafeína, açúcar e álcool, e logo fiquei bêbada.

Håkan não era dono do celeiro nem tinha nada a ver com a organização desse evento. Verifiquei isso no começo da semana. Depois de agradecê-lo amavelmente pela entrega do porco, sem dar a ele nenhum indício de que sua intimidação fora um sucesso, perguntei se Håkan gostava de dançar. Ele desdenhou e disse que jamais. Eu podia ficar tranquila. Ele não apareceria. Depois de vários copos de licor de amora-branca e café, minha risada ficou mais alta até que eu já nem sabia do que estava rindo. Todo mundo parecia estar rindo. A multidão estava lá por uma única razão — se divertir. Eram todos da região. Ao contrário da politicagem do churrasco, esse grupo aleatório aceitava prontamente qualquer um no mesmo espírito, qualquer um que quisesse dançar. Ninguém era um forasteiro ali.

Com alguns drinques no estômago, Chris e eu fomos para a pista de dança. Sempre que a música parava, meus pensamentos giravam em uma ciranda maravilhosa, e todo mundo à minha volta estava em um estado similar, tomando fôlego e ao mesmo tempo abraçando quem quer que estivesse ao lado. Na pista de dança, todo mundo tinha o direito de beijar todo mundo. Foi quando vi Mia à porta. Não sei há quanto tempo ela estava no celeiro. Estava encostada contra a parede dos fundos, vestindo um short jeans com a barra desfiada e uma camisa branca. Era a única jovem lá, a única mulher com menos de 20 anos. Estava sozinha. Não vi Håkan nem a esposa. Apesar de nossa longa conversa, eu me senti estranhamente tímida. No fim ela caminhou até nós, dando um tapinha no ombro de Chris, perguntando se poderíamos lhe conceder a próxima dança. Obviamente pensei que ela perguntava se podia dançar com Chris, eles dois, e então sorri e disse a ele para ir em frente. Mas Mia balançou a cabeça, dizendo que queria dançar comigo! Chris riu e disse que era uma excelente ideia — ele estava saindo para fumar.

A banda começou a tocar. A música era rápida, a mais rápida que eles tinham tocado até então, e estávamos dançando — Mia e eu. Eu estava bêbada, me perguntando se Mia tinha vindo ao baile para falar comigo. Para testar a teoria, perguntei se ela costumava frequentar esses eventos, e ela fez que não e disse que era a primeira vez que vinha a um. Nesse momento perguntei se ela estava bem. Seu equilíbrio e sua autoconfiança se dissiparam. Ela parecia jovem e perdida. Senti seus dedos pressionarem minhas costas. Assim...

* * *

L EVANTANDO-ME DA CADEIRA, MINHA mãe me posicionou no meio da sala de estar como se fôssemos parceiros de dança. Ela colocou minhas mãos em suas costas, recriando a cena.

Nós continuamos dançando, mas ela não queria mais falar. Quando a música terminou, Mia se soltou. Ela se virou para a banda e assobiou, batendo palmas ruidosas, mostrando entusiasticamente seu apreço, só parando para colocar o cabelo trás da orelha.

As pessoas estavam nos observando.

Sem dirigir uma palavra a Mia, eu voltei para as mesas no fundo do celeiro e a deixei assobiando e aplaudindo. Chris estava segurando um copo cheio de *schnapps* nos lábios, segurando-o ali, pressionado contra o lábio inferior, mas sem beber. Ele olhou para mim como se eu tivesse me comportado mal, e eu não podia afastar a sensação de que, de alguma forma, eu tinha me comportado mal. Eu me servi um copo, fiz um brinde, tomei de um só trago e virei as costas. As imensas portas do celeiro estavam abertas. Havia mariposas esvoaçando rumo à luz. E Mia tinha ido embora.

* * *

MINHA MÃE DESFEZ A POSIÇÃO DA DANÇA. Por um instante, ela parecia ter se esquecido de mim. Pela primeira vez sua narrativa foi interrompida, e só quando apoiei minha mão em seu ombro ela começou outra vez, devagar no início, ganhando ritmo, recuperando o ímpeto perdido.

Chris e eu dançamos mais algumas músicas. Para mim, já não foi com a mesma alegria. Meu coração não estava lá. A bebida não me deixou feliz — me deixou cansada. Pouco depois, Chris e eu voltamos caminhando para a fazenda. Quanto ao sexo, eu tentei. Esperei que fosse tudo o que ele queria. Mas antes nunca havia sido um esforço. Chris me disse que eu deveria fumar um baseado, para me ajudar a relaxar. Ele começou a enrolar um. Não me opus à ideia. Eu não fumava havia muitos anos. Talvez ajudasse. De todo modo, aquela era uma noite de diversão. Então esperei ele terminar e dei um trago, contando os segundos até que meu coração ficou leve. Quando aconteceu, eu me levantei, nua, deixando cair o lençol, exalando fumaça em uma tentativa de parecer sexy e sedutora. Chris continuou deitado, observando, me dizendo que terminasse o baseado, esperando para ver o que eu faria depois. Tentei imaginar o que mais eu poderia fazer, o que seria sexy — um dia eu soubera, de maneira instintiva, sem ter que pensar —, e então me ocorreu que Chris tinha trazido pouca maconha de Londres. O pouco que trouxe certamente já tinha acabado: estávamos na fazenda havia um mês. Eu me perguntei onde ele teria conseguido essa maconha e como teria pagado por ela. Então indaguei, não irritada, não de maneira acusatória, mas curiosa: onde ele tinha conseguido a maconha? Ele pegou o baseado da minha mão. Sua resposta foi quase inaudível, seus lábios encobertos pela fumaça. Tudo que ouvi foi:

— Håkan.

Quando Chris gesticulou para que eu voltasse à cama, esse fato se dividiu em dois, o fato de que Håkan lhe dera a maconha significava que Chris e Håkan deviam ter se encontrado sem que eu soubesse. Esses dois fatos se dividiram em quatro. Eles devem ser amigos o bastante para discutir a disponibilidade de maconha e devem ser íntimos o bastante para Chris discutir nossas finanças com ele, pois não tinha dinheiro para a droga e não podia acessar o pouco que tínhamos sem meu conhecimento. Daí decorre que ele deve ter explicado nossa situação para Håkan, o homem que estava criando estratégias para roubar nossa fazenda. Esses fatos perturbadores começaram a se multiplicar, descontroladamente, brotando e se dividindo, enchendo minha cabeça até que eu já não conseguia ficar no quarto, não com o cheiro do baseado fedorento de Håkan queimando na nossa casa — na nossa fazenda!

Vesti uma roupa às pressas e corri para fora, com Chris de pé na escada, nu, berrando para mim:

— Volte aqui!

Eu não parei, corri o mais rápido que pude, passando pelo celeiro deserto onde dançamos mais cedo, passando pela fazenda de Håkan, chegando ao pé da colina em torno da qual todas as fazendas estavam situadas.

As encostas eram campina silvestre: o topo era floresta densa. Quando cheguei à fileira de árvores, eu estava pingando suor e desabei na grama crescida, recuperando o fôlego, observando a paisagem lá embaixo. Fiquei lá até que comecei a tremer. Foi quando vi faróis na estrada, não um par de faróis, mas dois; não dois, agora três; não três, mas quatro pares de faróis. Primeiro pensei que era a droga pregando peças em meus olhos, então contei outra vez, quatro carros viajando um atrás do outro, rastejando lentamente pela paisagem rural, em comboio, na calada da noite, em uma parte do mundo que normalmente veria não mais do que quatro carros passando num dia inteiro. Serpenteando pelas estradas estreitas, eles se moviam como se estivessem acoplados uns aos outros, um monstro noturno à procura da presa. Ao chegar à fazenda de Håkan eles viraram: os quatro carros estacionaram no caminho que conduzia à entrada. Os faróis se apagaram. O mundo estava escuro novamente. Então, um por um, os feixes de luz de quatro tochas brilharam pelos campos, e finalmente um quinto feixe de luz surgiu de dentro da casa, unindo-se à gangue, assumindo a liderança. Eu não conseguia ver as pessoas, apenas as luzes, e as observei caminhar em direção ao rio em uma única fila, só que elas nunca chegaram ao rio. Em vez disso, desapareceram no porão subterrâneo, o galpão das esculturas de madeira — cinco pares de luzes apagando o caminho, desaparecendo naquele porão subterrâneo na calada da noite, um porão cheio de trolls e facas e uma porta inexplicavelmente trancada com cadeado...

* * *

MEU TELEFONE TOCOU. Embora eu tivesse colocado no modo silencioso, a imagem do meu pai apareceu na tela. Era a primeira vez que ele ligava desde que o cortei de forma abrupta. Deixando o telefone sobre a mesa, eu disse à minha mãe:

— Se você quiser, eu ignoro.

Atenda. Eu já sei o que ele vai dizer — que mudou de ideia. Ele já não pretende ficar na Suécia. Está de malas prontas. Prestes a dirigir até o aeroporto. Ou já está lá, com a passagem na mão.

* * *

PARECIA MUITO MAIS PROVÁVEL que meu pai estivesse ligando para ver como estávamos. Nas ocasiões anteriores, ele mostrara considerável paciência. Além do mais, permanecer na Suécia fora ideia dele, dando-me espaço para conversar com minha mãe. Uma viagem a Londres seria uma provocação. Eu entendia isso agora. Ele admitira isso: não poderia ajudá-la. Ela fugiria dele. Se ele viesse ao meu apartamento, ela tentaria escapar.

No fim das contas, demorei tanto avaliando a situação que perdi a chamada. Minha mãe apontou para o telefone:

> Ligue de volta. Deixe-o mostrar que é um mentiroso. Ele vai dizer que está preocupado com como você está se saindo sob a tensão de ouvir minhas alegações sinistras. Oferecerá certeza reconfortante, dizendo que não há crime nem conspiração, que não há vítimas, que não haverá investigação policial. Tudo que precisa ser feito é que eu tome remédios até que essas alegações sumam da minha cabeça.

* * *

MEU PAI TINHA DEIXADO UMA MENSAGEM DE VOZ. Apesar das várias chamadas perdidas, ele não deixara nenhuma mensagem antes. Com receio de esconder qualquer coisa da minha mãe, falei:

— Ele deixou uma mensagem.

— Ouça.

"Daniel, é o seu pai. Eu não sei o que está acontecendo — não posso ficar aqui sem fazer nada. Estou no aeroporto de Landvetter. Meu voo sai em trinta minutos, mas não é direto. Vou primeiro para Copenhague. Devo aterrissar no Heathrow às quatro da tarde.

"Não venha me encontrar. Não mencione isso à sua mãe. Eu vou até você. Só fique em casa. Mantenha-a aí. Não a deixe ir embora...

"Há tanta coisa que eu deveria ter contado a você. As coisas que ela vem dizendo — se você a ouvir por muito tempo vai começar a parecer real, mas não é.

"Me ligue de volta, mas só se isso não a deixar perturbada. Ela não pode saber que estou a caminho. Tenha cuidado. Ela pode perder o controle. Pode se tornar violenta.

"Nós vamos ajudá-la. Eu prometo. Vamos encontrar os melhores médicos. Eu fui lento. Não consegui me comunicar direito com os médicos suecos. Vai ser diferente na Inglaterra. Ela vai ficar bem. Não a perca de vista. Logo estarei aí.

"Amo você."

* * *

BAIXEI O TELEFONE. Segundo a própria avaliação do meu pai, se ele viesse ao apartamento, pegando minha mãe de surpresa, havia a possibilidade de um confronto violento. Minha mãe se voltaria contra nós dois.

Ela falou:

— Quanto tempo nós temos?

Meu pai acionara uma bomba-relógio, perturbando a calma já tão frágil. Eu não me sentia nem um pouco inclinado a seguir suas instruções. A fim de preservar minha posição privilegiada como alguém em quem ela confiava, eu lhe entreguei o telefone. Ela o aceitou como se fosse um presente precioso, recebendo-o com as duas mãos. Ela não o levou ao ouvido, dizendo:

— Essa demonstração de confiança me dá esperança. Eu sei que não somos próximos há muitos anos. Mas podemos ser outra vez.

Refleti sobre a afirmação da minha mãe de que já não éramos próximos. Nós nos encontrávamos com menos frequência. Conversávamos menos. Escrevíamos menos um para o outro. Mentir para ela sobre minha vida pessoal havia me forçado a me afastar, para limitar o número de mentiras que eu precisava contar. Cada interação carregava o risco da descoberta.

Eu já não era próximo da minha mãe.

Era verdade.

Como eu permiti que isso acontecesse? Não foi planejado nem intencional, não foi por uma ruptura ou por uma briga, mas por pequenos passos descuidados. E agora, olhando por sobre meu ombro, certo de que minha mãe estava a não mais do que alguns passos atrás de mim, eu a vi distante.

Enquanto ela ouvia a mensagem de voz, eu esperava uma reação intensa, mas seu rosto continuou impassível. Quando terminou de ouvir, ela me devolveu o telefone, dessa vez não ciente dos meus sentimentos, distraída pela notícia. Ela respirou fundo, pegou a faca do troll e a enfiou no bolso, armando-se contra a chegada do meu pai.

Um homem preparado para pagar por sua liberdade com a vida da esposa — o que é? Não um homem, mas um monstro. Por que me dar um aviso? Por que não aparecer de surpresa? Eu vou lhe dizer por quê. Ele quer que eu perca o controle, que eu grite feito louca. É por isso que ele deixou a mensagem. Ignore o que ele disse sobre a necessidade de segredo. É mentira. Ele queria que eu ouvisse. Ele quer que eu saiba que ele está vindo!

* * *

EMBORA SOUBESSE QUE ERA CEGA e feita de madeira, eu odiava a ideia de a faca estar no bolso dela.

— Mãe, por favor, me dê a faca.

— Você continua vendo-o como seu pai. Mas ele me machucou. Vai me machucar de novo. Eu tenho o direito de me defender.

— Mãe, eu não vou ouvir mais nem uma palavra enquanto você não colocar a faca sobre a mesa.

Ela tirou a faca do jeans lentamente, entregando-a a mim pelo cabo e dizendo:

— Você está enganado a respeito dele.

Tirando uma caneta da bolsa, ela anotou uma série de números na parte de trás do seu diário.

> Temos três horas no máximo até ele chegar. Baseei meus cálculos em um voo direto. Ele afirma estar pegando um voo via Copenhague, mas é mentira, ele disse isso para conseguir chegar antes e nos pegar desprevenidos. O tempo corre contra nós! Não podemos perder um segundo. No entanto, há mais uma mentira a corrigir. Os médicos suecos falam um inglês excelente. Não é verdade que eles não conseguiam entender Chris — eles o entenderam perfeitamente, entenderam cada palavra evasiva. A questão é que não acreditaram nele. Ligue para os médicos agora mesmo e fique admirado com seu inglês fluente, fale com eles em frases completas, conte quantas palavras eles não entendem. O total será zero, ou perto disso. Ligue

para eles quando quiser, quando sua confiança em mim for abalada, e eles irão confirmar meu relato. Os profissionais me julgaram apta a ser liberada e concordaram com minha solicitação de que Chris não fosse informado de nada, concedendo-me o breve intervalo de tempo para fugir para o aeroporto.

Quanto ao meio da mensagem, quando a voz de Chris falha — não era o som de amor, ou compaixão, não havia lágrimas marejando seus olhos. Se era real, era o som de um homem à beira de um colapso, exausto pelo esforço de encobrir seus crimes. É o estado mental dele que devemos questionar, dividido entre autopreservação e culpa. Ele é um homem encurralado contra a parede, o tipo de animal mais perigoso. Todos somos capazes de nos afundar em intrigas em tal nível que um dia parecera impossível. Chris chegou a ponto de usar minha infância contra mim, segredos que foram confiados a ele, sussurrados à noite depois de fazermos sexo, intimidades do tipo que você só partilharia com uma pessoa que acreditasse ser sua alma gêmea.

* * *

E SSA DESCRIÇÃO DO MEU PAI não soava verdadeira. Ele odiava indiscrição. Não fazia fofocas sobre seu pior inimigo, imagine manipular um segredo confiado a ele por minha mãe. Falei:

— Mas o papai não é assim.

Minha mãe assentiu:

— Concordo. E é por isso que confiei totalmente nele. Ele não é assim, como você disse. Exceto quando está desesperado. Todos somos diferentes quando estamos desesperados.

Eu não fiquei satisfeito. O argumento poderia ser aplicado a qualquer característica que não parecesse plausível. Desconfortável, perguntei:

— Que segredos são esses?

Minha mãe tirou da bolsa uma pasta de aspecto oficial. Havia uma etiqueta branca na frente com o nome dela, a data e o endereço do hospício sueco.

Para um médico honesto se convencer de que uma pessoa é louca, uma das primeiras linhas de investigação é a família do paciente. No meu caso não existe nenhum histórico de problemas mentais. No entanto, muita coisa não foi registrada, e meus conspiradores ainda não estão derrotados. Eles têm outra opção. Voltaram os olhos para a minha infância, oferecendo um trauma não diagnosticado, implicando que minha insanidade é anterior a qualquer alegação contra eles. Tal abordagem requer que um dos vilões seja próximo de mim, alguém com informações íntimas, como meu marido. Passa a ser essencial, se eles quiserem preservar sua liberdade, que Chris traia minha confiança. Agora você tem alguma ideia da pressão sobre ele? Foi uma decisão não natural para ele, mas a essa altura ele já tinha ido longe demais para voltar atrás.

Durante meu período encarcerada no hospício, fui confrontada pelos médicos em uma cela, dois homens que se sentaram de frente para mim em uma mesa aferrada ao piso, armados com o relato da minha infância fornecido por Chris, não um relato geral, porém mais especificamente um incidente que aconteceu no verão de 1963. Eu não chamaria isso de ficção, foi outra coisa, não uma história inventada do nada, mas algo mais sutil, uma adaptação da verdade, garantindo que seu relato não pudesse ser refutado categoricamente. Os médicos me apresentaram esse relato fabricado com tamanha crueldade como se fosse um fato e esperaram minha reação. Temendo a prisão permanente naquele hospício, percebendo a importância da minha resposta, eu pedi um lápis e uma folha de papel. Você precisa entender que eu estava em estado de choque por estar presa. Havia loucura à minha volta, loucura genuína. Eu estava apavorada. Não sabia se algum dia sairia de lá. Duvidava da minha capacidade de falar claramente. Estava ficando confusa entre o inglês e o sueco. Em vez de divagar, propus uma alternativa. Eu descreveria exatamente o que aconteceu em 1963, não falando, mas escrevendo, e eles poderiam julgar, com base no documento detalhado, se o incidente da infância era relevante.

Você tem em mãos o testemunho que escrevi para eles naquela noite. Os médicos o devolveram por solicitação minha quando saí do hospício. Acredito que tenham mantido uma fotocópia em seus arquivos caso você precise comparar, ou talvez esta seja uma cópia.

Sim, eu não percebi antes, mas esta é uma cópia, eles mantiveram o original.

Você e eu nunca conversamos a fundo sobre minha infância. Você nunca conheceu seu avô. Sua avó é falecida. Em certo sentido, ela nunca foi viva para você. Com base nisso, você talvez deduza que minha infância não foi feliz. Bem, isso não é verdade — houve felicidade, uma boa dose de felicidade, muitos anos de felicidade. Em essência, sou uma criança do interior com gostos simples e um amor pela vida ao ar livre. Não foi uma vida de sofrimento.

No verão de 1963, aconteceu algo que mudou a minha vida, destruiu-a e me tornou uma estranha em minha própria família. Hoje esse fato está sendo distorcido para que meus inimigos consigam me internar. Para me proteger, eu não tenho outra escolha senão expor meu passado a você. Meus inimigos criaram uma versão maliciosa dos acontecimentos, tão perturbadora que, se você ouvir o que eles dizem, me verá de outro modo. E, quando você tiver seu próprio filho, jamais permitirá que eu fique sozinha com ele.

* * *

EU SIMPLESMENTE NÃO CONSEGUIA IMAGINAR algo tão terrível que transformasse por completo a maneira como vejo minha mãe, muito menos algo que me fizesse duvidar da sua capacidade de cuidar de uma criança. No entanto, fui forçado a aceitar que sabia muito pouco sobre a infância dela. Eu não conseguia me lembrar de nenhuma menção específica ao verão de 1963. Ansioso, abri a pasta. Dentro, havia uma carta introdutória escrita pela minha mãe antes do texto principal.

— Você quer que eu leia isso agora?

Minha mãe fez que sim.

— É o momento.

* * *

Prezados doutores,

Vocês talvez fiquem curiosos com o fato de eu estar escrevendo em inglês em vez de em sueco. Ao longo da minha vida no exterior, meu inglês escrito melhorou, ao passo que meu sueco escrito foi negligenciado. Abandonei o sistema educacional sueco aos 16 anos e praticamente não usei minha língua materna durante o tempo em que vivi em Londres. Por outro lado, me esforcei muito para melhorar meu inglês, aprimorando-me com a assistência da grande literatura. Usar o inglês não é uma afirmação contra o sueco. Não expressa sentimentos ruins para com minha terra natal.

Gostaria de deixar registrado que não tenho nenhum desejo pessoal de discutir minha infância. Foi apresentada como uma distração cínica dos crimes reais que aconteceram. Não existe conexão alguma entre o passado e o presente, mas reconheço que minha negação os fará pensar que existe.

Meus inimigos descreveram algo que aconteceu no verão de 1963. Sua esperança é me prender neste hospício até que eu retire minhas alegações contra eles ou até que minhas alegações sejam vãs, porque minha credibilidade terá sido minada. Admito que alguns elementos da história que eles contaram são verdadeiros. Não posso afirmar que é tudo mentira. Se investigassem a versão deles, vocês veriam que os detalhes gerais estão corretos, como o lugar, os nomes e as datas. No entanto, assim como eu não afirmaria ser amiga de alguém com quem esbarrei em um trem lotado simplesmente porque nossos ombros se tocaram, não se pode afirmar que a história deles seja verdade meramente porque tem contato efêmero com os acontecimentos reais.

O que vocês estão prestes a ler é o verdadeiro relato do que aconteceu. Entretanto, estas são memórias de algo que se passou há mais de cinquenta anos, e não posso me lembrar de cada palavra dita na época. Portanto, vocês poderiam concluir que os diálogos estão sendo inventa-

dos e, consequentemente, duvidariam de todo o conteúdo apresentado. Reconheço, de antemão, que os diálogos servem apenas para captar o espírito geral da conversa, porque as palavras exatas foram perdidas para sempre, bem como algumas das pessoas que as proferiram.

Cordialmente,
Tilde

* * *

A verdade sobre a fazenda

Nossa fazenda não era diferente de milhares de outras na Suécia. Era remota e bonita. A cidade mais próxima ficava a 20 quilômetros. Quando criança, o som de um carro passando era raro o suficiente para me fazer correr para fora de casa. Nós não tínhamos televisão. Não viajávamos. As florestas, os lagos e os campos eram a única paisagem que eu conhecia.

A verdade sobre mim

Minha mãe quase morreu durante o meu parto. As complicações a deixaram incapaz de ter mais filhos. Por essa razão eu não tenho irmãos nem irmãs. Meus amigos eram poucos. Reconheço que às vezes eu era solitária.

A verdade sobre os meus pais

Meu pai era severo, mas nunca bateu na minha mãe nem em mim. Era um bom homem. Ele trabalhava para o governo local. Meu pai nasceu na região. Construiu a fazenda com as próprias mãos, quando tinha apenas 25 anos. Seu hobby era a apicultura. Ele mantinha campinas silvestres para suas colmeias. Sua combinação atípica de flores criava um mel branco que ganhou muitos prêmios. As paredes da nossa sala de estar eram cobertas de prêmios nacionais de apicultura e recortes emoldurados dos artigos escritos sobre o mel que ele produzia. Minha mãe ajudava no trabalho, mas seu nome não estava nos rótulos das embalagens de mel. Os dois eram membros importantes da comunidade. Ela trabalhava muito na igreja. Em síntese, minha infância foi confortável e tradicional. Sempre havia comida à mesa. Eu não tinha motivos para reclamar. Isso nos leva ao verão de 1963.

A verdade sobre o verão de 1963

Eu tinha 15 anos. As aulas haviam terminado, e as longas férias de verão me aguardavam. Eu não tinha planos além das tarefas e diversões de sempre: ajudar na fazenda, pedalar à beira do lago, nadar, colher frutas e explorar a região. Tudo mudou um dia quando meu pai me disse que uma nova família havia se mudado para lá. Eles tomaram posse de uma fazenda próxima. Era uma família atípica, composta de um pai e uma filha, mas sem mãe. Eles saíram de Estocolmo para começar a vida no campo. A garota tinha a minha idade. Ao ouvir a notícia, fiquei tão entusiasmada que perdi o sono contemplando a possibilidade de ter uma amiga por perto. Fiquei nervosa porque ela talvez não quisesse ser minha amiga.

A verdade sobre Freja

Em busca de sua amizade, eu passava o maior tempo possível nas redondezas da fazenda da garota nova. Tímida demais para bater à porta deles, recorri a métodos indiretos que podem parecer estranhos, mas eu levava uma vida resguardada e era socialmente inexperiente. Entre nossas duas fazendas havia um arvoredo pequeno demais para ser chamado de floresta. Era uma área de terra selvagem impossível de ser cultivada porque tinha várias rochas grandes. Eu ia até lá todos os dias. Sentava na copa de uma árvore, observando a fazenda da garota nova. Todos os dias eu esperava muitas horas, entalhando desenhos no tronco. Depois de mais ou menos uma semana, comecei a duvidar de que a garota nova quisesse ser minha amiga.

Um dia eu vi o pai dela caminhando pelo campo. Ele parou ao pé da minha árvore e gritou:
— Oi, aí em cima.
Eu respondi:
— Oi, aí embaixo.

Estas foram nossas primeiras palavras:

— Hej där uppa!

— Hej där nerra!

— Por que você não desce e vem conhecer a Freja?

Aquela foi a primeira vez que ouvi o nome dela.

Desci da árvore e o acompanhei até a fazenda. Freja estava esperando. O pai dela nos apresentou. Ele explicou o quanto esperava que pudéssemos ser amigas, porque Freja era nova na região. Embora Freja tivesse a minha idade, ela era muito mais bonita. Seus seios já eram grandes e ela usava um penteado da moda. Era o tipo de garota em que todo rapaz prestava atenção. Estava mais para adulta do que para criança, enquanto eu ainda era uma criança. Propus construirmos um abrigo na floresta, sem saber se ela torceria o nariz para a ideia, porque ela era da cidade e eu não conhecia nenhuma garota da cidade. Talvez elas não gostassem de construir abrigos em árvores. Ela disse que tudo bem. Então nós corremos para o arvoredo. Mostrei a ela como criar um telhado curvando mudas de árvores e atando-as. Se isso parece uma tarefa de moleca para duas garotas de 15 anos, talvez fosse. Mas atividade física era natural para mim. Era tudo o que eu conhecia como forma de diversão. Freja era mais sofisticada. Ela sabia de sexo.

No meio do verão, Freja tinha se tornado a amiga que sempre desejei. Eu me imaginava dizendo a ela, no fim das férias, que ela era a irmã que eu nunca tive, e que seríamos melhores amigas para o resto da vida.

A verdade sobre o troll

Cheguei na floresta certa manhã e encontrei Freja sentada no chão, abraçando os joelhos. Ela levantou os olhos para mim e falou:

— Eu vi um troll.

Eu não sabia se essa era uma história de terror ou se ela estava falando sério. Nós costumávamos contar histórias de terror uma para a outra.

Eu lhe contava histórias sobre trolls. Então lhe perguntei:

— Você viu o troll na floresta?

Ela respondeu:

— Na minha fazenda.

Era meu dever acreditar na minha amiga quando ela dizia que algo era verdade. Segurei a mão dela. Ela estava tremendo.

— Quando você o viu?

— Ontem, depois que brincamos no campo. Eu fui para a fazenda, mas estava muito suja para entrar em casa, então usei a mangueira do lado de fora para enxaguar a lama das minhas pernas. Foi quando vi o troll, no fundo do jardim, atrás dos arbustos de groselha-vermelha.

— Como ele era?

— Tinha a pele pálida e áspera como couro. Sua cabeça era enorme. E, em vez de dois olhos, tinha um único olho preto, enorme, que não piscava. O troll só olhava para mim e não desviava o olhar. Eu quis chamar meu pai, mas tive medo de que ele não acreditasse em mim. Então soltei a mangueira e corri para dentro.

Freja não brincou naquele dia. Ficamos sentadas uma ao lado da outra, de mãos dadas, até que ela parou de tremer. Naquela noite, depois de me despedir de Freja com um abraço, eu a observei voltar para casa pelo campo.

No dia seguinte, Freja estava tão feliz que me beijou e me abraçou e disse que o troll não tinha voltado, e pediu desculpas por ter me deixado preocupada, devia ter sido sua imaginação pregando peças.

Mas o troll voltou, e Freja nunca mais foi a mesma. Ela nunca se sentia segura. Estava sempre com medo. Tornou-se outra pessoa. Era mais triste e mais quieta. Muitas vezes não queria brincar. Tinha medo de voltar para casa todas as noites. Tinha medo da fazenda onde morava.

A verdade sobre os espelhos

Algumas semanas depois que Freja viu o troll pela primeira vez, eu a encontrei na floresta segurando um espelho. Ela tinha certeza de que o troll de um olho só estava usando espelhos para espioná-la. Naquela manhã, ela acordou e virou todos os espelhos para a parede, cada um dos espelhos da casa, exceto o espelho no quarto dela. Freja sugeriu que o quebrássemos e enterrássemos os cacos no solo. Eu concordei. Ela acertou o espelho com uma madeira pesada e, ao quebrá-lo, começou a chorar. Quando voltou para casa àquela noite, encontrou todos os espelhos virados para a frente outra vez. Seu pai não toleraria tal comportamento estranho.

A verdade sobre o lago

Meu plano era simples. Freja só tinha visto o troll em sua fazenda. E se nós duas fugíssemos para bem longe na floresta? Poderíamos sobreviver facilmente por alguns dias se guardássemos comida suficiente. Se não víssemos o troll, poderíamos ter certeza de que a solução para ela seria abandonar a fazenda. Freja concordou com o meu plano e nós nos encontramos na estrada às seis da manhã e começamos a pedalar. Não podíamos ficar no arvoredo próximo porque logo seríamos descobertas. Precisávamos chegar à floresta que circundava o grande lago. Essa floresta era tão grande que você podia desaparecer e jamais ser encontrada. Meus pais estavam acostumados com o fato de eu passar o dia fora de casa. Eles só iriam se preocupar quando eu não aparecesse para o jantar.

Ao meio-dia começou uma tempestade. O aguaceiro era pesado. Precisávamos gritar para nos fazer ouvir. Logo Freja estava exausta demais para ir mais longe. Ensopadas, arrastamos nossas bicicletas para fora da estrada. Uma vez na floresta, nos camuflamos sob folhas e galhos. Criei um abrigo sob o tronco de uma árvore caída. Comemos bolinhos de canela cobertos de açúcar e tomamos suco de groselha-vermelha. A comida que eu calculara que duraria três dias terminou quase em uma única refeição. A cada dois minutos eu perguntava a Freja:

— Você está vendo o troll?

Ela olhava à sua volta e fazia que não com a cabeça. Embora estivéssemos molhadas e cansadas, também estávamos felizes, agasalhadas em nossas jaquetas de chuva. Esperei Freja cair no sono e só depois me permiti fechar os olhos.

Quando despertei, Freja tinha desaparecido e a floresta estava escura. Gritei seu nome. Não houve resposta. O troll viera atrás de Freja. Comecei a chorar. Então fiquei assustada, porque o troll poderia vir atrás de mim. Corri o mais rápido que pude, até que cheguei ao grande lago e não pude ir além. Eu estava presa à beira da água, certa de que o troll estava apenas alguns metros atrás de mim. Eu nunca li uma história em que um troll gostasse de nadar. Eles eram criaturas densas e pesadas, e eu era uma boa nadadora para minha idade.

Naquela noite eu nadei para longe demais. Quando finalmente parei de nadar, percebi que nunca estivera tão distante da margem. Os pinheiros gigantes na beira do lago estavam tão longe que eram apenas manchas. Pelo menos eu estava sozinha. No início, esse pensamento me confortou. O troll não estava atrás de mim. Eu estava fora de perigo. Então o pensamento me deixou triste. Lembrei que tinha perdido minha amiga. Freja se fora, e, quando eu voltasse à margem, estaria sozinha outra vez. Minhas pernas pesavam. Eu estava tão cansada. Meu queixo afundou na água, depois meu nariz, depois meus olhos, e finalmente minha cabeça inteira. Eu estava me afogando. Eu não tomei a decisão de morrer. Mas não tinha energia para nadar.

Afundei no lago. Era para eu ter morrido naquela noite. Tive sorte. Embora estivesse a centenas de metros de distância da margem, por acaso aquela porção de água era rasa. Descansei por um instante debaixo d'água, no fundo lamacento do lago, e então tomei impulso e rompi a superfície. Arfando, enchi o pulmão de ar antes de mergulhar outra vez rumo à beira do lago. Descansei mais um pouco e tomei impulso, rompendo a superfície, tomando fôlego. Repeti esse processo várias vezes, me aproximando da margem. Com esse método estranho consegui voltar a terra firme, onde deitei de barriga para cima por algum tempo, olhando para as estrelas.

Quando recobrei forças, caminhei pela floresta. Finalmente cheguei à estrada, mas não consegui encontrar as bicicletas escondidas. Encharcada, comecei a caminhar para casa. Mais à frente vi as luzes de um carro. Era um fazendeiro da região. Ele estava me procurando. Meus pais estavam me procurando. Todos estavam me procurando, inclusive a polícia.

A mentira

Quando cheguei de volta à fazenda, continuei dizendo a mesma coisa:
— Freja está morta!
Expliquei sobre o troll. Eu não me importava se eles consideravam essas histórias fantasiosas. Ela desaparecera. Essa era toda a prova de que precisavam. Eu não pararia de falar no troll enquanto eles não me levassem até a fazenda de Freja. Finalmente meu pai concordou em investigar. Ele não sabia mais o que fazer para me acalmar. Ele me levou até a fazenda. Freja estava em casa. Ela estava de pijama. Seu cabelo estava escovado. Ela estava limpa. Estava bonita. Era como se nunca tivesse fugido. Eu disse a Freja:
— Conte a eles sobre o troll.
Freja disse a eles:
— Não há nenhum troll. Eu nunca fugi. E não sou amiga dessa garota.

* * *

Prezados doutores,

Passei a noite toda escrevendo, o processo não foi fácil e estou exausta. Logo nos reuniremos novamente. Meu tempo está acabando e eu gostaria de dormir antes de discutir essas páginas, por isso vou reduzir os acontecimentos seguintes a uma série de tópicos breves.

Depois da mentira de Freja, fiquei doente por várias semanas. Passei o restante do verão na cama. Quando finalmente me recuperei, meus pais não me deixavam sair da fazenda sozinha. Minha mãe rezava por mim todas as noites. Ela se ajoelhava ao lado da minha cama e rezava, às vezes durante uma hora inteira. Na escola, as crianças mantinham distância de mim.

No verão seguinte, num dos primeiros dias quentes do ano, Freja se afogou no lago, não muito longe do lugar onde tínhamos nos abrigado juntas sob o tronco de uma árvore. O fato de que eu também estivera nadando no lago naquele mesmo dia resultou em rumores de que eu estivesse envolvida. As crianças na escola afirmavam que eu tinha matado Freja. Elas consideraram suspeito o fato de eu não ter um álibi. Essas histórias se espalharam de fazenda em fazenda.

Até hoje, não tenho certeza de que meus pais acreditavam que eu era inocente. Eles também se perguntaram se eu teria encontrado Freja por acaso no lago naquele dia quente de verão, se teríamos discutido e se, no meio da briga, ela teria me chamado de estranha e eu teria ficado tão irritada que teria empurrado a cabeça dela para baixo d'água e a teria segurado lá, segurado e segurado até que ela já não pudesse mentir a meu respeito.

Os dias que se seguiram foram os piores dias da minha vida. Eu me sentei na copa da árvore alta, olhando para a fazenda de Freja, e pensei em pular. Contei todos os galhos que eu quebraria. Me imaginei arruinada ao pé da árvore. Olhei para o chão e repeti.

— Oi, aí embaixo.

— Oi, aí embaixo.

— Oi, aí embaixo.

Mas se eu me matasse todo mundo teria certeza de que eu havia assassinado Freja.

Quando fiz 16 anos, no dia do meu aniversário, às cinco da manhã, abandonei a fazenda. Abandonei meus pais. Abandonei aquela região da Suécia para sempre. Eu não podia viver num lugar em que ninguém acreditava em mim. Não podia viver num lugar em que todo mundo achava que eu fosse culpada por um crime. Levei comigo a pequena quantia de dinheiro que economizei e pedalei o mais rápido que pude até o ponto de ônibus. Joguei a bicicleta no campo e peguei um ônibus para a cidade e nunca mais voltei.

Sem mais,
Tilde

* * *

E MBORA TIVESSE TERMINADO, eu me ative às páginas, fingindo ler, precisando de mais tempo para organizar meus pensamentos. Em nenhuma etapa da minha vida eu vira minha mãe como a jovem solitária retratada nesse relato, procurando o amor de uma única amiga. Minha falta de curiosidade fora tão completa que uma questão se apresentou diante de mim:

Eu nem sequer conheço meus pais?

Meu amor por eles havia se transformado numa forma de negligência. Uma desculpa talvez fosse que minha mãe e meu pai jamais se dispuseram a fornecer informações difíceis. Eles quiseram superar o passado e construir identidades mais felizes. Talvez eu tenha justificado minhas ações argumentando que não era meu papel vasculhar memórias dolorosas. Mas eu era seu filho, seu único filho — a única pessoa que poderia ter perguntado. Eu confundira familiaridade com compreensão e equacionara as horas passadas juntos como medida de conhecimento. Pior, eu tinha aceitado conforto sem questionar, mergulhado em contentamento sem jamais investigar o que estava por trás do desejo dos meus pais de criarem uma vida caseira tão diferente da deles próprios.

Minha mãe estava atenta ao meu truque, ciente de que eu terminara de ler. Ela segurou meu queixo e, lentamente, ergueu meus olhos ao encontro dos seus. Eu vi determinação. Essa não era a garota perdida sobre a qual eu acabara de ler.

Você tem uma pergunta para mim, uma pergunta difícil para um filho fazer à própria mãe. Mas eu não vou respondê-la a não ser que você a faça. Você precisa dizer as palavras. Precisa ter a coragem de olhar nos meus olhos e perguntar se eu assassinei Freja.

* * *

MINHA MÃE ESTAVA CERTA. Eu queria fazer a pergunta. Lendo as páginas, refleti sobre os acontecimentos daquele dia no lago. Não era difícil imaginar um confronto acidental — minha mãe era fisicamente forte graças aos anos de trabalho na fazenda; Freja, nascida na cidade, bonita e mais fraca. Seus caminhos teriam se cruzado. Minha mãe teria perdido a cabeça, furiosa depois de meses de isolamento e tristeza, sacudindo a ex-amiga, segurando sua cabeça debaixo d'água, dominada pela humilhação de sua desgraça. Recobrando o controle de suas emoções, envergonhada por seus atos, minha mãe teria regressado à margem, olhando para trás e percebendo que Freja não voltara à superfície — inconsciente debaixo d'água. Desesperada, teria voltado ao lago, tentando salvá-la, em vão. Então teria entrado em pânico, fugindo da cena, deixando o corpo da amiga à deriva no lago:

— Você teve alguma coisa a ver com a morte de Freja?

Minha mãe balançou a cabeça:

— Faça a pergunta. Eu matei Freja? Pergunte!

Ela começou a repetir de novo e de novo:

— Eu matei Freja? Eu matei Freja? Eu matei Freja?

Ela estava me instigando, batendo os nós dos dedos contra a mesa cada vez que dizia o nome. Era perturbador. Eu já não podia suportar. Antes que ela acertasse a mesa outra vez, segurei seu punho, a energia do golpe sendo transferida para o meu braço, e perguntei:

— Você a matou?

Não, não matei.

Vá a qualquer escola, eu o desafio, a qualquer lugar do mundo, e você encontrará uma criança infeliz. Sobre essa criança infeliz haverá boatos maliciosos. Esses boatos consistirão basicamente em mentiras. Mas não importa que sejam mentiras, porque quando você mora em uma comunidade que acredita nessas mentiras, repete essas mentiras, as mentiras se tornam reais — reais para você, reais para os outros. Você não tem como escapar delas, porque não é uma questão de provas, é maldade, e maldade não precisa de provas. A única escapatória é desaparecer dentro da sua cabeça, viver entre seus pensamentos e suas fantasias, mas isso só funciona por um tempo. O mundo não pode ficar para sempre do lado de fora. Quando começa a entrar, você precisa fugir de verdade — você faz as malas e foge.

Quando olho para trás, vejo que Freja era uma garota perturbada. Sua mãe tinha morrido. Sua vida estava de cabeça para baixo. Depois que traiu minha amizade, ela se envolveu sexualmente com um jovem, contratado para trabalhar em uma das fazendas maiores. Houve rumores de que ela estava grávida. Ela não frequentou a escola por um tempo. A podridão do escândalo. Não me pergunte o que é verdade. Eu não sei. Eu não me importava com o que as pessoas diziam a respeito dela. Eu chorei quando Freja morreu. Ninguém chorou mais do que eu. Eu chorei, embora ela tivesse me traído, embora tivesse virado as costas para mim, eu chorei. Eu choraria de novo, ainda hoje; eu a amava muito.

Agora que você ouviu a verdade sobre o verão de 1963, deve aceitar que o que aconteceu lá não teve nada a ver com os crimes que aconteceram nesse verão. Não existe conexão alguma. Estamos falando de pessoas diferentes, num lugar diferente e num momento diferente.

* * *

Frustrado com a referência críptica a "crimes", e me sentindo encorajado, eu a desafiei diretamente:

— Mia está morta?

Minha mãe se assustou. Até agora ela exercera controle sobre o fluxo da narrativa. Eu havia sido dócil e prestativo. Não mais: eu queria um resumo do que discutiríamos antes de seguir em frente. Eu permitira que ela fosse reticente e evasiva por tempo demais. Minha mãe falou:

— Do que você acha que estamos falando?

— Eu não sei, mãe. Você fica falando de crimes e conspirações, mas não diz o que são.

— Cronologia é sanidade.

Ela disse isso como se fosse uma sabedoria conhecida e amplamente aceita.

— O que isso significa?

— Quando você dá voltas, avança e retrocede, as pessoas começam a questionar sua mente. Aconteceu comigo! A maneira mais segura é começar do início e seguir até o fim. Acompanhe a cadeia dos acontecimentos. Cronologia é sanidade.

Minha mãe estava descrevendo sanidade como se fosse o mesmo que um teste policial antiquado para um motorista bêbado, pedindo que o suspeito caminhe em linha reta.

— Eu entendo, mãe. Você pode me contar o que aconteceu à sua maneira. Mas primeiro preciso saber do que estamos falando. Diga em uma frase. Então escutarei os detalhes.

— Você não vai acreditar em mim.

Eu estava correndo um risco ao ser tão direto. Eu não tinha certeza de que minha mãe não iria embora se eu a pressionasse demais. Com certa hesitação, falei:

— Se você me contar, agora mesmo, prometo não fazer nenhum julgamento até ter escutado a história inteira.

É óbvio que você ainda acredita que não aconteceu nada na Suécia. Eu disse a você no começo, estamos falando de um crime. Houve uma vítima. Houve muitas vítimas. Você precisa de mais informação? Sim, Mia está morta. Uma jovem que passei a amar está morta. Ela está morta.

Agora faça algumas perguntas a você mesmo. Em que teorias malucas eu acreditei antes? Procuro conspirações em cada notícia que leio? Já acusei alguém falsamente de algum crime? Meu tempo está acabando. Preciso ir à polícia hoje. Se eu for sozinha a uma delegacia, os policiais entrarão em contato com Chris. Ele lhes contará a história da minha loucura, e contará muito bem. Esses policiais quase certamente serão homens, homens como Chris. Eles acreditarão nele. Eu já vi isso acontecer. Preciso de um aliado, de preferência um membro da minha família, ao meu lado, alguém para me apoiar, e não resta ninguém a não ser você. Sinto muito por jogar isso nas suas costas.

Você me fez uma pergunta direta. Eu respondi. Agora eu lhe faço uma pergunta direta. Isso é demais para você? Porque, se você está ganhando tempo até seu pai chegar, se sua tática é me manter falando enquanto você não escuta nem uma palavra, prendendo-me aqui sob falsos pretextos para que vocês dois possam me levar a um hospício, deixe-me alertá-lo, vou considerar uma traição tão grave que nossa relação jamais será a mesma. Você não seria mais meu filho.

* * *

A IMPLICAÇÃO SEMPRE FORA que se eu não acreditasse nela nossa relação iria estremecer. Minha mãe via a situação em termos mais extremos. Para ser filho dela, eu precisava acreditar nela. Se a situação fosse menos extraordinária, a ameaça teria parecido exagerada. Só que minha mãe nunca dissera palavras desse tipo. Sua novidade as tornava reais. Era uma noção que eu nunca havia considerado — minha mãe não me amando. Pensei no modo como ela abandonou a fazenda quando criança, fugindo de seus pais sem deixar sequer uma carta, sem dar um telefonema, desaparecendo sem deixar vestígios. Ela cortara laços antes. Poderia fazer isso outra vez. No entanto, estava contradizendo categoricamente suas instruções de não permitir que as emoções me influenciassem. Nossa relação estava sendo posta em jogo. Eu não podia prometer acreditar em minha mãe meramente para acalmá-la.

— Você me pediu para ser objetivo.

Em seguida acrescentei:

— Posso repetir a promessa que já fiz: manter a mente aberta. Nesse exato momento, sentado aqui, eu não sei o que é verdade. O que eu sei, mãe, é que não importa o que aconteça nas próximas horas, não importa o que você me diga, eu sempre vou ser seu filho. Sempre vou amar você.

A hostilidade da minha mãe se dissipou. Eu não sabia ao certo se ela tinha ficado abalada com minha petição de amor ou com o reconhecimento de que cometera um erro tático. Soando desapontada consigo mesma, ela repetiu minhas palavras:

— A mente aberta, isso é tudo o que eu peço.

Nem tudo, pensei comigo mesmo, enquanto sua atenção voltou ao diário.

Mais cedo falamos sobre a dona anterior, a senhora Cecilia, e o mistério de por que ela nos vendera a fazenda. O mistério se torna ainda maior. Ela deixou para trás um barco atracado ao píer de madeira, um barco a remo caro, com motor elétrico. Ambos eram novos. Pergunte-se por que a frágil Cecilia gastaria tanto dinheiro em um barco quando estava planejando vender a fazenda e se mudar para a cidade?

Há muitos assuntos sobre os quais eu não sei nada. Até recentemente na Suécia eu não passara um único segundo pensando em motores de barcos. Assim que percebi que o barco era uma pista crucial, tratei de estudar a respeito. Foi uma revelação para mim saber que um barco é comprado sem o motor — o motor é uma despesa adicional. E tem mais, o chamado Motor Elétrico E-Thrust que Cecilia escolheu não é o mais barato, longe disso. Custa uns 300 euros. Minha pesquisa revelou que era possível comprar motores mais baratos e compatíveis com o barco. A pergunta seguinte é: por que ela nos deixou esse motor elétrico em particular?

Quero que você veja as especificações do motor. Na lista está a resposta — a razão pela qual ela escolheu esse motor e o deixou para trás. Veja se você consegue encontrá-la.

* * *

D E SEU DIÁRIO, MINHA MÃE me entregou uma página impressa da internet.

Motores elétricos E-THRUST 55 lb
Disponíveis na Europa pela primeira vez!
Baseados em tecnologia e design *superior* norte-americano, esses motores apresentam potência e desempenho extraordinários — ano após ano.

* Impulso máximo: 55 lb
* Entrada de alimentação: 12v (bateria não inclusa)
* Monitor LCD com 7 configurações
* Direção 360 graus
* Aço inoxidável
* Comprimento: 133 cm / 52"
* Largura: 12 cm / 4,7"
* Profundidade: 44 cm / 17,3"
* Peso: 9,7 kg / 21 lb
* Controle de velocidade telescópico: 5/2 (avanço/retrocesso)
* Propulsor: montagem em três lâminas
* Manual de instruções: sim. Idiomas: inglês/alemão/francês
* Tamanho de barco recomendado: máx. 1750 kg / 3850 lb
* Aprovado pela Comissão Europeia: sim

* * *

D EVOLVI A PÁGINA E ADMITI:
— Eu não sei.

É fácil passar despercebido nessa lista, porque dificilmente merece reconsideração — é a terceira característica, o monitor LCD com sete configurações.

Explico.

Estávamos na fazenda havia quase dois meses e Chris não tinha ido ao rio uma única vez. Nem mesmo por cinco minutos. Para vender pacotes turísticos, precisávamos de indícios de que o rio Elk era bom para pescar. Mas as varas de Chris estavam paradas no celeiro. O que eu estava pedindo que ele fizesse? Não era uma tarefa que ele odiasse. Ele amava pescar. Tinha ajudado a escolher a fazenda com base no rio. Ele o inspecionou. Eu sempre lhe dizia: por favor, vá pescar no rio. Ele dava de ombros, enrolava um cigarro e dizia: "Talvez amanhã." Então, depois de semanas ignorando meus pedidos, Chris declarou que estava indo para o rio com Håkan. A essa altura os dois tinham se tornado amigos, com frequência passando tempo na companhia um do outro. Eu não reclamei. A amizade fazia bem a Chris. Seu estado de ânimo havia melhorado desde aquelas manhãs frias e escuras de abril quando ele não se levantava da cama ou não saía da frente do fogão. Secretamente, eu estava com inveja, não de sua relação com Håkan, de quem eu desconfiava e não gostava, mas do modo como um grupo de amigos se abrira para ele, incluindo o prefeito hipócrita, homens de negócios proeminentes e integrantes da câmara municipal. Chris fora acolhido no cerne da comunidade local. Eu me perguntei se Håkan estava sendo excessivamente gentil com meu marido a fim de me atormentar. Mas eu não sou mesquinha. Sou prática e pragmática. Precisávamos de boas relações na comunidade e, se essas relações eram construídas em torno de Chris, em vez de mim, que fossem. É claro, foi doloroso constatar que, depois de ignorar minhas solicitações frequentes para pescar, ele tenha acatado tão prontamente a sugestão de Håkan. Ainda assim, eu não fiz nenhuma observação depreciativa. Em vez disso, expressei gratidão porque finalmente ele me traria um salmão para fotografar.

Após o café da manhã, Chris tirou o motor elétrico do celeiro. Lembro-me daquela manhã com carinho. Eu não estava desconfiada. Não estava paranoica. Fiz sanduíches para Chris usando pão assado em nosso forno. Preparei uma garrafa térmica com chá. Eu o beijei, desejando-lhe sorte. De pé na ponta de nosso cais, eu lhe acenei um adeus, confiante em suas capacidades e cheia de esperança por nosso rio. Gritei para ele me trazer de volta um peixe magnífico. E foi exatamente o que ele fez.

* * *

MINHA MÃE TIROU UMA FOTOGRAFIA de seu diário, a quarta até então.

Esta foto foi tirada logo depois que Chris e Håkan voltaram da pesca, veja a data e a hora no canto. Do que eu poderia reclamar? Eu pedi que Chris me trouxesse de volta um salmão magnífico e ele trouxe. A fotografia é um material promocional perfeito para nossas hospedagens — dois homens segurando orgulhosamente sua presa. Mas há algo muito errado com essa foto.

Olhe mais de perto.

Examine a expressão de Chris.

Isso não é orgulho ou entusiasmo. Seus lábios estão tensos como se fosse preciso um grande esforço para sorrir.

Agora estude a expressão de Håkan.

Observe a direção de seus olhos — um olhar de soslaio para Chris. Isso foi calculado. A fotografia não tem ar de celebração. Por que não? Onde está a alegria? Lembre-se dos riscos. Nosso dinheiro se esgotaria antes do fim do ano, e esse peixe deveria ser a prova de que poderíamos ganhar mais.

Posso perceber que você está pensando que eu talvez tenha estragado a noite sendo desconfiada sem necessidade e que esses homens estariam reagindo a algo inapropriado feito por mim. Você está errado. Eu os cumprimentei calorosamente. Eu até consegui ser gentil com Håkan, propondo que ele viesse quando preparássemos o peixe. Mas logo fiquei confusa. Esses homens estavam segurando um peixe excepcional, mas sua reação era muda. Fiz menção de tomar o salmão de Chris e seu instinto foi se afastar. Expliquei que precisávamos embrulhá-lo e colocá-lo na geladeira. Só então ele permitiu que eu pegasse o peixe. Reequilibrando o peixe pesado, meu dedo escorregou por sob a guelra. Sabe o que eu descobri?

Gelo!

Pude sentir na ponta do meu dedo — um cristal frio, e então desapareceu, derretendo com o calor do meu toque, desapareceu antes que eu pudesse examiná-lo. A evidência se fora, mas eu a sentira, eu tinha certeza. Esse peixe não era do rio. Havia sido comprado.

Corri para dentro, derrubando o peixe sobre a mesa da cozinha. Sozinha, verifiquei ambas as guelras. Não havia mais gelo, mas a carne estava congelada. Eu não coloquei o salmão na geladeira. Em vez disso, voltei disfarçadamente para a sala, onde escolhi uma posição oculta atrás das cortinas. Pela janela, observei enquanto Chris e Håkan conversavam. Incapaz de ler seus lábios, não posso saber o que eles estavam dizendo, mas posso afirmar que esses não eram dois pescadores triunfantes. Håkan pôs a mão no ombro de Chris, que assentiu lentamente com a cabeça. Ele virou em direção à casa, obrigando-me a voltar às pressas.

Na cozinha, fingi estar feliz e ocupada quando Chris passou. Ele nem sequer olhou para o salmão, seu grande prêmio. Tomou um banho e se enfiou na cama, dizendo que estava cansado. Eu não consegui dormir aquela noite, e Chris também não, não imediatamente, embora devesse estar exausto. Ele ficou lá deitado ao meu lado, fingindo dormir. Tive vontade de me infiltrar em seus pensamentos. O que o mantinha acordado? Por que eles tinham comprado um salmão tão caro como álibi? Eu uso a palavra "álibi" deliberadamente — um salmão como álibi.

Esse foi o propósito daquele peixe, servir como um álibi, um que deve ter sido pago por Håkan, porque um salmão inteiro teria sido caro. Talvez tenha custado umas 500 coroas suecas, ou 50 libras. Nossas finanças eram muito apertadas para que Chris gastasse tanto dinheiro sem que eu soubesse. Håkan deve tê-lo comprado e dado a Chris.

Eu não podia investigar até ter certeza de que Chris estivesse dormindo. Esperei até as duas da manhã, quando sua respiração finalmente mudou e ele caiu no sono. Ele me subestimou, sem saber que eu havia percebido o pedaço de gelo. Eu saí da cama de mansinho e andei na ponta dos pés, vestindo um casaco e me dirigindo ao celeiro, onde o motor elétrico estava guardado. No celeiro, olhando para o motor, meu primeiro pensamento foi que talvez Chris tivesse percorrido não mais do que algumas centenas de metros contra a correnteza e desembarcado no cais de Håkan. Os dois homens, então, devem ter entrado no carro dele e escapado para algum lugar. Comecei a examinar o motor, fazendo não mais do que acariciar seu exterior, pressionando cada botão, até que vi a luz azul suave do monitor. Quando passei pelas sete configurações, vi a quantidade de energia restante na bateria, representada como um percentual. O motor estava com a bateria cheia antes de Chris e Håkan irem para o rio. A bateria agora estava em seis por cento! Dito de outra forma, eles usaram 94 por cento da bateria. Minha primeira teoria estava errada. Eles percorreram uma grande distância, gastando quase a bateria inteira. Estiveram no rio, mas não estiveram pescando.

A questão da generosidade de Cecilia me voltou à cabeça. Por que ela tinha me deixado esse barco? Ela queria que eu explorasse o rio! As características específicas desse motor eram parte do plano de Cecilia. Usando o monitor LCD como um guia rudimentar, eu poderia recriar o percurso deles vendo até onde eu poderia chegar usando a mesma quantidade de bateria. Decidi não esperar. Faria isso naquela mesma noite, enquanto Chris dormia, antes do amanhecer. Eu conduziria o barco rio acima e descobriria onde eles estiveram — tinha de ser já!

* * *

EU LEVANTEI A MÁO, INTERROMPENDO para verificar se havia entendido corretamente:

— Você pegou o barco no meio da noite?

No dia seguinte parecia que ia chover forte, o que poderia apagar as evidências — tinha de ser naquela mesma noite, e eu precisava fazer isso sem que Chris e Håkan soubessem.

Levou mais de uma hora para recarregar o motor. Eu me sentei no celeiro, observando os números aumentarem lentamente. Com a bateria em cem por cento, comecei a transportar o motor para o rio, obrigada a usar o carrinho de mão a fim de empurrá-lo pelo campo, tentando não fazer barulho, temendo que desabasse. Se Chris acordasse, eu não teria nenhuma explicação. Por sorte, cheguei ao cais sem que ninguém visse e considerei fácil o processo de acoplar o motor ao barco. Cecilia deve ter levado isso em conta quando escolheu esse modelo. Olhei no relógio, estimando que Chris não despertaria no mínimo até as oito. Para evitar riscos, calculei que havia cinco horas para explorar o local e voltar.

Ajustando a velocidade do motor para o meio da faixa, eu me afastei do cais. Eles não tinham descido a correnteza — disso eu tinha certeza. O rio fora represado para alimentar uma estranha estação hidrelétrica, projetada para parecer um antigo moinho d'água. Não havia modo de um barco passar. Eles só podiam ter viajado rio acima. Minha preocupação era até onde. Prendi minha lanterna de plástico barata na frente do barco, apontando o feixe de luz para a superfície da água, atraindo uma nuvem de insetos, temendo que alguém me visse, mas mantive a calma naquele pequeno barco no meio do rio escuro enquanto o resto do mundo dormia. Eu era a única pessoa acordada em busca da verdade.

O rio seguia curvas gentis por entre campos pertencentes a várias fazendas, administradas pelo homem e uniformemente monótonas. Eu não conseguia imaginar onde Chris teria parado, ou por que razão, e por isso continuei rio acima, chegando ao pé da floresta. Era como cruzar a fronteira para um reino diferente. Os sons mudavam. As sensações mudavam. Dali em diante, o rio estava completamente cercado. Enquanto as fazendas eram silenciosas, essa floresta estava transbordando vida, posta em ação por minha chegada. Os arbustos farfalhavam. E criaturas me observavam.

Finalmente, quando restava apenas quarenta por cento de bateria, desliguei o motor, deixando o barco à deriva. Logicamente eu havia chegado perto de seu destino final, porque se fosse mais longe não haveria energia suficiente para regressar à fazenda. A razão pela qual não parei aos cinquenta por cento é que o percurso de volta demandaria consideravelmente menos energia, porque o barco estaria a favor da correnteza.

Segurando a lanterna, examinei o lugar, o barco balançando gentilmente embaixo de mim. Com a luz, vi flashes de olhares luminosos que, num piscar de olhos, desapareceram. O ar da noite estava claro. Não havia vestígio de névoa ou neblina. Quando olhei para o céu, coberto de estrelas, pensei comigo mesma: tantas estrelas quanto respostas possíveis. Chris e Håkan poderiam ter atracado o barco em qualquer uma dessas árvores e caminhado pela floresta para chegar a seu destino. Não havia forma de eu ter certeza. Sentei-me, extremamente frustrada, reconhecendo que teria de voltar sem uma resposta.

Quando prendi a lanterna novamente na frente do barco, percebi que bem à frente havia um galho no meio do rio que se estendia em minha direção. Curiosa, espreitei na escuridão, discernindo uma árvore crescendo de uma ilha — uma ilha em forma de lágrima. Liguei o motor e avancei um pouco, agarrando o galho e atracando o barco na ponta da Ilha da Lágrima. Havia marcas ao redor do tronco, arranhões onde outros barcos haviam atracado, demasiado numerosos para contar, uma porção inteira do tronco gasta por um longo histórico de visitas. Na margem lamacenta logo acima do nível da água havia conjuntos parciais de pegadas, algumas velhas, outras novas — o número e a variedade me dizendo que muito mais pessoas estiveram nessa ilha além de Chris e Håkan. Fiquei impressionada ao perceber que, embora fosse plena madrugada, eu talvez não estivesse sozinha. Considerei desatar o barco e continuar minha investigação em relativa segurança, separada por uma faixa de água. Mas eu precisava ver a ilha de perto, e não de longe. Caminhei até o pequeno arvoredo situado no fundo da ilha, a parte maior da lágrima. Entre as árvores havia uma forma escura angular, um abrigo feito pelo homem, uma cabana, um refúgio construído longe dos olhos das pessoas, feito de madeira, não de galhos da floresta, mas de tábuas presas com pregos. O telhado parecia impermeável. Isso era trabalho de homens, e não de crianças. Caminhando até a lateral, vi que não havia nenhuma porta, apenas um espaço aberto e uma cortina esfarrapada. Puxei a cortina e vi um tapete, um saco de dormir, aberto como um lençol, um lampião a querosene com o vidro coberto de fuligem. As dimensões do espaço eram impossíveis de ignorar, não alto o suficiente para uma pessoa ficar de pé, mas largo o bastante para se deitar. O cheiro era inconfundivelmente de sexo. Havia guimbas de cigarro na lama. Alguns eram industrializados. Outros, enrolados à mão. Eu peguei um e senti cheiro de maconha. Com um galho fino, vasculhei entre as cinzas de mil fogueiras, encontrando, na lateral, os restos derretidos de uma camisinha — um vestígio obsceno de gosma de plástico.

* * *

ERA UM LUGAR PERTURBADOR, e eu pude perceber que minha mãe dava voltas para fazer uma alegação perturbadora, dando pistas, sem afirmar de forma explícita o que tinha em mente. Mas não era meu papel presumir ou preencher as lacunas:

— O que você acha que aconteceu na ilha?

Minha mãe se levantou, abrindo os armários da cozinha, procurando o açúcar até que o encontrou. Pegou um punhado e despejou cuidadosamente sobre a mesa, espalhando-o de maneira uniforme à minha frente. Com a ponta do dedo, ela desenhou a forma de uma lágrima no meio dos grânulos brancos e finos.

Quando se trata de sexo, você sabe sobre o que as pessoas fantasiam, mais do que qualquer outra coisa? Com um lugar só delas, um espaço onde possam fazer qualquer coisa que o resto do mundo jamais saberá. Sem julgamentos, sem obrigações, sem vergonha, sem reprovação e sem repercussões. Se você é rico, talvez seja um iate no meio do mar. Se é pobre, talvez seja um porão onde esconder suas revistas de pornografia. Se mora no interior, é uma ilha na floresta. Estou falando de transar, não de fazer amor. Todo mundo quer manter suas transas em segredo.

* * *

C OMO SE TOMADA POR UM INTENSO ato reflexo, minha mãe varreu a ilha de açúcar, desmanchando o desenho. Só depois percebi o quão reveladora fora minha reação. O movimento repentino implicava raiva, e pegou minha mãe de surpresa. Ela recuou, me encarando, interrogando minha expressão. Sem dúvida, interpretara meu gesto como absoluto desprezo para com sua teoria. De fato, foi, antes, uma confirmação patética de que ela tinha razão. Eu havia criado minha própria versão daquela ilha. Minha mãe estava sentada nela — este apartamento. Houve muitas vezes em que me perguntei se seria possível manter minha sexualidade em segredo para os meus pais e ao mesmo tempo preservar minha relação com Mark. Ele nunca teria aceitado, e é por isso que nunca exteriorizei esse pensamento. Se fosse possível, eu teria passado o resto da vida vivendo em uma ilha criada por mim, cada vez mais distante dos meus pais. Com as pontas dos dedos cobertas de açúcar, eu pedi desculpas:

— Sinto muito. É difícil para mim aceitar. Sobre o papai, digo.

Minha mãe não se tranquilizou, sentindo algo em meus pensamentos que ela não conseguia identificar totalmente. Perguntei, apreensivo, quanto ao que viria depois:

— Você acha que o papai e Håkan foram para essa ilha?

— Eu sei que foram.

Hesitei, preparando-me para a resposta:

— O que eles fizeram lá?

A questão não é o quê. A questão é quem — quem mais estava sendo levado para lá? Sabemos com certeza que eles não pescaram. Procurei em cada parte da ilha e não consegui encontrar nenhuma pista. Era difícil ir embora sem uma resposta, mas, verificando o relógio, percebi o perigo em que eu me encontrava. O sol estaria nascendo em questão de minutos.

Por sorte, navegar rio abaixo era muito mais rápido. Ainda assim, era de manhã. O sol estava ficando mais forte. Håkan e Elise estariam acordados. Eles sempre se levantavam com o nascer do sol. Eu só podia esperar que eles não estivessem à beira do rio. Passei pelo cais de Håkan, aliviada por não ver nem ele nem a esposa. Logo quando acreditei estar fora de perigo, o motor parou. A bateria chegara ao fim. Eu estava à deriva no meio do rio.

Antes que você argumente que se o motor parou é porque Chris e Håkan não podem ter chegado à Ilha da Lágrima, considere em seus cálculos a minha ineficiência ao subir o rio. Eu frequentemente conduzia o barco de um lado para outro, para ver se havia algum lugar onde eles pudessem ter desembarcado. Mais tarde, quando retornei à Ilha da Lágrima, fiz o percurso de ida e volta com uma única carga do motor elétrico. De todo modo, naquela manhã, sabendo que Chris logo acordaria, fui obrigada a remar a distância que faltava. Eu não remava havia muitos anos. Quanto mais rápido eu tentava remar, pior ficava. Quando cheguei ao cais, meus braços doíam, minha vontade era de desabar no chão para recuperar o fôlego, mas não havia tempo. Eram quase oito da manhã. Desacoplei o motor e o levantei. Enquanto empurrava o carrinho de mão pela encosta, em direção à fazenda, eu gelei. Chris já estava acordado! Ele estava fumando do lado de fora. Ele me viu. Acenou. Eu fiquei lá, impassível, e então acenei de volta, forçando um sorriso. O motor estava no carrinho. Joguei meu casaco sobre ele, mas talvez Chris já o tivesse visto. Eu precisava de uma desculpa. Era plausível que eu tivesse usado o carrinho de mão para algum outro propósito, e então segui em direção à fazenda, olhando para o carrinho de mão, vendo o motor aparecer sob meu casaco. Não tinha como passar despercebido, nem mesmo por um olhar de relance, e por isso atravessei o campo e deixei o carrinho de mão atrás do celeiro.

Quando cheguei ao lado de Chris, eu lhe dei um beijo — me forcei a fazer isso — e disse bom-dia. Comecei a examinar a horta, inventando uma história sobre ter trabalhado à beira do rio limpando os juncos. Ele falou muito pouco, terminando o cigarro antes de entrar para tomar o café. Eu agarrei a oportunidade, corri para os fundos, empurrei o carrinho de mão para o celeiro e depositei o motor lá dentro, ligando-o no carregador. Quando virei, Chris estava à porta. Ele abandonara seu café. Sem fazer ideia do quanto ele tinha visto, eu lhe disse que ele havia se esquecido de colocar o motor para carregar. Ele não respondeu. Eu recolhi umas roupas lavadas e caminhei para a casa, lançando um olhar para trás. Chris estava à porta do celeiro, olhando para o motor.

* * *

MEUS PAIS ESTAVAM SE COMPORTANDO como um casal que eu simplesmente não reconhecia. Toda a sua maneira de interagir parecia ter mudado durante o verão. Eu perguntei:

— Se o papai flagrou você, por que não a enfrentou? Por que não perguntou o que você estava fazendo? Não entendo o silêncio.

— O que ele poderia dizer? Ele me flagrou no celeiro ao lado do motor. Era do interesse dele não chamar atenção para o barco.

Minha questão era mais abrangente:

— A impressão que dá é que vocês dois simplesmente pararam de se falar.

Eu estava prestes a fazer mais perguntas quando minha mãe levantou a mão, silenciando-me e dizendo:

— Você está perguntando sobre o nosso relacionamento?

— Quarenta anos juntos não podem acabar em alguns meses.

— Pode levar muito menos tempo do que isso. Você quer segurança, Daniel. Sempre quis. Deixe-me dizer uma coisa: ela não existe. Uma grande amizade pode ser destruída em uma noite, um amante se transforma em inimigo com uma única admissão.

Era, em certo sentido, um aviso — isso aconteceria conosco se eu não acreditasse em seu relato. Ela falou:

— Seu pai e eu estávamos ambos fingindo. Eu fingia não saber de nada sobre a Ilha da Lágrima. Ele fingia não ter percebido quão séria a minha investigação tinha se tornado.

Minha mãe pegou o diário, procurando um dia específico:

— Deixe-me dar um exemplo.

Vendo as páginas de relance, percebi que as anotações estavam se tornando consideravelmente mais detalhadas.

Em 10 de junho eu me levantei cedo, não tomei o café da manhã e fui pedalando até a estação, onde embarquei no primeiro trem para a cidade de Gotemburgo. Estava começando uma viagem e não tinha intenção alguma de contar a Chris. Normalmente nós discutíamos tudo, mas era necessário manter isso em segredo, pois meu plano era visitar Cecilia e perguntar a ela sobre a Ilha da Lágrima. Eu não queria falar por telefone, com medo de que Chris pudesse ouvir, mais sim colocar essas perguntas para ela pessoalmente — por que ela me deixou o barco, quais eram suas suspeitas, o que ela não estava me dizendo?

Cecilia tinha se mudado para um asilo em Gotemburgo, uma cidade com lembranças muito difíceis para mim. Eu vivi lá por alguns meses quando era adolescente, tratando de juntar dinheiro suficiente para comprar uma passagem de barco para a Alemanha. Durante esses meses, trabalhei como garçonete no café de um hotel em Kungsportsavenyn — o calçadão principal. Eu imaginava a polícia atrás de mim, tendo decidido me acusar pelo assassinato de Freja. Vivi como uma fugitiva. Cortei o cabelo bem curto, usei roupas diferentes e criei um nome falso. Lembro-me de um dia servir café a um cliente no terraço e ver dois policiais em serviço. Meu braço tremeu tanto que derrubei café sobre o cliente e fui repreendida pelo meu gerente, que só me poupou porque os homens gostavam de flertar comigo e deixavam gorjetas generosas, que meu gerente sempre guardava para si.

Chegando à cidade naquela manhã, decidi caminhar até o asilo. Isso me poupava algum dinheiro, o sol estava a meu favor, e eu queria passar pelo café na Kungsportsavenyn porque já não era uma jovem assustada. O asilo ficava do outro lado da ponte, a uma longa distância do centro. Percorri o caminho todo a pé, perguntando-me o que Cecilia diria. O edifício era receptivo. Havia jardins bem-cuidados, um lago ornamental cercado de bancos nos quais as pessoas se sentavam e conversavam. Dentro, as áreas comuns eram limpas, a recepção era organizada e a mulher no balcão, amistosa. Quando me apresentei, perguntei se Cecilia recebia muitas visitas. A mulher me confessou que ela não havia recebido nem uma única visita desde que chegara ao asilo. Fiquei irritada com a notícia. Fizeram-nos engolir uma história de comunidade e união. Como ninguém tinha visitado essa mulher? Era um exílio cruel. Håkan a estava punindo por não lhe vender a fazenda. Ele decretara que ela fosse abandonada sem o menor gesto de gentileza.

Cecilia estava sentada em seu quarto, os joelhos diante do aquecedor, olhando para o jardim. Ela não estava lendo nem vendo televisão. Estava apenas lá sentada. Talvez estivesse assim havia horas. Existe algo de partir o coração em uma pessoa do lado de dentro olhando para um jardim ensolarado. Quanto ao quarto, era anônimo. Com duas horas de trabalho, poderia ser preparado para outra pessoa. Não era um lar. Era um lugar de trânsito — uma sala de espera entre a vida e a morte. Não podíamos falar aqui. Eu precisava fazê-la se lembrar do mundo externo. Nós conversaríamos no jardim. Quando me agachei ao lado dela, fiquei impressionada com as mudanças em seu corpo. Quando nos conhecemos na fazenda, ela estava fisicamente frágil, mas forte de espírito. Seus olhos eram brilhantes e a mente, aguçada. Agora, quando olhou para mim, seus olhos estavam marejados, como se seu caráter houvesse se diluído em mil partes de coisa nenhuma. Mas ela me reconheceu, o que foi um alívio, e concordou em se sentar comigo à beira do lago.

Um tribunal poderia indagar a credibilidade do testemunho de Cecilia. Eu reconheço que seu nível de consciência variava — em certos momentos, ela se envolvia diretamente, em outros, seus pensamentos estavam em outro lugar, e questioná-la exigiu paciência. Eu permitia digressões e tangentes, conduzindo-a ao mistério de por que ela me vendera aquela fazenda. Sem mais nem menos, ela me perguntou se eu havia descoberto a verdade sobre Anne-Marie, a esposa do ermitão no campo. Era um assunto que eu nem sequer tinha mencionado! Resumi tudo o que sabia — que ela fora religiosa, que bordava citações bíblicas, que morreu e seu marido parecia devastado pela perda. Cecilia ficou muito irritada com minha ignorância, como se eu a tivesse decepcionado. Ela falou: "Anne-Marie se matou."

Tomada por uma onda de lucidez, Cecilia me contou a história. Anne-Marie tinha completado 49 anos sem nenhum histórico médico de depressão. Cecilia nutria por ela uma grande amizade, uma mulher que ela conhecia havia muitos anos. Essa amiga de boa índole acordou certa manhã, tomou uma ducha, vestiu as roupas de trabalho, saiu de casa, entrou no celeiro de porcos, pronta para um dia de trabalho. Ou algo terrível foi descoberto ou algo terrível tomou forma em sua cabeça, porque ela atou uma corda nas vigas e se enforcou à primeira luz da manhã, enquanto o marido dormia. Ulf desceu para o café da manhã, viu a porta do celeiro aberta e pensou que os porcos só podiam ter escapado. Ele correu para fora da casa, atravessou o quintal, entrou no celeiro para salvar os porcos e encontrou todos os animais no canto mais distante, amontoados. Foi nesse momento, diz a versão oficial, que ele se virou e viu a esposa. Não havia nenhum bilhete, nenhuma explicação, nenhum aviso e nenhuma dificuldade financeira.

De acordo com Cecilia, a resposta foi típica da comunidade, engolindo más notícias da mesma forma que um oceano engoliria um navio naufragando. Eles abateram os porcos como se fossem testemunhas de um crime. Demoliram o celeiro, viga por viga. No funeral de Anne-Marie, Cecilia tocou o braço de Håkan e lhe perguntou por quê, não como uma acusação, mas como uma pergunta melancólica a que só Deus poderia responder. Irritado, Håkan se desvencilhou dela, dizendo que não fazia ideia. Talvez não fizesse mesmo, mas também teve poucos escrúpulos em lucrar com sua morte. Håkan expandiu seu reino, assumindo a terra de Ulf. Ele apresentou isso como um ato de caridade, ajudando um homem acometido pelo luto.

Cecilia falou por um bom tempo. Seus lábios estavam secos e rachados. Com receio de que a estivesse cansando, eu a instruí a permanecer no banco enquanto eu buscava algo para beber. Foi uma decisão da qual sempre vou me arrepender. Eu jamais deveria tê-la interrompido. Quando voltei com um café, ela tinha sumido. O banco estava vazio. Vi uma multidão se formando em volta do lago. Cecilia estava de pé no meio da água, que batia em sua cintura. Ela parecia bem calma. Tinha os braços cruzados sobre os seios. Sua camisola branca, úmida, se tornara translúcida, fazendo-me lembrar de um rio de batismo, à espera do padre para mergulhá-la na água. Em vez disso, um enfermeiro correu até lá, colocando um braço em volta de Cecilia e resgatando-a. Ela não podia pesar muito. Eu os segui até o interior do asilo, onde a levaram às pressas para um exame médico. Aproveitando a distração, voltei ao seu quarto, vasculhando-o de cima a baixo, impressionada com o fato de ela possuir tão poucas coisas. Seus pertences devem ter sido vendidos. Nas gavetas havia livros, mas apenas histórias infantis — não encontrei nenhuma bíblia e nenhum romance. Em seu guarda-roupa encontrei esta bolsa de couro. Cecilia um dia fora professora, e imagino que ela a usasse para carregar livros escolares. Eu a roubei porque precisava de uma bolsa, não uma bolsa de mão pouco prática, mas uma bolsa de bom tamanho que pudesse acomodar minhas anotações e minhas provas...

* * *

MINHA MÃE E EU NOS LEVANTAMOS ao mesmo tempo, reagindo ao barulho de alguém tentando entrar no apartamento. A porta da frente havia sido aberta. Nós a escutamos bater contra a corrente, primeiro de maneira ruidosa, depois com mais suavidade, quando foi feita uma segunda tentativa mais cautelosa. Eu tinha visto minha mãe tirar a corrente quando pedi, mas ela deve tê-la atado outra vez quando virei as costas, convencida de que meu pai chegaria sem avisar. No andar de baixo, podia-se ouvir alguém tateando a corrente, dando a volta na porta, tentando abri-la. Minha mãe gritou:

— Ele está aqui!

Ela começou a guardar as provas às pressas. Agindo rápido, devolveu cada um dos itens ao seu lugar dentro da bolsa. Enfiou os itens menores nos bolsos da frente, e os maiores, incluindo a caixa de aço enferrujada, no fundo, extremamente ordenados, sem desperdício de espaço. Estava claro que ela havia feito isso antes, mantendo as provas prontas para serem transportadas num piscar de olhos. Minha mãe olhou para a porta de acesso ao terraço:

— Precisamos de outra saída!

Meu pai havia nos pregado uma peça. Ele mentiu, tomando um voo direto, chegando mais cedo, pegando-nos de surpresa exatamente como minha mãe afirmara — esses foram meus pensamentos iniciais, afetados pela intensidade da reação da minha mãe. No entanto, descartei essa explicação. Meu pai não tinha as chaves. Só podia ser o Mark.

*

Com a bolsa arrumada, minha mãe estava pronta para colocá-la no ombro. Pus minha mão sobre ela, detendo sua fuga:

— Não é o papai.

— É ele.

— Mãe, não é. Não é ele. Por favor, espere aqui.

Estourei com ela, incapaz de manter a calma, gesticulando para que ela ficasse onde estava e duvidando de que ela fosse obedecer. Corri para o andar de baixo e fui até o hall de entrada. Mark já não estava lutando com a porta, mas mantendo-a aberta com o pé enquanto segurava o telefone, prestes a me ligar. Eu não havia sido capaz de mantê-lo informado, completamente envolvido no relato da minha mãe. Deveria ter adivinhado sua reação — ele já tinha expressado preocupação por eu estar sozinho. Em tom abafado, falei:

— Sinto muito por não ter ligado, mas este não é um bom momento.

Eu não tinha intenção de soar agressivo. Mark foi pego de surpresa. Eu estava em pânico; depois de anos de uma mentira cuidadosamente construída, toda a estrutura podre estava prestes a ruir antes que eu tivesse uma chance de escolher como apresentar o seu fim. Fora de controle, fiz sinal para que ele recuasse, fechei a porta, tirei a corrente e a abri por completo. Mark estava prestes a falar quando parou, olhando por sobre meu ombro.

Minha mãe estava de pé do outro lado do corredor, agarrada à bolsa. No bolso da frente de seu jeans eu pude ver o contorno da faca de madeira. Os três ficamos lá parados, sem dizer uma palavra. No fim, minha mãe deu um pequeno passo em nossa direção, observando o terno e os sapatos caros de Mark, e perguntou:

— Você é médico?

Mark balançou a cabeça:

— Não.

Normalmente educado e conversador, Mark foi capaz de oferecer não mais do que uma resposta monossilábica, sem saber o que eu esperava que ele dissesse.

— Chris mandou você?

— Eu moro aqui.

Eu acrescentei:

— Este é o Mark. O apartamento é dele.

Percebi, tarde demais, a pobreza de tal apresentação depois de anos esperando para apresentá-lo aos meus pais. Minha escolha de palavras fez que ele parecesse mais um proprietário do que um namorado. A atenção da minha mãe tinha abandonado as roupas dele e se voltado para o rosto. Ela falou:

— Meu nome é Tilde. Sou a mãe do Daniel.

Mark sorriu, prestes a avançar, mas se conteve, sentindo o precário equilíbrio de emoções.

— Prazer em conhecê-la, Tilde.

Por alguma razão, minha mãe não gostou do modo como ele usou seu nome. Ela deu um pequeno passo para trás. Controlando o nervosismo, falou:

— Gostaria que fôssemos para outro lugar?

— Você é bem-vinda pelo tempo que quiser.

— Você vai ficar?

Mark balançou a cabeça:

— Não, me dê um minuto e já saio.

Minha mãe olhou para ele. Em outras circunstâncias, teria sido indelicado. Mark encarou o olhar dela com um sorriso calmo. Minha mãe baixou os olhos, acrescentando:

— Eu espero lá em cima.

Antes de deixar o corredor, minha mãe olhou para Mark uma última vez, inclinando levemente a cabeça para o lado, como que para corrigir sua visão do mundo.

Esperamos em silêncio, escutando os passos pesados da minha mãe enquanto ela subia a escada devagar. Uma vez sozinhos, virei-me para Mark. O encontro que eu temera durante tanto tempo aconteceu de uma maneira que eu nunca poderia ter imaginado — minha mãe conhecera meu companheiro, e, embora não exatamente, eles se apresentaram e trocaram olhares. Eu oferecera mais fingimento, incapaz de dizer as palavras. "Este é o homem com quem vivo", optando, em vez disso, por "O apartamento é dele". Não era uma mentira, mas era tão débil quanto uma. Mark ficou desolado com a situação — ele havia esperado muito mais da ocasião. Falando em voz baixa, ele deixou de lado as próprias emoções e perguntou:

— Como ela está?

— Eu não sei.

Eu não via sentido em resumir minha conversa até o momento. Ele falou:

— Dan, eu precisava ter certeza de que você estava bem.

Ele jamais teria vindo até aqui meramente para se envolver, ou porque tinha se sentido excluído. Ele estava aqui como uma precaução contra um possível desastre, antecipando-se à possibilidade de que eu perdesse o controle da situação. Ele e minha mãe concordariam que eu era inexperiente em águas turbulentas. Assenti:

— Você fez certo em voltar. Mas eu posso lidar com isso.

Mark não se convenceu:

— Qual é o seu plano?

— Vou terminar de ouvir e então decidir se ela precisa de tratamento. Ou se precisamos falar com a polícia.

— A polícia?

— É tão difícil ter certeza.

Acrescentei:

— Meu pai está vindo para Londres. Mudou de ideia. O avião dele está para chegar.

— Ele vem para cá?

— Sim.

— Tem certeza de que quer que eu vá embora?

— Ela não vai falar com você aqui no apartamento. Não abertamente, não como falou até agora.

Mark ponderou:

— Está bem. Eu vou. Mas vou fazer o seguinte. Vou ficar no café da esquina. Posso ler, trabalhar um pouco. Estou a dois minutos daqui. Você me liga se alguma coisa mudar.

Mark abriu a porta:

— Faça a coisa certa.

Eu esperava encontrar minha mãe tentando escutar a conversa. Mas o corredor estava vazio. Voltei para o andar de cima e a encontrei à janela, onde me pus ao seu lado. Ela segurou minha mão, pronunciando o nome dele como se experimentasse o som pela primeira vez:

— Mark.

E, então, como se a ideia tivesse acabado de lhe vir à mente:

— Por que você não fala um pouco?

Inseguro de minhas emoções, eu apertei a mão dela. Ela entendeu, porque respondeu:

— Lembro de um feriado que passamos no litoral sul. Você era muito pequeno. Tinha 6 anos. Fazia calor. O céu estava azul. Durante a viagem de carro até a praia em Littlehampton, tínhamos certeza de que seria um dia perfeito. Quando chegamos, um vento cortante soprava do mar. Em vez de desistir, nos refugiamos em uma duna de areia, uma reentrância abrigada no fundo da praia. Conquanto os três ficássemos completamente deitados, não podíamos sentir o vento. O sol estava quente, e a areia também. Ficamos lá deitados por um bom tempo, cochilando, tomando sol. No fim eu falei: "Não podemos ficar aqui para sempre". Você olhou para mim e perguntou: "Por que não?"

Eu falei:

— Mãe, podemos falar sobre a minha vida em outro momento.

A voz dela era tão triste quanto a que eu tinha ouvido o dia todo:

— Em outro momento, não. Hoje. Quando eu terminar, depois que formos à polícia, quero que você fale. Quero escutar. Nós costumávamos contar tudo um ao outro.

— Vai ser assim outra vez.

— Promete?

— Prometo.

— Vamos ser próximos outra vez?

— Vamos ser próximos outra vez.

Minha mãe perguntou:

— Pronto para ouvir o resto?

— Estou pronto.

Todos nós cometemos erros. Alguns, podemos perdoar. Outros, não. Eu cometi um erro de julgamento imperdoável este verão. Por um breve instante, duvidei da minha própria convicção de que Mia estava em perigo.

Uma vez por semana, eu pedalava até a praia — não a praia turística, uma praia mais ao norte. Era escarpada, com dunas e moitas de samambaia protegidas por florestas densas, não uma praia de passeio. Nenhum turista ia até lá. Eu fazia minha caminhada regular na areia. Uma noite, eu vinha correndo havia trinta minutos e estava prestes a voltar quando vi um movimento mais à frente, na floresta. Era branco luminoso, como a vela de um pequeno navio entre os troncos dos pinheiros. Normalmente essas praias e florestas estavam vazias. Saindo do meio das árvores, Mia apareceu na areia, vestida como uma noiva, com flores no cabelo e nas mãos. Ela estava usando um vestido típico do *midsommar*, a festa sueca em celebração ao solstício de verão, pronta para dançar em volta do mastro. Eu me escondi atrás de um arbusto de samambaias para ver o que ela faria em seguida. Ela continuou pela praia até que chegou a um farol abandonado. Pendurou as flores na porta e entrou.

Era como se eu tivesse testemunhado uma história de fantasma, só que a garota era real e as pegadas estavam bem nítidas na areia. Mia esperava alguém. As flores eram um sinal para um observador de que ela estava do lado de dentro do farol. Eu estava determinada a ver quem iria ao encontro de Mia. Quanto mais eu esperava, mais confusa ficava, e parte de mim se perguntava se a outra pessoa teria me visto. Talvez estivesse se escondendo na floresta e não aparecesse enquanto eu não fosse embora. Depois de quase uma hora eu me questionei. Claramente Mia não estava aflita. Ela caminhara até o farol livremente, por vontade própria. Eu estava curiosa, mas também estava com frio. Com medo de ficar doente antes do festival *midsommar* da cidade, decidi ir embora.

Eu nunca vou me perdoar por esse erro de julgamento. Acredito que o homem que alguma hora chegou era o assassino de Mia.

* * *

Embora tentado a pedir mais informações, senti que minha mãe já não estava evitando detalhes, mas progredindo para uma explicação dos acontecimentos e incluindo o assassinato de Mia. Ela não havia se sentado e não mostrava intenção de fazer isso. Com a bolsa ainda pendurada no ombro, ela a abriu, tirando de dentro um convite para o *midsommar*.

Todos os anos, a cidade organiza duas comemorações separadas do *midsommar*, uma para turistas que visitavam a região e uma comemoração mais prestigiosa exclusivamente para os moradores. Este é um convite aberto à primeira festa, distribuído nas praias e nos hotéis. Embora esteja decorado com imagens de crianças dançando em volta do mastro, com flores em seus cabelos dourados, prometendo um festival sincero, é uma fábrica de fazer dinheiro. As festividades são realizadas com o menor custo possível. Como eu sei? Eu trabalhei lá. Mia passou pela fazenda e me falou da possibilidade de trabalho remunerado. Ela devia saber que estávamos sem dinheiro. Estava tentando nos ajudar. Eu contatei os organizadores, e eles me deram um emprego na barraca de cervejas e *schnapps*.

No dia da festa eu cheguei ao campo, pertencente a Håkan, de manhã bem cedo, imaginando encontrar uma equipe de pessoas motivadas a sediar um grande evento. Havia uma responsabilidade em nossos ombros. Esse festival fala do amor por nossa terra, remontando a uma celebração das colheitas, expressando nossa profunda afeição pela própria Suécia. O que eu testemunhei naquele dia foi deprimente. As barracas de lona branca nas quais a comida era servida eram velhas e estavam úmidas. Havia latas de lixo em toda parte, e placas pintadas à mão mandando as pessoas de um lado para outro: faça isso, não faça aquilo. Uma longa fileira de banheiros químicos tinha mais destaque do que o mastro. O preço de uma entrada incluía comida e bebidas não alcoólicas. Considerando que custa apenas 200 coroas suecas, ou cerca de 20 libras, parece razoável. No entanto, a comida é preparada em paneladas com uma nítida estratégia de redução de custos. Você se lembra de como Håkan me pediu que trouxesse salada de batatas à festa dele. Eu vi em primeira mão a pouca consideração que eles tinham pela salada de batatas, preparada em baldes, servida usando-se escumadeiras gigantes, uma comida feita para turistas. Foi por isso que Håkan me pediu que levasse isso à festa dele, comida para turista, porque é assim que ele me via, uma turista na Suécia.

Na barraca de bebidas alcoólicas, a nossa equipe, que servia cerveja e destilados, era mais numerosa que toda a barraca de alimentos, onde as filas se estendiam por centenas de metros. Essa era uma tática deliberada para fazer com que as pessoas não voltassem para repetir. Nem é preciso dizer que os homens em particular logo iam para a barraca da cerveja. Estava cheia desde o começo. Não importa o que eu achasse da organização, as pessoas estavam se divertindo. O clima era bom e os convidados estavam dispostos a passar bons momentos.

Durante meu intervalo para o almoço, eu me aventurei até o mastro para assistir à apresentação do *midsommar*. Estudantes dançavam usando trajes tradicionais. Enquanto eu observava, alguém deu um tapinha em meu ombro, e, quando virei, vi Mia, não vestida de branco com flores no cabelo, como na praia, mas segurando um saco plástico, recolhendo lixo. Ela me disse que solicitou esse emprego especificamente porque não tinha desejo algum de estar bem-vestida e ser alvo de atenções. Mesmo naquele momento, esse comentário me pareceu perturbador. Por que essa jovem tinha tanto medo de ser observada? Mia me contou sobre o festival de Santa Luzia do ano anterior, a celebração da luz no dia mais escuro do ano. A igreja decidiu encenar uma obra encomendada especialmente para a ocasião, sobre o processo de escolher a garota certa para fazer o papel de Santa Luzia — a santa com velas no cabelo. Nessa obra fictícia, há um mestre de coro preconceituoso que seleciona a garota com base em um modelo estereotípico da beleza sueca. A garota que ele seleciona é cruel, mas é bonita e loira. A personagem que Mia encenou é ignorada porque é negra, embora tenha o mais puro coração. Durante a cerimônia, a garota cruel à frente da procissão tropeça e seu cabelo pega fogo, porque ela usa muito spray fixador. A personagem de Mia apaga as chamas, arriscando a própria segurança. A peça me pareceu um tanto peculiar. O que é ainda mais estranho, depois dessa peça, sobre uma procissão fictícia da Santa Luzia, eles prosseguiram com a procissão real, em que Mia recebeu o papel principal. Mia disse que a coisa toda havia sido uma verdadeira tortura. Desde aquele constrangimento, ela jurou nunca mais se apresentar em público novamente.

Durante nossa conversa, Mia teve uma reação intensa ao ver alguém atrás de mim. Virei-me e vi Håkan se dirigindo à barraca de comida. Mia correu atrás dele. Eu a segui e vi, dentro da barraca, uma grande comoção. Håkan segurava um rapaz pelo cangote, um homem jovem em seus 20 e poucos anos, com cabelo loiro e comprido e um piercing na orelha. Embora o jovem fosse alto e atlético, fisicamente ele não era páreo para Håkan, que o pressionou contra a lona, acusando-o agressivamente de se meter com sua filha. Mia correu até lá, agarrando o braço de Håkan e lhe dizendo que ela nem sequer conhecia esse homem. Håkan não se convenceu, querendo uma resposta do jovem, que olhou para Mia e começou a rir, dizendo que se Håkan estava falando dessa garota ele era louco, porque ele não gostava de negras. Na verdade, o jovem usou uma ofensa racial indesculpável que eu não vou repetir. Todo mundo na barraca deve tê-lo desprezado por isso, exceto uma pessoa, Håkan, porque ele se acalmou imediatamente, percebendo que o jovem era racista. Qualquer que fosse a informação que Håkan tivesse recebido de seus espiões, estava errada. Ele se tranquilizou visivelmente. Como eu já disse a você, nada é mais importante para ele do que o conceito de propriedade. Em vez de repreender esse jovem pela grosseria de seu comentário, Håkan pediu desculpas por acusá-lo indevidamente.

Mia ficou perturbada com esse confronto público. Ela correu para fora da barraca, derrubando a sacola de lixo. Eu caminhei até Håkan e sugeri que ele fosse atrás dela. Håkan me olhou cheio de ódio. Disse-me para cuidar da minha vida. Quando passou por mim na multidão, com os braços ao lado do corpo, ele cerrou um punho e o pressionou com força contra minha boceta, enfiando os nós de seus dedos em meu vestido de algodão, deixando-me sem ar, antes de prosseguir como se o gesto tivesse sido acidental. Se eu gritasse, ele negaria, me chamaria de mentirosa. Ou diria que a barraca estava lotada e que ele só esbarrou em mim. Quando voltei à barraca, eu ainda podia sentir os nós de seus dedos em mim, como se eu fosse feita de massa de pão, e a marca deles duraria para sempre.

* * *

E U ME PERGUNTEI SE MINHA MÃE havia usado essa palavra —
boceta — para que eu sentisse parte do choque que ela sentiu,
simulando a impressão duradoura que os nós dos dedos dele deixaram
nela. Se foi essa a intenção, ela conseguiu, pois eu nunca a ouvi dizer isso
antes. Haveria uma intenção secundária? Talvez ela achasse que eu estava
confortável demais com a história. Depois da gentileza e da intimidade
que acabamos de partilhar, ela estava me alertando para não esperar
proteção alguma contra a verdade, fazendo-me lembrar que, de acordo
com ela, estávamos lidando com uma história de violência e escuridão
que ela apresentaria sem censura.

De seu diário ela tirou um segundo convite, muito mais sofisticado,
colocando os dois convites lado a lado na mesa para que eu pudesse
compará-los.

> Este é um convite à segunda festa de *midsommar*, exclusiva para
> moradores. Não preciso assinalar a diferença de qualidade. Obser-
> ve meu nome escrito à mão em caligrafia elegante em tinta preta.
> Eles incluíram meu nome do meio — Elin —, mas não o nome do
> meio de Chris, o que é estranho... Afinal, onde eles obtiveram essa
> informação, e por que a inconsistência? Não é segredo, mas não
> pode ter sido um deslize impensado. Só pode ser interpretado como
> uma ameaça implícita de que eles podem desvendar informações

particulares a meu respeito. Esse foi o modo de Håkan me dizer que o processo investigativo ia em ambas as direções e que, se eu estava me erguendo contra ele, era melhor estar preparada para a grande briga da minha vida.

* * *

E U NÃO CONSEGUIA ENTENDER A NATUREZA da ameaça:
— Mãe, o que há para ser descoberto?

Eles poderiam descobrir sobre Freja! Se isso acontecesse, eu estaria arruinada. Esses rumores me forçaram a sair de casa uma vez. Aos olhos dos meus pais, eu tinha matado minha melhor amiga. Não importava que não fosse verdade. Håkan segredaria essas histórias para a esposa durante o jantar, certo de que ela as segredaria às amigas no café. Logo haveria uma centena de pessoas falando sobre isso. Haveria olhares e insinuações. Eu não poderia viver em meio a essas mentiras, não outra vez, qualquer coisa menos essas mentiras. Eu tentaria ser forte, tentaria ignorá-las, mas, no fim das contas, você não pode ignorar o mundo. Eu não teria outra escolha senão vender a nossa fazenda.

Até que essas histórias sobre Freja fossem descobertas, minha investigação continuaria. Eu não viveria com medo, e essa festa do *midsommar* me oferecia uma oportunidade de observar a comunidade interagindo. Embora eu esperasse que no início as celebrações fossem cautelosas, logo a bebida correria solta, línguas ficariam frouxas, indiscrições viriam à tona, e eu estaria pronta para tomar nota do que acontecesse depois. Ao contrário de minha aparição desastrosa no churrasco de Håkan, desta vez eu seria a observadora. Não desperdiçaria um pensamento sequer em minha própria reputação. Eu não dava a mínima para o fato de eles gostarem de mim ou não. Meu objetivo era descobrir quais homens estavam atrás de Mia.

Prometi não perder tempo com descrições a não ser que fosse necessário. Se eu digo a você que o céu ameaçava com uma tempestade, isso o ajudará a entender por que aquele dia foi o *midsommar* mais perturbador da minha vida. A qualquer minuto eu esperava que o céu desabasse e, consequentemente, existia uma sensação de apreensão. Além disso, no coração de muitos dos presentes, havia ressentimento. No dia anterior, a festa dos turistas fora abençoada com o mais perfeito clima de verão, sol esplêndido e céu límpido e azul. Os mais animados tomaram cerveja até tarde da noite e cochilaram na grama. Nesse dia havia um ar frio e rajadas de vento tempestuosas. Cada elemento que os organizadores podiam controlar era superior, exceto o clima, um fato que alimentou o estado de ânimo ruim.

Eu tinha tomado a decisão de usar um vestido folclórico sueco tradicional, agarrando um punhado de flores colhidas em casa, o cabelo atado em tranças. O uso do meu nome do meio tinha me deixado ansiosa. Meu traje era uma tentativa de me apresentar como uma figura divertida e inofensiva. Se havia qualquer suspeita de que eu estivesse perto demais da verdade, esse traje certamente a dissiparia. Eles ririam da mulher de vestido azul e avental amarelo. Chris se queixou, dizendo que eu estava fazendo papel de ridícula. Ele não conseguia entender de que modo isso nos tornaria mais próximos da comunidade. Não percebia que eu tinha desistido dessa ambição; era fútil, e jamais seríamos considerados um deles. E, o que é mais importante, eu não queria ser parte daquele grupo. Incapaz de articular essas razões para minha aparência estúpida, fui forçada a me defender dos protestos de Chris com afirmações nada convincentes de que esse era meu primeiro *midsommar* na Suécia depois de muitos anos e que eu queria aproveitar ao máximo. Ele ficou tão frustrado que saiu da fazenda sem mim, pegando uma carona com Håkan.

Disse que, se eu queria me comportar como criança, ele não queria ter nada a ver comigo. Enquanto o observei ir embora, desejei que pudéssemos ser parceiros na investigação como fomos parceiros em quase tudo de importante em nossa vida. A verdade é que eu desconfiava dele. E assim fui sozinha, usando meu vestido folclórico, tendo como parceira a velha bolsa de couro rachada.

Ao chegar à festa, tolerei olhares complacentes de algumas das esposas. Elas falaram comigo em tom amável como se eu fosse uma simplória, parabenizando-me por ser tão corajosa. Como eu esperava, a comunidade olhou com desdém e baixou a guarda. Não havia como negar que o local era pitoresco. A festa acontecia em uma faixa de terra à beira do rio Elk, mais para baixo de onde se encontra o píer para a pesca de salmão, não muito longe do teatro ao ar livre onde trupes itinerantes encenavam para as multidões no verão. Havia banheiros luxuosos e tendas de alimentos sofisticadas. Existiam buquês de flores de verão. Ainda mais impressionante era o mastro, exatamente a mesma estrutura usada no dia anterior, mas com o dobro ou o triplo de flores. Era tão lindo que por um instante fiquei cega para a injustiça que representava. Eles poderiam muito bem ter usado o mesmo mastro bonito para as duas festas do *midsommar*. Essa celebração da vida e do verão estava maculada com uma pequenez de espírito.

Elise estava lá, com desprezo no olhar. Embora antes eu tenha dito a você que não seria cega como Elise, em alguns dias, em meus piores momentos, eu entendia a escolha dela e confesso embara-çosamente que a cegueira voluntária me tentou. Que alívio seria colocar um fim à minha mente desconfiada e dedicar minhas energias à comunidade. Eu não perderia mais o sono, não me preo-cuparia — não passaria mais nem um segundo me perguntando o que estava acontecendo rio acima nas profundezas da floresta. Se eu tivesse escolhido a cegueira, tenho certeza de que Håkan teria celebrado a minha escolha, contentando-se com minha rendição e me recompensando com um grupo de amigos. Mas a cegueira não é um caminho fácil. Requer comprometimento e dedicação. O preço era alto demais: eu me tornaria uma imitação de Elise. Talvez ela estivesse imitando uma mulher antes dela, talvez esse padrão de cegueira durasse gerações, mulheres forçadas a esvaziar a cabeça de perguntas ou críticas, exercendo um papel que era tão antigo quanto essas fazendas — o papel da devoção leal —, um papel que me traria aceitação, talvez até mesmo uma espécie de felicidade. A não ser quando eu estivesse sozinha. Eu me odiaria. É o modo como nos sentimos acerca de nós mesmos quando estamos sozinhos que deve guiar nossas decisões.

Como eu, Mia chegou sozinha. Muito mais surpreendente foi que, também como eu, ela estava fantasiada, usando um vestido de noiva branco com flores no cabelo e um buquê nas mãos. Era exatamente a mesma roupa que ela usou na praia, só que já não estava impecável. O tecido estava sujo e rasgado. As flores estavam soltando pétalas. Ela não tinha feito nenhum esforço de esconder os rasgos na roupa. Era como se, ao voltar do farol, ela tivesse sido atacada na floresta. No começo, Mia ignorou todo mundo, ficando à beira do rio, de costas para a festa, olhando para a água. Eu a deixei lá, não desejando perturbá-la em público. Mais tarde, percebi algo errado no modo como ela se movia. Seus passos eram cuidadosos demais. Ela estava tentando dissimular alguma coisa. Como esperado, meu instinto estava certo, porque, quando eu finalmente disse oi para Mia, seus olhos estavam injetados. Ela estava bêbada! Deve ter levado sua própria bebida, porque eles não a teriam servido nessa festa. É claro, os adolescentes ficam bêbados de vez em quando, isso não é motivo de alarde, mas ficar bêbada em silêncio no meio da tarde em um evento como esse não era frívolo nem divertido: era a bebedeira de uma mente perturbada.

Quando nos preparávamos para dançar em volta do mastro, Mia já não conseguia, ou não queria, esconder sua embriaguez. Outras pessoas menos atentas às nuances de seu comportamento começaram a perceber que existia algo errado. Vi Håkan se preparando para levá-la para casa. Tal atitude drástica causaria uma comoção. Ele deve ter calculado que era melhor ter um breve tumulto controlado do que deixar que ela fizesse uma cena. Eu não podia permitir que ele a tirasse da festa. Havia uma razão pela qual Mia estava bebendo. Eu tinha a nítida sensação de que ela estava ficando bêbada para enfrentar alguém, para criar coragem. Eu precisava ajudá-la a ganhar tempo para que conseguisse realizar seu plano.

Gentilmente, segurei o braço de Mia e a guiei para o centro do palco, convocando todo mundo. Improvisando, comecei a falar sobre a história do festival do *midsommar*. Com todos os convidados reunidos à minha volta, inclusive Håkan, expliquei que essa era a noite do ano em que a magia era mais intensa na Suécia, que nossos bisavós dançavam como um ritual de fertilidade para fecundar a terra e trazer boas colheitas para as fazendas. Nesse momento, entreguei a cada uma das crianças uma flor do meu buquê atado manualmente e lhes disse que, de acordo com a tradição, essas flores deveriam ser colocadas debaixo de seu travesseiro e que, quando elas dormissem aquela noite, sonhariam com o namorado ou a namorada, o futuro marido ou esposa. Houve risadinhas quando as crianças aceitaram as flores. Para elas, eu devia parecer uma bruxa inofensiva, mas havia um motivo por trás da minha excentricidade. Eu fui até Mia, entregando-lhe o que restou do meu buquê. Agora que eu tinha falado de namorados e maridos, como ela reagiria? Mia segurou as flores no alto. Eu estava certa! Ela estava quase lá, pronta para denunciar a essa comunidade quaisquer que fossem os segredos que estava escondendo. Todo mundo estava olhando para ela, esperando para ver o que ela faria depois. Ela jogou as flores por sobre a cabeça, como uma noiva faria no dia de seu casamento. Nós as seguimos com os olhos enquanto elas atravessaram o ar, o cordão em volta dos caules se afrouxando, as flores se separando, se libertando, um cometa de pétalas de verão.

Håkan avançou, agarrando Mia pelo braço, pedindo desculpas a todos. Ele teve o cuidado de não arrastá-la ou parecer tratá-la de forma rude. Ela não resistiu, retirando-se para o Saab prata brilhante. Ele a colocou no banco da frente. Ela baixou a janela e olhou para trás. "Conte!", eu tive vontade de gritar. "Conte agora!" Quando o carro acelerou, seu belo cabelo preto e comprido voou em seu rosto, ocultando-o por completo.

Esta foi a última vez que eu vi Mia com vida.

* * *

NÃO HAVIA DESCULPA PARA NÃO testar a afirmação da minha mãe. Usando meu smartphone, seria simples procurar o nome "Mia Greggson" na internet. Se a garota foi assassinada, haveria matérias nos jornais e atenção pública ao fato. Eu ponderei se deveria ser franco com minha mãe. Anunciar minhas intenções só funcionaria se ela soubesse que havia matérias. Ela poderia até mesmo tirar alguma fotocópia de dentro de seu diário. Se não houvesse matérias nos jornais, ela poderia entrar em pânico, deduzindo que eu não acreditaria nela sem isso. Poderia fugir. A honestidade pura e simples, nesse caso, não era nobre — era arriscada. Falei:

— Quero verificar se o voo do papai já chegou.

Desde a interrupção de Mark, minha mãe tinha ficado inquieta. O apartamento já não era um lugar seguro. Ela se recusara a se sentar ou a tirar a bolsa do ombro. Ela andava pela sala. Seu ritmo era mais acelerado. Quando peguei o celular, ela falou:

— A essa altura o avião dele já deve ter aterrissado.

Abri uma nova página em outra janela do navegador, para que fosse possível voltar para a janela com as informações de pouso no Heathrow se minha mãe pedisse para ver meu celular de repente. Tomadas as devidas precauções, digitei o nome de Mia, minhas mãos se atrapalhando com as teclas, delatando minha ansiedade. Minha mãe, até agora, havia se mostrado perceptiva.

— O que diz aí?

— Ainda estou digitando.

Acrescentei o local do suposto assassinato e apertei "buscar". A tela ficou em branco. A conexão estava lenta. Minha mãe se aproximou. Ela estendeu a mão, querendo o celular:

— Deixe-me ver.

Com um gesto imperceptível do polegar, alternei para a janela da página do aeroporto e lhe entreguei o celular. Ela olhou para a tela atentamente:

— O avião pousou há vinte minutos.

Eu só podia esperar que ela não percebesse ou não se importasse com o ícone na parte de baixo indicando que havia uma segunda janela aberta. Ela não tinha um smartphone. Mas sua mente estava tão alerta a trapaças de todo tipo que ela poderia descobrir ou, sem querer, alternar para a outra janela. Ela ergueu um dedo, tocando a tela. De onde eu estava não conseguia saber se ela estava simplesmente estudando a lista de voos vindos da Suécia. Fiquei tentado a dar um passo à frente, pedir o celular de volta, mas, temendo que isso me delatasse, decidi me controlar e esperar. Minha mãe devolveu o celular. Ela não tinha descoberto a outra página. A essa altura a pesquisa sobre Mia estaria completa. A informação estaria em minha tela. Mas eu não conseguia olhar, pois minha mãe estava falando diretamente comigo:

Chris vai sair correndo do aeroporto e pedir um táxi. Vai atravessar a cidade o mais rápido possível. Seu objetivo é nos pegar de surpresa. Ele não vai telefonar até estar em frente ao prédio. Quando ele estiver aqui, vai ser impossível escapar, não sem uma briga. Diferentemente da última vez, eu não vou ficar quieta.

* * *

A IDEIA DE MINHA MÃE E MEU PAI envolvidos em uma cena de violência doméstica era incompreensível para mim. Mas agora eu acreditava que uma briga seria inevitável se eles ficassem cara a cara.

— Mãe, vamos embora.

Minha mãe verificou duplamente se não havia deixado alguma evidência para trás. A tentação de dar uma olhada no meu celular era forte, mas seus movimentos eram tão imprevisíveis que tive medo de ser pego. Esperei até que ela descesse a escada, seguindo atrás. Eu já não conseguia evitar. Olhei para a tela.

O telefone mostrava uma lista de possíveis resultados. Eram de jornais suecos. Fiquei chocado. Devo ter esperado não encontrar resultado algum, nenhuma matéria de jornal — uma página em branco. Embora tivesse prometido ser objetivo e ter a mente aberta, lá no fundo devo ter acreditado que nada havia acontecido e que Mia não estava morta. Cliquei no primeiro link. A página começou a carregar. Um fragmento de imagem apareceu. Eu não podia arriscar mais nem um segundo. Baixei o celular, enfiando-o no bolso, bem a tempo, pois minha mãe se virou para mim quando chegou ao pé da escada. Estiquei o braço e toquei seu ombro, sem fazer ideia de aonde estávamos indo:

— Mãe, aonde vamos? Você não se sente confortável conversando em público.

— Podemos decidir isso depois. Precisamos ir embora já.

— E ficar parados na rua?

Minha mãe disparou:

— Você está tentando me deter? É esse o seu plano? Está fazendo hora para que Chris possa me encontrar?

— Não.

— Você está mentindo!

A acusação foi impetuosa.

— Eu não quero ver você brigar com o papai. Quero ouvir o fim da história. Essa é a verdade.

Minha mãe abriu a porta da frente. Saímos para o corredor. Como se estivesse sendo perseguida, ela apertou repetidas vezes o botão para chamar o elevador. Quando viu que ele vinha do térreo, recuou:

— Ele pode estar no elevador! Vamos pela escada.

Não discuti, seguindo-a pela escada de emergência, por onde ela desceu às pressas, quase correndo. Gritei, minha voz ecoando no espaço de concreto:

— Mãe, vou ligar para o Mark. Ele tem um escritório. Talvez conheça algum lugar onde possamos conversar. Precisamos de um lugar privado.

Minha mãe respondeu:

— Depressa!

Tirei o celular do bolso e examinei a tela. A matéria do jornal sueco era sobre Mia. Havia uma foto dela, exatamente como minha mãe descrevera. A matéria declarava que ela estava desaparecida. Desci a barra de rolagem. Havia uma recompensa por informação. A matéria não era conclusiva. Não falava sobre assassinato. Mas muitas vezes uma pessoa desaparecida precedia um assassinato. Nada na matéria contradizia o relato da minha mãe.

Liguei para Mark. Ele atendeu imediatamente. Falei:

— Meu pai está a caminho. O voo dele acabou de chegar. Minha mãe não quer ficar no apartamento. Precisamos de outro lugar para conversar. Um lugar privado. Um lugar onde meu pai não possa nos encontrar.

— Tem certeza de que não quer esperar por ele?

— Seria um desastre.

Mark encontrou a solução imediatamente:

— Vou reservar um quarto de hotel para vocês. Tome um táxi. Eu ligo de volta com os detalhes. Você está bem? Sua mãe está bem?

— Estamos bem.

— Deixe o hotel comigo. Eu ligo de volta.

Ele desligou.

Em contraste com a velocidade da minha mãe, eu me movia como alguém que bebeu demais. Estaria eu tomando a decisão certa ou deveria demorar e permitir que meu pai nos encontrasse? Depois de falar com Mark, ressurgiram minhas dúvidas se eu era a pessoa certa para lidar com isso. Eu não tinha pensado na ideia de um quarto de hotel, uma solução óbvia para o nosso problema. Mesmo se tivesse pensado, eu não tinha dinheiro para pagar um. Meu pai poderia ser útil. Se minha mãe estivesse doente, ele sabia mais sobre a doença dela do que qualquer pessoa. Por outro lado, um olhar de relance na matéria não ofereceu nenhuma prova conclusiva de que minha mãe estivesse delirando. Além do mais, era difícil entender por que meu pai não telefonou quando chegou ao aeroporto. A perspectiva de um confronto violento estava a apenas alguns minutos. Permitir que meu pai nos alcançasse seria um ato de traição, uma rejeição a tudo o que ela havia me contado. A responsabilidade era minha, independentemente, de eu querer ou não. Sem nenhum indício de que seu relato fosse falso, eu acreditaria na palavra da minha mãe. Antes ela dissera que temos o dever de acreditar nas pessoas que amamos. Nesse caso, ela estava pedindo tempo e espaço para terminar de me contar o que acontecera com Mia. Eu não podia lhe negar isso.

Eu a alcancei ao pé da escada:

— Espere.

Ela parou. Telefonei para uma empresa de táxi. Sem o nome de um hotel, eu lhes disse que iríamos para o centro de Londres. Eles mandaram um carro imediatamente. Enquanto isso, minha mãe ficou na ponta dos pés, espreitando a área comum através do pequeno painel de vidro. Ao ver que estava vazia, declarou:

— Vamos ficar aqui até o táxi ligar. Não quero esperar na rua.

O taxista telefonou alguns minutos depois, e nós avançamos para a área comum, esgueirando-nos furtivamente para fora do edifício. Havia uma faixa ao ar livre entre o meu prédio e o portão principal. Sem um lugar onde nos escondermos, estávamos expostos, incapazes de tomar alguma precaução contra um encontro casual com o meu pai. Senti a enorme tensão que pesava sobre minha mãe até mesmo para atravessar aquela curta distância. Os dois ficamos aliviados quando entramos no táxi, mas, antes que eu pudesse propor um plano, minha mãe se inclinou para a frente, dirigindo-se ao taxista:

— Dirija até o fim desta rua e pare.

O taxista olhou para mim à espera de uma confirmação. Fiquei surpreso com a solicitação, mas assenti. Minha mãe sussurrou para mim:

— Por que ele precisou verificar com você? Não porque ele saiba que existem acusações contra o meu estado mental, ele não tem como saber disso. Então por quê? Eu vou lhe dizer por quê. Porque eu sou mulher.

O taxista estacionou no fim de uma viela estreita que corria entre o meu edifício e a avenida principal. Eu disse à minha mãe que a razão pela qual o taxista tinha olhado para mim é que ele provavelmente achara suas instruções estranhas. Minha mãe descartou essa explicação:

— Não é estranho. Eu quero vê-lo chegar.

— Quem?

— O seu pai.

— Você quer esperar aqui até o papai aparecer?

— É importante que você veja por si mesmo. Você está apegado a uma memória de Chris como um homem comum. Isso está detendo você. Mas ele não é o mesmo homem. Você vai ver claramente daqui. Não podemos arriscar uma aproximação maior. Quando você o vir, vai entender.

Eu expliquei, em termos velados, nossas solicitações peculiares ao taxista agora inquieto. Estávamos comprando o tempo dele. Esperaríamos nesse local por um instante e então partiríamos. Minha mãe acrescentou:

— Quando dermos o sinal.

O taxista nos examinou atentamente. Sem dúvida, já havia vivenciado várias solicitações estranhas e questionáveis de seus passageiros. Ele telefonou para a empresa de táxi, que me deu o aval. Com o preço acordado, começou a ler o jornal.

Do lado de fora do meu apartamento, num espaço público, a personalidade da minha mãe mudou radicalmente. Ela não falava a não ser para dar uma ordem ou instrução. Ela não relaxava, nem por um segundo, seu corpo girava de um lado para outro, olhando pela janela de trás para o portão, onde um táxi invariavelmente estacionaria. Eu não conseguia fazê-la se envolver em uma conversa. Esperamos quase em silêncio, inspecionando o meu prédio.

Meu telefone tocou. Era Mark. Ele me deu o endereço de um hotel caro em Canary Wharf. Ele tinha pagado antecipadamente pelo quarto e por qualquer eventualidade. Eu não precisaria de um cartão de crédito ao fazer o check-in. Ele sugeriu esperar no hotel, no saguão, ou no restaurante, para estar disponível. Falei:

— Parece uma boa ideia.

Encerrei a chamada e apresentei o plano à minha mãe. Iríamos até o hotel, onde ela poderia terminar de contar sua história sem medo de ser encontrada. Canary Wharf era longe o bastante. Era uma escolha incomum. Meu pai não esperaria que fôssemos até lá, um local convenientemente anônimo, uma área de Londres sem memória alguma para nós. Minha mãe mantinha os olhos fixos no portão. Quando eu a pressionei por uma resposta, ela agarrou meu braço de repente, puxando-me para baixo da janela. Um táxi passou. Com meu rosto próximo do dela, nós nos agachamos no vão entre os assentos. Minha mãe prendeu a respiração. O motor do outro carro ficou mais fraco. Devagar, ela permitiu que nos levantássemos. Espiamos pela janela de trás como se espiássemos por sobre uma trincheira. Um táxi preto estacionou em frente ao portão. Meu pai saiu.

Era a primeira vez que eu o via desde abril. Seu corpo havia mudado. Ele emagrecera. Sua aparência estava abatida, comparando-se a muitas das mudanças que observei em minha mãe. Parado na rua, ele acendeu um cigarro e inalou como se toda a sua existência dependesse daquela tragada. Foi bom vê-lo, eu o amava muito, aquele sentimento era forte, meu instinto era confiar nele, sair do meu esconderijo e gritar seu nome.

Um segundo homem saiu do táxi. Minha mãe exclamou:

— Ele não!

O homem colocou uma mão sobre o ombro do meu pai. Fiquei tão surpreso que me sentei, ficando claramente visível até que minha mãe me fez abaixar, sussurrando, exasperada:

— Eles vão ver você!

O segundo homem tinha mais ou menos a idade do meu pai, mas usava roupas formais. Eu não o tinha visto em nenhuma das fotografias ou recortes de jornal. Meu pai não havia mencionado que viajaria com alguém, uma omissão tão gritante que eu me perguntei se não tinha escutado bem sua mensagem no correio de voz. Esse homem desconhecido pagou o táxi preto, enfiando no bolso a carteira de couro lustrosa. Senti os dedos da minha mãe apertarem meu braço. Ela estava com medo.

— Quem é ele, mãe?

Ela se virou, tocando o taxista no ombro, implorando:

— Vamos! Vamos! Vamos!

Não acostumado a exercer o papel de um motorista em fuga, o homem tomou seu tempo para dobrar o jornal, para consternação da minha mãe, que parecia querer pular o banco e assumir o volante. Olhei para trás e vi meu pai e seu companheiro não identificado no portão, discutindo.

Quando nosso taxista ligou o motor, meu pai olhou em nossa direção, e minha mãe se abaixou novamente, se escondendo.

— Ele nos viu!

Minha mãe se recusou a se levantar até que eu lhe garanti, vários minutos depois, que não estávamos sendo seguidos. Conduzindo-a gentilmente de volta ao seu lugar, eu perguntei:

— Quem era aquele homem?

Ela balançou a cabeça, recusando-se a responder, levando um dedo contra o lábio, exatamente como tinha feito no trem vindo do Heathrow, exatamente como afirmou que Håkan havia feito quando a visitou. Eu me vi querendo imitar o gesto, explorá-lo para mim mesmo. Existia algo nele que eu não compreendia.

Minha mãe continuou olhando para trás, verificando cada carro que avançava em meio ao trânsito. O taxista olhou para mim pelo retrovisor, e em seguida olhou para minha mãe, como que para perguntar se ela estava bem. Desviei o olhar. Eu não sabia... Em um momento eu tinha certeza de que ela estava doente de paranoia e medo. No momento seguinte, sua paranoia e seu medo pareciam justificados, e eu me via sentindo isso também, ainda me perguntando por que meu pai não tinha me contado que haveria alguém com ele quando ele chegasse — um estranho bem-vestido.

Meu telefone tocou. Era meu pai. Olhei para minha mãe.

— Ele deve estar se perguntando onde estamos.

— Não atenda.

— Preciso dizer a ele que estamos bem.

— Não conte nada sobre os nossos planos!

— Preciso explicar o que estamos fazendo.

— Sem detalhes.

Atendi o telefone. Meu pai estava irritado:

— O porteiro me disse que você acabou de sair.

O rosto da minha mãe estava perto do meu, escutando a conversa. Respondi:

— A mamãe não se sentia confortável conversando aí. Estamos indo para outro lugar.

— Para onde?

Com urgência, minha mãe acenou para que eu não lhe contasse. Falei:

— Ela quer falar comigo a sós. Eu ligo para você quando terminarmos.

— Você está sendo condescendente com ela, Daniel. Está cometendo um erro. Quanto mais ela o convence, mais convence a si mesma. Está tornando as coisas ainda piores.

Não havia me ocorrido que eu poderia estar agravando o estado da minha mãe. Senti minha confiança ser abalada.

— Pai, eu ligo mais tarde.

— Daniel...

Desliguei. Ele ligou de novo. Eu não atendi. Ele não deixou mensagem. Minha mãe ficou satisfeita com o modo como lidei com a ligação. Ela disse:

— Foi maldoso da parte dele insinuar que você está me deixando pior. Ele sabe como manipular as pessoas.

Temendo ter cometido um erro, falei:

— Basta de ataques pessoais. Vamos nos ater aos fatos. Eu diria o mesmo para meu pai se ele falasse assim de você.

— Está bem, só os fatos. Por que ele não disse que estava com alguém?

Eu olhei para ela:

— Quem é aquele homem?

Minha mãe balançou a cabeça e, mais uma vez, levou um dedo aos lábios.

Quando chegamos ao hotel, paguei o taxista. Saímos, cercados pelas linhas de vidro e aço de Canary Wharf. Acompanhei minha mãe até a recepção, passando por arranjos de flores opulentos. Os funcionários do hotel usavam camisas brancas engomadas. Preenchi a papelada às pressas, minha mãe ao meu lado, as costas contra o balcão, os olhos na porta de entrada, esperando que os conspiradores nos seguissem. Ela agarrou meu braço, aparentemente desatenta às outras pessoas ao redor, e perguntou:

— E se ele telefonar para a empresa de táxi para descobrir onde eles nos trouxeram?

— Ele não sabe que empresa de táxi nós usamos. Mesmo se soubesse, ou adivinhasse, eles não dariam essa informação.

Minha mãe balançou a cabeça diante da minha ingenuidade:

— Eles podem ser comprados como qualquer outra pessoa.

— Se ele vier até aqui, não vai descobrir nosso quarto, o hotel não vai revelar.

— Deveríamos tomar outro táxi, de uma empresa diferente, dar a eles um nome falso, e pedir que nos levem até outro hotel, mas não até a porta, podemos andar o resto do caminho. Assim seria impossível nos encontrar.

— O hotel já está pago.

O dinheiro pareceu causar uma impressão. Acrescentei:

— O papai não para de ligar. Ele não estaria fazendo isso se soubesse onde estamos.

Minha mãe ponderou a situação e, com relutância, assentiu. Os funcionários estavam fingindo não ouvir. Eu recusei a oferta de que nos acompanhassem até o quarto, pegando a chave magnética e explicando que não tínhamos bagagem.

Eu sabia que era melhor não falar até que estivéssemos seguros no quarto com a porta trancada. Minha mãe precisaria aprovar o novo local. Estávamos no sexto andar. O quarto era moderno, confortável, e por um instante minha mãe se distraiu com o fato de que devia ter sido caro. Ela caminhou até o sofá perto da janela, cheio de almofadas macias e coloridas, oferecendo uma vista do rio, em direção ao centro da cidade. Qualquer sentimento agradável durou pouco. Ela começou a examinar o quarto, erguendo o telefone, abrindo cada gaveta e armário. Eu me sentei no sofá e liguei para Mark. Ele já estava no lobby. Sem saber como expressar minha gratidão, falei:

— Eu vou devolver seu dinheiro.

Ele não respondeu. A verdade é que eu não fazia ideia de quanto tinha custado e não tinha como lhe devolver o dinheiro. Enquanto isso, minha mãe passou do quarto ao banheiro, finalmente verificando o corredor, observando o mapa dos outros quartos, a saída de incêndio — as rotas de fuga. Ao terminar, ela colocou a bolsa com as provas sobre a mesa de centro, ao lado da fruteira e de uma garrafa moderna de água mineral que havia sido deixada no quarto.

Fui até o frigobar e escolhi um energético cafeinado e doce, vertendo-o em um copo com gelo e tomando um gole.

— Quer alguma coisa, mãe?

Ela fez que não.

— Por que não pega uma fruta?

Ela examinou a fruteira, escolhendo uma banana. Sentamo-nos no sofá à janela, mais como se estivéssemos em um piquenique do que em um quarto de hotel, enquanto ela tirava a casca da banana e a partilhava comigo.

— Mãe, quem é aquele homem?

* * *

MINHA MÃE ABRIU A BOLSA, tirando o diário e pegando uma lista de nomes manuscrita. De relance, contei seis.

O homem está nesta lista de suspeitos. Eu teria lhe mostrado mais cedo, mas tinha certeza de que você acharia que é devaneio. No entanto, esta lista agora ganha vida. Uma dessas pessoas me seguiu até aqui, preparada para percorrer distâncias enormes a fim de me impedir.

No topo, estão Håkan e Chris. Seu pai é um dos suspeitos. Sinto muito, mas é.

Depois vem Ulf Lund, o ermitão no campo.

E em seguida o prefeito hipócrita, Kristofer Dalgaard, já lhe falei dele — ele contou a Håkan minha história sobre o alce.

A propósito, cada nome nesta lista, inclusive Ulf, estava na comemoração do *midsommar* na qual Mia estava bêbada, e aquele foi o último lugar em que ela foi vista com vida em público. Estes seis homens estavam na multidão quando ela jogou as flores para o alto. Puxando pelo memória, tentei calcular onde as flores teriam caído se não tivessem se separado, se o cordão não tivesse se soltado, nos pés de quem elas teriam caído. Embora eu não possa ter certeza, acredito que Mia estivesse apontando para o próximo nome na lista.

Stellan Nilson é um detetive, um dos policiais mais experientes da região. Ele será muito importante para os acontecimentos seguintes.

É mais como um irmão para Håkan do que um amigo. Eles inclusive são parecidos — altos, fortes, sérios. Quando estão juntos, as pessoas muitas vezes perguntam se eles são parentes, e eles adoram a ideia, sorriem e dizem que deveriam ser.

O último nome na lista é Olle Norling, uma celebridade do rádio e da televisão, um médico, no papel, mas ele não pratica a medicina e não tem pacientes. É um homem de sucesso no mundo do espetáculo, um artista, e seu ato circense é sabedoria para a alma, apresentando quadros sobre saúde em programas de TV populares, publicando livros sobre como perder peso sorrindo cinquenta vezes por dia, ou outras afirmações absurdas sobre o poder da mente. Ele é um pretenso médico, um charlatão, adorado pelo público, que se apaixonou por sua imagem cultivada de mágico gentil e atencioso. De fato, ele subiu na vida com artimanha e autopromoção descarada. O Dr. Norling foi o primeiro a me declarar insana:

— Você não está bem, Tilde.

Isso foi o que ele disse, em inglês, balançando a cabeça devagar de um lado para o outro, como se ele só pudesse querer o meu melhor.

Um desses homens está em Londres, bem agora, com Chris, atrás de mim.

* * *

A JULGAR PELA ENERGIA COM que ela o descreveu, perguntei:
— O médico?

O Dr. Olle Norling. Por que ele está aqui? Como não conseguiu me internar na Suécia, seu plano é tentar de novo. Eles não mudaram de estratégia; apesar de eu ter recebido alta do hospício e de os médicos terem me declarado sã e capaz, eles continuam agarrados à tentativa de me internar, me dopar e destruir minha credibilidade. Eles chegaram tarde demais para impedir você de ouvir a verdade. A única opção que eles têm é destruir a nossa relação e convencer você a se unir ao grupo — a acabar comigo para que eu não possa levá-los à justiça. Os conspiradores duvidam, e com razão, da capacidade do seu pai para realizar essa tarefa. Eu não sei se é de Norling a ideia de questionar a minha sanidade. Ele certamente foi o primeiro a declarar isso, usando sua reputação e seu conhecimento médico contra mim. Meu estado mental só foi questionado quando eu me recusei a aceitar a explicação que eles deram para o que aconteceu com Mia.

Depois do *midsommar* eu quis conversar com Mia sobre aquele dia perturbador. Mas não havia nem sinal dela. Fiquei assustada. Eram férias de verão. Ela deveria estar fora de casa, ao ar livre. Eu dei para caminhar pelos campos de manhã, à noite, observando a fazenda de Håkan, na esperança de ver Mia na varanda ou na janela do quarto. Mas nunca a vi.

Uma semana depois, finalmente veio a resposta. Era cedo e eu já estava acordada, trabalhando nos alojamentos dos nossos hóspedes, pintando as paredes do celeiro no alto de uma escada, quando vi o Saab prata brilhante de Håkan a toda velocidade. Håkan não é um exibicionista imprudente e perigoso. Eu nunca o tinha visto correr daquele jeito na estrada. Só podia ser uma emergência. Eu estava esperando que o carro passasse direto por nossa fazenda, e fiquei surpresa quando ele dobrou em nossa pista e Håkan pulou do carro, correndo para dentro da nossa casa, ignorando-me por completo. Eu me segurei com força na escada, temendo cair, pois que outra explicação poderia haver senão que algo terrível tivesse acontecido com Mia?

Desci às pressas e ouvi vozes altas. Pela janela, pude ver Chris e Håkan na cozinha. Håkan virou as costas e se mandou para fora da casa, voltando ao carro. Derrubei a tinta, correndo atrás dele, pressionando uma das mãos contra a janela, deixando impressões digitais amarelas no vidro. Eu precisava ouvi-lo dizer. Ele baixou o vidro e falou:

— Mia se foi!

Minha lembrança seguinte é de estar deitada na pista de cascalho olhando para o céu. Chris segurava minha cabeça em seu colo. O carro de Håkan já não estava lá. Eu tinha ficado inconsciente por alguns instantes. Mia logo apareceu em meus pensamentos, e eu esperei que a notícia tivesse sido um pesadelo, talvez eu tivesse caído da escada, batido a cabeça, talvez Mia estivesse bem — só que eu sabia a verdade, eu sempre soube a verdade. Meus inimigos lhe dirão que meu desmaio foi um momento divisor de águas. Minha cabeça parou de funcionar e nada do que eu disse, pensei ou afirmei depois disso pode ser levado a sério. Palavras enfermas de uma mente enferma. A verdade é esta: o desmaio não significou nada. Reconheço que me fez parecer fraca e vulnerável, mas a sensação que tomou conta de mim não foi tristeza, foi uma sensação avassaladora de fracasso. Eu tinha passado os últimos dois meses sabendo que Mia estava em perigo, e não tinha feito nada para protegê-la.

Håkan forneceu um relato do que acontecera na noite em que Mia desapareceu. Sua explicação é a seguinte:

Eles brigaram.

Ela ficou chateada.

Ela esperou até que todos em casa estivessem dormindo, fez duas malas e desapareceu no meio da noite, sem se despedir e sem deixar bilhete algum.

Isso é o que ele nos disse. Isso é o que disse à comunidade, e é nisso que a comunidade acredita.

Stellan, o detetive, o melhor amigo de Håkan, foi à fazenda dele. Coincidiu de eu estar no campo àquela hora. Eu vi o carro dele na pista de Håkan. Eu os cronometrei. Depois de 17 minutos o detetive Stellan saiu e os dois homens deram um aperto de mão, uma investigação de 17 minutos concluída com um tapinha nas costas.

Håkan foi até a nossa fazenda no dia seguinte, explicando que a polícia havia sido notificada nas principais cidades — Malmö, Gotemburgo, Estocolmo. Eles estavam à procura de Mia. No entanto, havia um limite para o que podiam fazer. Ela não era uma criança, ir atrás de foragidos era um processo difícil. Repetindo essa informação, Håkan baixou a cabeça para indicar que estava sem palavras, consumido pela tristeza, ou pelo menos era nisso que deveríamos acreditar. Chris o confortou, afirmando que tinha certeza de que Mia voltaria, que esse tipo de comportamento era típico de adolescentes. Essa conversa não era real! Era uma encenação — os dois estavam encenando para mim, Håkan fazendo o papel do pai desconsolado, Chris lhe fornecendo as deixas. Só que era mais do que uma encenação, eles estavam me testando. Iria eu até Håkan e colocaria o meu braço em volta do ombro dele? Eu não era capaz de fazer isso. Continuei no canto da sala, o mais longe dele quanto possível. Se fosse política e astuta, eu o teria abraçado, derramado lágrimas falsas por sua tristeza falsa, mas eu não tenho o dom dele para a falsidade, e em vez disso deixei absolutamente claro que não acreditava nele, uma afirmação insolente de oposição desafiadora. Olhando para trás, percebo o erro que cometi. Daquele momento em diante eu estive em perigo.

* * *

PEGANDO A BOLSA NOVAMENTE, minha mãe tirou de dentro dela um cartaz. Ela o desenrolou sobre a mesa de centro e se sentou outra vez ao meu lado.

Esse cartaz não foi produzido no computador de Håkan. Ele contratou uma gráfica profissional, usando o papel da mais alta qualidade. Até o layout é estiloso, mais como um suplemento tirado das páginas da revista *Vogue* ou da *Vanity Fair* — o cartaz de pessoa desaparecida mais extravagante do mundo. Está em toda parte. Passei um dia inteiro observando e contei mais de trinta, em troncos de árvores, em um quadro de avisos na praia, na igreja e nas vitrines das lojas do passeio público. A localização era inquietante para mim, porque Mia não se esconderia em nenhum desses lugares. Se ela tivesse fugido, estaria em uma das cidades. Se tivesse fugido, estaria bem longe, e não aqui, não a 1,5 quilômetro de casa. E, se tivesse fugido, não teria contado a ninguém, porque essa informação teria chegado a Håkan em um segundo, de modo que esses cartazes não serviam para nada a não ser como um grande gesto de que Håkan havia feito a coisa certa, de que ele estava exercendo o papel que se esperava dele.

Veja a parte de baixo do cartaz...
Uma enorme recompensa por informações úteis, e este não é um erro tipográfico: 100 mil coroas suecas, 10 mil libras! Ele poderia muito bem ter oferecido um milhão de dólares, ou um baú de pirata

cheio de ouro; ele sabia que não traria nenhuma informação nova. Era uma afirmação obtusa sobre si mesmo:

"Vejam quanto dinheiro estou disposto a pagar! Meu amor por Mia tem um número atrelado a ele, e é maior do que qualquer número que vocês já viram no cartaz de uma pessoa desaparecida!"

A julgar pela sua expressão, vejo que você interpretou esse cartaz como prova da inocência dele, assim como se esperava que você fizesse.

* * *

BALANCEI A CABEÇA DIANTE da presunção da minha mãe de que ela sempre sabia o que eu estava pensando.

— Não acredito que esses cartazes provem que ele é inocente. Eles não provam nada. Você pode usar os cartazes para argumentar qualquer coisa. Se ele não gastasse dinheiro nenhum, se não colocasse cartaz nenhum, ou se só colocasse um cartaz de má qualidade, você poderia acusá-lo de ser insensível. Ou de ter sido consumido pela culpa...

— Mas eu não posso julgar uma coisa que ele não fez.

— O que eu quero dizer é que...

Você não aceita isso como prova. Está bem. Não aceitemos. Não precisamos disso. Você não deve duvidar da inocência dele só porque eu duvido. Não deve duvidar por causa desses cartazes. Duvide porque a explicação de Håkan para a noite em que Mia desapareceu não faz sentido algum. Ela supostamente fugiu da fazenda no dia primeiro de julho. O que teria feito essa garota de 16 anos? Mia não tinha carro, nenhum táxi foi chamado, como ela deixou uma fazenda no meio do nada, no meio da noite? Ela não estava na estação de trem na manhã seguinte. Sua bicicleta continuava na fazenda. Ela não caminhou — não havia para onde caminhar, as distâncias eram grandes demais. Eu escapei de uma fazenda remota. Deixe-me dizer, com base na minha experiência pessoal, precisa-se de um plano. De acordo com Håkan houve um intervalo de dez horas no qual ela pode ter desaparecido, mas essas dez horas eram um período em que tudo estava fechado. Por muitos quilômetros em todas as direções o mundo estava no escuro, a população dormia, nenhuma loja aberta, nenhum transporte público. Mia simplesmente desapareceu. É nisso que devemos acreditar.

Era meu dever falar com a polícia, e eu os procurei sem discutir nada com Chris, querendo descobrir com que seriedade eles estavam encarando o assunto. Pedalei pelo centro da cidade. As lojas estavam cheias. As calçadas estavam lotadas. Na cafeteria onde eu tinha comido torta com Mia havia apenas algumas semanas, outras pessoas estavam sentadas, bebendo, rindo. Onde estava a tristeza por essa garota perdida? A busca de conforto é um dos grandes males do nosso tempo. Håkan entendia isso perfeitamente, ele entendia que, desde que não houvesse nenhum corpo, nenhum indício de crime, ninguém se importaria. Todos prefeririam acreditar que Mia tinha fugido em vez de considerar a possibilidade de que ela houvesse sido assassinada.

A delegacia local era mais silenciosa que uma biblioteca. Era absurdamente limpa, como se eles não fizessem nada além de polir o piso e limpar as janelas. Nitidamente, esses policiais nunca tinham encontrado um crime do qual falar. Eram novatos. Em Estocolmo, eu poderia ter tido uma chance, poderia ter encontrado um aliado, alguém com experiência no lado obscuro do coração dos homens. Não aqui, essas eram pessoas à procura de um emprego seguro e estável, homens e mulheres que sabiam como jogar o jogo da política de uma cidade pequena.

Na recepção, pedi para falar com Stellan, o detetive. Imaginei uma longa espera, várias horas, mas eu não tinha lido mais do que uma ou duas páginas do meu diário quando Stellan chamou meu nome, conduzindo-me até sua sala. Talvez por ser tão semelhante a Håkan, ele parecia completamente deslocado numa sala, com canetas e clipes de papel. Ele gesticulou para que eu me sentasse, um gigante diante de mim, perguntando como poderia me ajudar.

Eu perguntei por que eles não tinham conversado comigo sobre o desaparecimento de Mia. Ele perguntou diretamente se eu sabia onde Mia estava. Eu disse que não, não sabia, é claro que não sabia, mas que eu achava que havia mais nessa história do que meramente uma garota fugindo. Não tive coragem de expor minha suspeita na delegacia, não ainda, não sem provas suficientes. O que é interessante é que Stellan não olhou para mim como se eu fosse louca, ou como se eu estivesse falando coisas sem sentido. Ele olhou para mim deste jeito...

* * *

MINHA MÃE ME DIRIGIU UM OLHAR que poderia significar que ela estava triste, ou que estava escutando atentamente, ou que estava aborrecida.

Como se eu fosse uma ameaça! Ele estava avaliando quanto problema eu poderia causar. Essa delegacia e seu funcionário mais importante não tinham intenção alguma de descobrir a verdade. Era uma instituição trabalhando para ocultar a verdade. Esse caso requeria alguém que fosse cético — requeria alguém de fora. Eu não queria ser esse alguém. Mas foi o papel que fui obrigada a exercer. Agradeci a Stellan por seu tempo, concluindo que o passo seguinte, o único passo seguinte lógico, na ausência de uma força policial atuante, na ausência de um mandado de busca, era invadir a fazenda de Håkan.

* * *

ENQUANTO ME SENTEI, PERTURBADO com a noção de minha mãe invadindo uma casa, suas mãos desapareceram no compartimento mais fundo da bolsa. Eu não pude ver o que estava fazendo até que ela as levantou lentamente. Estava vestindo um par de luvas vermelhas parecido com as de cozinha, estendidas de modo solene para que eu as inspecionasse, como se fossem tão conclusivas quanto luvas empapadas de sangue. Havia algo de absurdo na situação, a disjunção entre a serie-dade da minha mãe e a novidade das luvas, mas eu não senti vontade alguma de sorrir.

Para evitar deixar impressões digitais! Estas eram as únicas luvas que eu tinha, luvas grossas de Natal. Comecei a levá-las no bolso em pleno verão, esperando uma chance de entrar na casa. Como você pode testemunhar, eu nunca havia feito algo assim. Eu não entraria na fazenda de Håkan na calada da noite como um ladrão profissional. Seria oportunista, aproveitando um momento em que Elise e Håkan estivessem fora. Lembre-se, estamos falando da Sué-cia rural, ninguém tranca as portas, não há alarmes. No entanto, o comportamento de Elise havia mudado desde o desaparecimento de Mia. Ela não estava trabalhando. Sentava-se na varanda, perdida em seus pensamentos. Antes eu a descrevi como sempre ocupada. Já não mais — antes que você me interrompa de novo, eu concordo, esse argumento pode ser usado de várias maneiras. Independentemente de como você interprete a mudança na personalidade dela, isso me causou dificuldade, porque ela passava muito mais tempo em casa.

Um dia vi Elise e Håkan saindo juntos. Eu não sabia aonde eles estavam indo nem por quanto tempo iriam ficar fora, talvez voltassem dali a alguns minutos, talvez horas depois, mas essa era minha única chance e eu a agarrei, abandonando meu trabalho na horta, correndo pelos campos e batendo à porta deles só para ter certeza de que a casa estava vazia. Não houve resposta e eu bati outra vez, perguntando a mim mesma, enquanto vestia estas luvas grossas, se teria coragem de abrir a porta e entrar na casa. Como toda pessoa sensata, eu infrinjo a lei se for preciso. Mas isso não significa que seja fácil.

Experimente as luvas.
Pegue aquele copo.
Vê?
Elas escorregam. Não são práticas. Nenhum arrombador profissional as escolheria. Parada na frente da casa deles, fiquei perturbada porque estava usando luvas de Natal em pleno verão, tentando entrar na fazenda de alguém, e não conseguia nem sequer abrir a porta. A maçaneta de aço, redonda e lisa, não girava facilmente. Tentei muitas vezes. No fim, tive de agarrar a maçaneta com as duas mãos.

Aqueles primeiros metros do lado de dentro, da porta de entrada até o pé da escada, foram alguns dos passos mais intimidantes que já dei. Tão arraigados eram meus hábitos suecos e meu senso de etiqueta doméstica que eu até tirei os sapatos, uma atitude idiota para uma intrusa, depositando meus tamancos no primeiro degrau, anunciando minha presença para quem quer que voltasse para casa.

Eu nunca tinha estado no andar de cima da casa. O que eu descobri? Pegue o catálogo de qualquer loja de móveis mediana e posso lhe mostrar o quarto de Håkan. Era decente e ordenado, com uma cama de pinho, guarda-roupa de pinho, imaculadamente limpo, nenhuma bagunça nas mesas de cabeceira, nenhum remédio, nenhum livro, nenhuma pilha de roupa suja. Os toques decorativos eram poucos e inofensivos, como se decididos por um comitê, artistas locais aceitáveis emoldurados na parede. Era um mostruário de móveis, e não um quarto de verdade, e faço meu próximo comentário com cuidado, não como uma crítica, mas como uma observação de uma pessoa casada há quarenta anos — eu tinha quase certeza, parada no meio desse quarto, ao lado de um vaso cheio de tulipas de madeira pintadas, de que ninguém fazia sexo aqui. Era um espaço assexuado, e, sim, você tem razão, eu não tenho prova disso, mas uma pessoa pode dizer muito a respeito de outra a partir de um quarto, e a minha observação não comprovada é de que Håkan estava procurando outro lugar para satisfazer suas necessidades sexuais. Elise deve ter se rendido ao fato, e pela primeira vez senti pena dela, a Elise leal, uma prisioneira daquele quarto de pinho. Tenho quase certeza de que a solução deselegante de dormir com outros não era aberta a ela. Ela era dele. Ele não era dela.

Por dedução, o último quarto no corredor pertencia a Mia. Eu espreitei dentro dele, certa de que havia algum engano — aquele não poderia ser o quarto de Mia. Os móveis eram idênticos aos do quarto anterior, o mesmo guarda-roupa de pinho, inclusive a mesma cama de pinho que a de seus pais. Mia não tinha personalizado o quarto, a não ser por um espelho elaborado. Não havia nenhum pôster, nenhum cartão-postal ou fotografia. Era um quarto diferente de todo quarto de adolescente que já vi. Que quarto solitário, não um espaço onde Mia tinha liberdade, não, era decorado e limpo de acordo com os padrões de Elise. O quarto parecia uma ordem — um comando: ela deveria se tornar um deles. Mia podia dormir naquele quarto, mas ele não pertencia a ela, não expressava sua personalidade. Não era diferente de um quarto de hóspedes confortável. Então algo me chamou a atenção — o cheiro! O quarto estava impecavelmente limpo, a cama estava feita, os lençóis estavam limpos e passados, eram novos, não haviam sido usados, o chão limpo com aspirador de pó — e tudo tinha cheiro de lavanda. Certamente, na tomada havia um aromatizador de ambientes ligado na potência máxima.

Se peritos criminais fossem chamados para examinar o quarto, tenho certeza de que não encontrariam nem uma partícula da pele de Mia. Isso era limpeza num nível sinistro.

Verifiquei o guarda-roupa. Estava cheio. Verifiquei as gavetas. Estavam cheias. De acordo com Håkan, Mia tinha feito duas malas. Com o quê?, eu me perguntei. Não havia muita coisa faltando. Não posso dizer quantas roupas havia no guarda-roupa antes de ela partir, portanto não posso comparar, mas esse não parecia um quarto que havia sido vasculhado por uma garota em fuga. Havia uma Bíblia na mesa de cabeceira — Mia era cristã. Eu não fazia ideia de se ela acreditava em Deus ou não; certamente ela não tinha levado a Bíblia consigo. Verifiquei as páginas: não havia nenhuma anotação, nenhuma página arrancada. Consultei o verso dos Efésios que Anne-Marie tinha bordado dias antes de se matar. Não continha nenhuma anotação. Debaixo da Bíblia havia um diário. Ao folheá-lo, vi que havia eventos listados, instruções de tarefas escolares, nenhuma referência a sexo, nenhum namorado, amigas, frustrações. Nenhum adolescente no mundo mantém um diário como esse. Mia devia saber que seu quarto estava sendo vasculhado. Ela estava escrevendo esse diário sabendo que estava sendo lido — esse era o diário que ela queria que Elise e Håkan lessem. O diário era um truque, uma distração para pacificar um pai bisbilhoteiro. E que tipo de adolescente produz um documento falso tão inteligente, se não alguém com algo importante a esconder?

Eu tinha jurado ficar não mais de trinta minutos, mas trinta minutos passam rápido, e eu não havia encontrado nenhuma pista. Eu não podia sair de mãos vazias. Decidi ficar até encontrar alguma coisa, não importava o risco! Então me ocorreu que eu não tinha prestado a devida atenção ao espelho. Era diferente, não uma antiguidade, não de uma loja de móveis, mas uma peça artesanal e ambiciosa — emoldurado como um espelho mágico, a madeira formando espirais em volta do espelho oval. Ao me aproximar, percebi que o espelho não tinha sido colado na moldura: havia presilhas de aço na parte de cima e na de baixo. Elas giraram, como chaves, e o espelho se soltou da moldura. Corri para segurá-lo e evitar que caísse no chão. Atrás do espelho, esculpido na madeira, havia um espaço fundo. A pessoa que fez esse espelho um tanto raro tinha uma segunda intenção. Eles criaram um esconderijo, feito especialmente para Mia. Isto foi o que encontrei dentro.

* * *

MINHA MÃE ME ENTREGOU os restos de um pequeno diário. Havia uma capa e uma contracapa, mas as páginas tinham sido arrancadas. Pela primeira vez, senti uma forte resposta emocional diante da evidência apresentada pela minha mãe, como se esse objeto retivesse um traço inegável de violência.

Imagine o perpetrador em ação, suas mãos fortes rasgando as páginas, o ar cheio de palavras. O fogo teria sido uma maneira mais segura de destruir esta prova, ou jogá-la nas profundezas do rio Elk. Essa não foi uma tentativa racional de ocultamento. Foi uma resposta selvagem aos pensamentos escritos nessas páginas, uma expressão de ódio carregando consigo a implicação de um crime prestes a acontecer, ou de um crime já cometido.

Examine por si mesmo.

Não resta quase nada, nenhuma das anotações, apenas fragmentos irregulares ao longo da lombada, rebarbas de papel contendo pedaços de palavras. Contei exatamente 55 letras dispersas, e apenas três formam palavras.

Hans, a palavra sueca para "dele".

Rök, a palavra sueca para "fumo", e, por favor, considere quem fuma e quem não fuma.

Räd, não uma palavra completa, terminando no rasgo, e não existe *räd* em sueco, acredito que o segundo "d" foi rasgado, devia ser *rädd* — a palavra sueca para "assustada".

O diário era importante demais para ser devolvido. Mas roubar os restos do diário de Mia era uma provocação, um sinal inconfundível da minha intenção de ir atrás do culpado e fazer o que fosse necessário para descobrir a verdade. Quando Håkan voltasse e percebesse que o diário tinha desaparecido, o indício mais sugestivo de que Mia não tinha fugido de casa, ele percorreria a fazenda queimando pistas incriminadoras. Logicamente, essa havia se tornado não minha primeira, mas minha única chance de coletar provas. Eu não podia ir embora. Parada no quarto de Mia, perguntando-me onde mais procurar, olhei para o outro lado do campo e vi o relevo na paisagem, o abrigo subterrâneo onde Håkan esculpia aqueles trolls obscenos, o local da segunda porta trancada com cadeado. No dia seguinte o abrigo poderia estar vazio ou demolido. Eu precisava agir imediatamente.

Com os restos do diário de Mia no bolso, encontrei um armário de chaves esculpido à mão na parede do corredor. Nas fazendas sempre há um grande número de chaves, para vários celeiros e tratores. Eu teria de verificar uma por uma, nenhuma delas estava identificada, levaria horas para experimentar todas elas, então corri para o armazém de ferramentas, do lado da fazenda, e roubei os alicates para cortar cadeados. Ainda usando as luvas vermelhas, sem deixar impressões digitais, corri para o abrigo subterrâneo, cortei o primeiro cadeado e abri a porta, tateando à procura do cabo de luz. A visão que me aguardava era tão perturbadora que tive de lutar contra minha ânsia de sair correndo.

No canto do abrigo havia uma pilha de trolls, empilhados como um monte de corpos, terrivelmente desfigurados, cortados ao meio, com olhos arrancados, decapitados, esmagados, despedaçados. Precisei de alguns segundos para criar coragem de passar pelo monte de trolls, pisando sobre as lascas de madeira e chegando à porta seguinte, trancada com um segundo cadeado. Era um cadeado diferente do que havia na porta externa, de uma marca muito mais resistente.

Por fim, depois de um grande esforço, as lâminas cortaram o aço, eu segurei a maçaneta e abri a segunda porta.

Dentro havia uma mesa de plástico. Em cima da mesa, uma caixa de plástico. Dentro da caixa de plástico, uma câmera de vídeo digital. Verifiquei se havia algo na memória. Tinha sido removido. Era tarde demais. As respostas desapareceram. Em seu lugar havia apenas mais perguntas. A sala estava cheia de tomadas — cinco, uma ao lado da outra. Para quê? As paredes estavam cobertas com espuma à prova de som. Para quê? O chão estava limpíssimo. Por que, quando o cômodo ao lado estava uma bagunça? Antes que eu pudesse investigar mais, ouvi a voz de Håkan chamando com urgência pela fazenda.

Pus a câmera de volta no lugar e corri para a porta da frente, abrindo-a devagar e espiando do lado de fora. O abrigo era visível da fazenda. Eu estava encurralada. Não havia árvores por perto, nem arbustos, nem lugar algum onde me esconder. Pude ver Håkan no armazém de ferramentas. Estupidamente, eu tinha deixado a porta aberta e ele estava examinando as dependências, sem dúvida se perguntando se havia sido roubado. Ele logo daria falta de seus alicates de cortar cadeados. Chamaria a polícia. Eu tinha pouco tempo. Assim que Håkan virou as costas, corri pelo campo o mais rápido que pude. Quando cheguei ao campo de trigo, me joguei no chão, esperando no meio da plantação, recuperando o fôlego até que criei coragem de espiar. Håkan estava caminhando na direção do abrigo, a apenas alguns metros dali. Quando ele entrou no abrigo, aproveitei a chance e fugi rastejando, a barriga contra o chão, usando os cotovelos para me mover.

Ao alcançar o limite da nossa fazenda, percebi que, por alguma razão, eu tinha trazido ambos os cadeados, e por isso os enterrei bem fundo no solo, tirei minhas luvas, enfiei-as em meu bolso por cima do diário e voltei caminhando, sacudindo a sujeira da roupa.

Peguei a cesta que eu tinha deixado preparada com batatas ao lado do canteiro de vegetais e entrei na fazenda, dizendo em voz alta que tinha colhido umas batatas espetaculares para o jantar! Só que Chris não estava em casa, e meu álibi — eles usaram um salmão como álibi, por que eu não poderia usar batatas? — já não era válido. Tratei de lavar e descascar as batatas, uma quantidade enorme, tentando terminar o maior número possível para que eu pudesse explicar o que estive fazendo a manhã toda caso me perguntassem.

Mais ou menos uma hora depois, ao lado de uma montanha de batatas suficiente para dez fazendeiros famintos, ouvi Chris à porta e virei para lhe contar a história inocente da minha manhã, quando vi a figura alta e solene de Stellan, o detetive, à porta.

* * *

MINHA MÃE AINDA NÃO TINHA TERMINADO com as luvas. Ela as recolheu, enfiando-as no bolso de seu jeans de modo que parte do material ficou pendurada para fora.

O detetive queria me interrogar, e as luvas continuavam no meu bolso.

Desse jeito!

Com um dedo vermelho pendendo para fora, e debaixo delas o diário roubado de Mia. Eu enterrei os cadeados, mas me esqueci completamente das luvas, e era o auge do verão, não havia razão para estarem no meu bolso. Se eles a vissem, eu seria pega, porque as luvas levariam ao diário. Se me pedissem que esvaziasse os bolsos, eu iria para a cadeia.

Stellan não falava inglês muito bem. Nesse caso, ele precisava se comunicar em sueco para estar absolutamente confiante do que estava dizendo e do que estava ouvindo, e por isso eu pedi que Chris aguardasse enquanto conversávamos. Eu traduziria no fim. Sentei-me à mesa da cozinha, com Stellan sentado à minha frente e Chris de pé. De alguma forma, aquilo tinha adquirido a aparência de um interrogatório, esses dois homens contra mim. Chris não estava do meu lado, e sim perto do detetive. Perguntei se isso era sobre Mia. O detetive disse que não, não era sobre Mia — ele foi categórico a esse respeito, descrevendo a invasão à fazenda de Håkan. Alguém tinha cortado os cadeados no abrigo dos trolls. Eu devo ter dito algo do tipo "Isso é terrível", antes de perguntar o que havia sido levado, e ele me disse que nada tinha sido levado; os cadeados foram cortados, mas não havia nada faltando, exceto os cadeados. Eu disse que isso era curioso, muito curioso, que talvez os ladrões estivessem procurando algo específico, tentando conduzir Stellan para uma discussão sobre aquela segunda sala, tão sinistramente limpa quanto o quarto de Mia, mas ele não mordeu a isca. Em vez disso, Stellan se inclinou para a frente e me disse que "não existiam ladrões nessa parte da Suécia. Incidentes como esse eram excepcionalmente raros". Eu não gostei do modo como ele estava olhando para mim. Havia acusação e agressão. Não gostei da referência a "esta parte da Suécia", falando como se ele fosse o guardião do reino e eu fosse uma forasteira indigna de confiança, como se eu tivesse trazido crime a essa região pelo simples fato de ser de fora, embora eu tivesse nascido na Suécia! Eu não me deixaria intimidar por ele, não importava seu tamanho físico ou seu status, e por isso espelhei sua postura, também me inclinando para a frente, sentindo o volume denso das luvas pressionar contra minha coxa, perguntando como ele podia ter certeza de que um crime fora cometido se nada fora levado. Stellan disse que claramente houve um intruso, pois dois cadeados tinham desaparecido. E eu repliquei, satisfeita com minha lógica, que algo desaparecido não é prova de um crime. Uma jovem estava desaparecida — uma linda jovem, Mia, estava desaparecida —, mas eles não acreditavam que um crime houvesse sido cometido. Por que aquele caso deveria ser diferente? Por que eles deveriam levar o desaparecimento de dois cadeados mais a sério do que o desaparecimento de uma garota? Por que o caso dos cadeados desaparecidos era, em definitivo e absoluto, um crime sério do tipo que nunca se viu por ali? E o outro, uma garota desaparecida no meio da noite, sem deixar vestígios, era uma questão de família que tomou apenas alguns poucos minutos de seu tempo de investigação? Eu não entendia, dois cadeados substituíveis, que poderiam ser comprados em qualquer lugar, dois cadeados sem valor, e eles estavam agindo como se devêssemos ficar assustados em nossa casa porque um cadeado jamais desapareceu antes por essas bandas. Talvez isso fosse verdade, talvez esse fosse o lugar mais seguro do mundo para cadeados, mas eu não podia ajudá-los com o mistério dos cadeados desaparecidos, por mais sério que o caso pudesse ser. Se eles queriam meu conselho, eu lhes disse para explorar o rio Elk ou escavar a terra, vasculhar a floresta, não tínhamos cadeados desaparecidos por aqui.

O que eles iriam fazer? Me prender?

* * *

OBSERVEI MINHA MÃE TIRAR DELICADAMENTE uma caixa de fósforos de dentro do menor compartimento da bolsa. Ela a balançou com cuidado na palma da mão. Com um dedo, abriu um dos lados. Eu vi um cogumelo *chanterelle* dourado aninhado em uma cama de algodão:

— Um cogumelo?

— Isso é só metade da prova.

Minha mãe se sentou ao meu lado, e foi uma das poucas ocasiões em que pude perceber que ela estava em dúvida sobre qual seria a melhor forma de apresentar sua prova.

> Você e eu costumávamos procurar cogumelos quando você era criança. Éramos uma equipe formidável. Você era tão rápido entre as árvores, com tino para onde eles cresciam. Procurávamos o dia inteiro, só voltando para casa quando nossas cestas estavam transbordando. Mas você sempre odiou o gosto deles, mesmo quando eu fazia não mais do que fritá-los e servi-los sobre torradas com manteiga. Um dia, você até chorou, tão chateado por não poder concordar comigo sobre o quanto eram deliciosos. Você tinha certeza de que havia me decepcionado. De todas as pessoas no mundo, só você pôde testemunhar minhas habilidades: eu nunca colhi um cogumelo que fosse perigoso.

* * *

A SSENTI COM A CABEÇA:
— Eu nunca vi isso acontecer.
Minha mãe foi mais longe:
— Você acha difícil acreditar que eu cometeria tal erro?
— Sim, acho difícil.

Depois que o policial foi embora, Chris insinuou que eu andava muito estressada tentando preparar os celeiros para os hóspedes. Eu estava trabalhando 14 horas por dia, sete dias por semana. Ele disse que eu tinha perdido peso e que precisava desfrutar mais da vida na Suécia. Como se a ideia tivesse surgido do nada, sugeriu que fôssemos para a floresta para procurar cogumelos e passar um dia relaxante. Eu não estava convencida de que sua proposta fosse genuína. Mas ele a apresentou de maneira tão perspicaz que eu não tinha motivo para recusar. Eu lhe dei o benefício da dúvida, é claro que dei.

No dia seguinte, estava chovendo. Chris disse que não importava — ávido por não cancelar nossos planos. Como eu não me incomodava com um pouco de chuva, pedalamos para o norte, para a floresta, a mesma floresta onde ficava a Ilha da Lágrima. Tentei não pensar na ilha, ou nas visitas de Chris à região. Saindo da estrada, pedalamos por um caminho de terra batida. As áreas de fácil acesso não eram boas. Precisávamos adentrar mais, para longe das trilhas, para partes intocadas da floresta, os locais remotos.

Deixamos nossas bicicletas ao abrigo de uma árvore perto do rio Elk. Pegamos nossas cestas, forradas com jornal para impedir que a camada inferior de cogumelos fosse esmagada e estragasse. Depois de um tempo, chegamos a uma encosta de rochas gigantes, penedos do tamanho de carros. Algumas estavam completamente cobertas de musgo. Eu não conseguia imaginar muitas pessoas escalando as rochas para encontrar cogumelos, e por isso apontei para o topo, dizendo que procuraria lá em cima. Sem esperar resposta, comecei a subir, escalando a pedra, meus pés escorregando no musgo. No alto, era possível avistar dezenas de milhares de árvores — abetos, pinheiros e bétulas-brancas até onde a vista alcança, nenhuma estrada, nenhuma pessoa, nenhuma casa, nenhuma rede elétrica, só a floresta tal como era quando eu era criança e sempre seria, muito depois de eu morrer. Chris se juntou a mim lá no alto, ofegante, admirando a paisagem.

Chris nunca levou a colheita de cogumelos tão a sério quanto eu, ou quanto você. Os esforços dele são sem entusiasmo. Ele gosta de fazer intervalos e fumar e conversar. Eu não queria ser incomodada por ele. Concordamos em nos encontrar novamente onde tínhamos deixado as bicicletas, combinando um horário perto do fim do dia. Eu logo o deixei para trás, e em pouco tempo encontrei meus primeiros *chanterelles*, um pequeno aglomerado de cogumelos jovens. Eu os cortei com minha faca especial em vez de arrancá-los, para que pudessem crescer outra vez. Em poucos minutos encontrei um ritmo, mal esticando as costas enquanto me precipitava por entre os cantos escuros e úmidos onde eles saíam do solo. Então, enfiado sob a raiz exposta de uma árvore antiga havia um tesouro dourado, vinte ou trinta juntos, o suficiente para me fazer exclamar com gratidão, como se a própria floresta tivesse me dado um presente. Sem uma pausa para almoçar, só parei quando minha cesta estava cheia, uma quantidade satisfatória, do tipo que sempre colhemos juntos. Você teria ficado orgulhoso de mim.

No fim do dia, a caminhada de volta era longa. Eu estava cansada e feliz — feliz como não me sentia havia muito tempo, lembrando a verdadeira razão pela qual voltei ao meu país, por sentimentos exatamente como esse. A chuva leve não tinha cessado e, depois de várias horas, meu cabelo estava encharcado. Eu não me importava. Espremi o cabelo com as mãos, eliminando toda a água da chuva. Eu tinha certeza de que Chris tinha parado de procurar cogumelos havia muito tempo. Ele estaria ao lado das bicicletas, abrigado, talvez com uma fogueira acesa, aquecido à beira do rio — honestamente, isso era o que eu esperava.

Quando cheguei às bicicletas, não havia nenhuma fogueira. Chris estava sentado à beira do rio, no tronco de uma árvore caída, fumando a maconha de Håkan, de costas para mim, o capuz na cabeça. Eu coloquei a cesta ao lado da bicicleta, ao lado da dele, que não continha nada, nem um único cogumelo, e me juntei a ele à beira do rio. Ele se virou e sorriu, o que me surpreendeu, porque eu esperava que ele estivesse irritado. Ele deve ter esperado muitas horas. Ele disse para eu me sentar e se ofereceu para pegar um copo de chá de nossa garrafa térmica. Minhas mãos tinham se umedecido e meus dedos estavam duros. Eu ansiava por uma bebida quente. Vários minutos se passaram, e não veio nenhum chá. Finalmente, eu o ouvi chamar meu nome.

— Tilde?

Havia algo errado. Eu me levantei e vi Chris de pé ao lado das bicicletas, olhando para minha cesta. Ele parecia perturbado. Agora a armadilha será acionada, pensei. Eu não entendia de que se tratava, mas podia sentir suas garras se fechando à minha volta. Minha felicidade tinha sido autoconvencimento. Com medo, caminhei lentamente até ele, sem saber o que esperar. Ele se agachou e pegou minha cesta. Em vez de cogumelos *chanterelle,* estava cheia disto...

* * *

MINHA MÃE ABRIU o outro lado da caixa de fósforos, revelando uma folha dourada de bétula-branca sobre uma cama de algodão.

Folhas, Daniel!

Folhas!

A cesta estava cheia de folhas! Chris estava olhando para mim com uma pena dissimulada nos olhos. Levou alguns segundos para eu entender a implicação. Isso não era uma piada. Ele estava afirmando que eu tinha passado o dia inteiro colhendo folhas. Eu agarrei a camada de cima, esmagando-as em minhas mãos, cavando até o fundo. Os *chanterelles* tinham desaparecido. Com um movimento brusco, joguei as folhas para o alto. Chris só ficou lá enquanto elas caíram à nossa volta. A situação toda era ridícula. Eu não poderia ter cometido um erro tão absurdo. Então me lembrei da faca. Estava lambuzada com caule de cogumelo. Brandi a faca, puramente como prova. Chris recuou, como se eu o estivesse ameaçando. Mais tarde entendi a natureza da armadilha. Só restava uma explicação — Chris tinha substituído os cogumelos pelas folhas. Ele as tinha colhido enquanto estivemos separados. Ele sabia que nos separaríamos. Sabia que teria tempo de voltar e fazer os preparativos. Enquanto eu estava esperando pelo chá, ele fez a troca. Eu gritei, exigindo saber onde estavam os cogumelos. Apalpei os bolsos dele. Os cogumelos certamente estariam por perto. Talvez ele tivesse preparado um buraco e os jogado dentro, enterrando-os, cobrindo-os com terra solta. Eu comecei a cavar, como um cachorro à procura de um osso. Quando levantei os olhos, vi Chris vindo em minha direção, os braços escancarados, como que para me domar. Dessa vez eu usei a faca, talhei o ar e lhe disse para não se aproximar. Ele estava tentando me acalmar como se eu fosse um cavalo assustado, mas o som da voz dele me dava náusea. Eu precisava ir para longe, e por isso corri para a floresta. Quando olhei para trás, ele estava correndo atrás de mim. Então eu corri mais depressa, dirigindo-me para uma região mais alta; eu não podia ganhar dele na planície, mas eu era ágil escalando, e ele é fumante, eu me saio melhor em longas distâncias. Ele quase me alcançou, esticando os braços, as pontas de seus dedos roçando a barra da minha jaqueta de chuva. Eu gritei, chegando à base da encosta rochosa, subindo de quatro. Eu o senti agarrar minha perna e por isso chutei, chutei e chutei até que o acertei no rosto. Isso me fez ganhar algum tempo. Da base da encosta ele gritou meu nome, dessa vez não como uma pergunta, mas furioso:

— Tilde!

Meu nome ecoou pela floresta, mas eu não olhei para trás, chegando ao topo e correndo o mais rápido que pude para o meio das árvores, enquanto Chris continuava gritando ao pé da colina.

Finalmente desabei, exausta, deitando debaixo de uma árvore sobre o musgo úmido, a chuva fina no meu rosto, tentando compreender as implicações do plano que tinha sido lançado contra mim. Quando o céu estava escurecendo, ouvi meu nome sendo chamado, não por uma voz, mas por várias. Com cuidado, segui os sons até a cadeia rochosa e vi as luzes das tochas em meio às árvores, contando-as — uma, duas, três, quatro, cinco, seis, sete — sete feixes de luz, sete pessoas à minha procura. Era uma equipe de busca. Em questão de horas, desde minha briga com Chris, uma equipe de busca tinha sido mobilizada. Foi uma reação exagerada. Não havia necessidade alguma de recrutar tantas pessoas, a não ser que você precisasse de testemunhas, a não ser que precisasse que esse incidente encenado fosse registrado oficialmente. Chris provavelmente deu uma declaração, mostrou a eles as bicicletas, a cesta cheia de folhas, assinalou isso como prova, mostrou o lugar onde eu o ameacei com a faca. Ele foi rápido e esperto. Eu fui destemperada e tola.

Pense no caráter de Chris. Como você bem sabe, ele sempre odiou autoridades, suspeita de médicos, nunca confiou na polícia. Se fosse inocente, teria me procurado sozinho. Quais seriam as chances de ele telefonar para a polícia e organizar uma equipe de busca oficial? Zero. Eu não estava ferida nem perdida — sou adulta e não tenho necessidade alguma de ser escoltada para fora da floresta como uma criança perdida. Para reafirmar minha autoridade e oferecer prova da minha presença de espírito, só havia uma opção. Eu trataria de encontrar meu próprio caminho de volta à fazenda. Isso provaria que eu era capaz. Há um termo jurídico para isso, um termo que ouvi inúmeras vezes nas últimas semanas, um termo latino — *non compos mentis* — fora de si. Se eu fosse encontrada perdida e com frio, perambulando pela floresta, eu seria declarada fora de mim. Eu não estava perdida, estava *compos mentis*; assim que localizasse o rio Elk, era uma simples questão de seguir a correnteza de volta para casa.

Era meia-noite quando cheguei à fazenda. Havia vários carros na entrada. Meus inimigos estavam esperando por mim. Reconheci o Saab de Håkan, havia o carro de Stellan, o detetive. Mas o outro carro era um mistério para mim. Era caro e impressionante. Eu estava em desvantagem. Por um breve instante, considerei fugir, mas foi um pensamento infantil. Eu não tinha um plano. Não estava com minha bolsa, nem com meu diário. E, o que é mais importante, eu não poderia abandonar minhas responsabilidades para com Mia. Se eu fugisse, meus inimigos só usariam isso para corroborar seu argumento. Afirmariam que eu estava agindo de forma errática e ilógica. Entrei na fazenda, esperando uma emboscada. Ainda assim, eu não estava preparada para o que aconteceu em seguida.

O carro caro e misterioso pertencia ao Dr. Olle Norling, o médico-celebridade. Embora provavelmente já tivéssemos nos esbarrado em alguma festa, até aquele momento eu não havia sido digna de sua atenção — essa foi a primeira vez que conversamos diretamente. Chris estava parado num canto, uma atadura na sobrancelha. Imaginei que isso fosse por causa do machucado que lhe causei enquanto tentava fugir, um chute na cabeça. Era agora parte das provas contra mim, junto com as folhas de bétula-branca. Perguntei o que estava acontecendo, não de maneira agressiva. Eu precisava me mostrar calma e articulada, não emotiva. Esses homens usariam a emoção para me pegar. Eles tentariam me provocar e então afirmariam que eu estava histérica. Não esperei uma resposta. Em vez disso, descrevi nossa pequena briga estúpida na floresta. Sentindo-me irritada, voltei para casa. Isso foi tudo que aconteceu, nada mais do que isso, então por que a polícia estava aqui, por que os detetives não estavam procurando por Mia, por que o célebre Dr. Norling não estava apresentando seu programa de rádio, ou o poderoso Håkan não estava cuidando de seu império, por que eles estavam reunidos aqui, em nossa modesta fazenda, tão solenes e alertas?

As primeiras palavras de Norling foram:
— Estou preocupado com você, Tilde.
Ele falava um inglês perfeito. Sua voz era tão macia, como um travesseiro — você podia apoiar a cabeça e cair no sono ao som de suas alegações. Ele pronunciou meu nome como se eu fosse uma amiga querida. Não é de se admirar que o público o adore. Ele poderia imitar o som de afeição genuína com perfeição. Eu tive de me beliscar para não acreditar. Mas era uma mentira, o truque de um showman profissional.

Vendo meus inimigos lado a lado contra mim, compreendi o tamanho de sua destreza. Eles eram os pilares da comunidade. E tinham Chris, alguém com informações privilegiadas, um aliado que poderia lhes fornecer inúmeros detalhes a meu respeito, talvez já tivesse feito isso, talvez tivesse contado a eles sobre Freja. Esse pensamento me apavorou. Mas o que mais me surpreendeu foi a presença da caixa de aço enferrujada no meio da sala, numa mesa entre os conspiradores, a caixa de aço enferrujada que eu tinha guardado debaixo da pia havia muitos meses, a caixa que eu salvei dos homens que cavaram o poço, a caixa que encontrei um metro abaixo do solo contendo não mais do que velhas páginas em branco destruídas pela água. Por que essa caixa velha e sem valor estava em um lugar de tanto destaque? O Dr. Norling percebeu que eu estava olhando para ela. Ele pegou a caixa, oferecendo-a para mim como se fosse um presente. Sua voz suave e gentil ordenou:

— Abra isso para nós, Tilde.

Eu odiava o modo como ele pronunciava meu nome.

— Abra, Tilde.

E eu abri.

* * *

PELA SEGUNDA VEZ, MINHA mãe tirou a caixa de aço enferrujada de dentro da bolsa. Ela a colocou no meu colo.

Norling perguntou por que eu achava que a caixa pudesse ser importante. Eu não sabia. E disse isso. Não fazia sentido. Norling não acreditava em mim, perguntando se eu tinha certeza. Que pergunta! É claro que eu tinha certeza. Uma pessoa sempre pode ter certeza daquilo que não sabe. Ela pode não ter certeza daquilo que sabe. Mas eu não sabia nada sobre os motivos pelos quais esses homens, de repente, estavam levando tão a sério uma coleção de folhas de papel danificadas pela água, amassadas e descoloridas e com mais de um século de existência, páginas que estavam completamente em branco quando a caixa foi descoberta.

Vá em frente e abra a caixa.

Tire as páginas.

Vire-as.

Vê?

Elas não estão mais em branco! Eles as encheram de texto, uma bela caligrafia antiga, em sueco, é claro, sueco tradicional, sueco ultrapassado. Eu fiquei em choque. Seria possível que eu não tivesse percebido a escrita na parte de trás, presumindo que todas elas estivessem em branco? Foi há tanto tempo que eu não conseguia me lembrar claramente se tinha verificado cada página ou não. Norling pediu que eu as lesse. Eu exclamei, em inglês:

— Isso é uma armação!

Eu não conhecia a frase sueca. Norling deu um passo à frente, aproximando-se, perguntando por que eu achava que era uma "armação", repetindo a frase em inglês, traduzindo-a para o detetive Stellan, com um olhar entendedor como se o termo corroborasse sua teoria de que minha mente estava tomada por paranoia, minha cabeça dominada por conspirações. Afirmei que as páginas estavam em branco quando as encontrei. Não havia nada escrito. Norling repetiu sua solicitação de que eu lesse as páginas em voz alta.

Deixe-me ler essas páginas para você, porque o seu sueco não é bom como antes. A tradução será difícil. O sueco não é moderno. Quero acrescentar, antes de começar, que ninguém está afirmando que essas páginas sejam autênticas — nem eu, nem meus inimigos. Alguém as escreveu recentemente, durante o verão. Elas foram fabricadas. Isso não está em discussão. A questão a que você deve responder é quem as fabricou, e por quê.

* * *

DEI UMA ESPIADA NA CALIGRAFIA, composta de forma elegante, numa rara tinta marrom que parecia ter fluído graciosamente de uma caneta-tinteiro. Minha mãe percebeu meu olhar:

— Eu planejava fazer a pergunta depois que terminasse de ler para você. Como você se adiantou, vou perguntar agora.

Ela me entregou uma página:

— Essa caligrafia é minha?

Usando o diário dela, comparei as duas, prefaciando meu julgamento com:

— Não sou perito.

Minha mãe não deu importância a isso:

— Você é meu filho. Quem poderia ser perito melhor? Quem conhece minha caligrafia melhor do que você?

Não havia nada de similar entre os dois estilos. Eu nunca soube que minha mãe tivesse uma caneta-tinteiro, muito menos que a usasse com tanta desenvoltura; ela sempre preferiu canetas hidrográficas descartáveis, muitas vezes mordidas na tampa enquanto ela trabalhava em suas contas. O que é mais importante, a caligrafia não parecia ser uma distorção deliberada ou grosseiramente dissimulada. Não havia letras instáveis e irregulares. O traçado expressava um caráter próprio, que era completo e consistente. Tomei meu tempo, tentando encontrar alguma conexão, ainda que fosse uma única letra. Não consegui. Minha mãe ficou impaciente:

— É minha caligrafia? Porque, se você disser que não, terá de aceitar que sou vítima de uma conspiração.

— Mãe, até onde posso afirmar, não é sua caligrafia.

Minha mãe se levantou, deixando as páginas sobre a mesa de centro. Foi até o banheiro. Fui atrás dela:

— Mãe?

— Não vou chorar. Eu prometi, nada de lágrimas. Mas estou tão aliviada. Foi por isso que voltei para casa, Daniel. Foi por isso que voltei para casa!

Ela encheu a pia com água quente e desembrulhou o sabonete individual, lavando as mãos e o rosto. Então observou a pilha ordenada de toalhas, usando a de cima para secar o rosto. Depois sorriu para mim, como se o mundo tivesse sido colocado no lugar. O sorriso me pegou de surpresa, um lembrete de sua grande capacidade para a felicidade. Mas hoje tinha mais a aparência de um pássaro raro e exótico, visto apenas de relance. Ela falou:

— Um peso foi tirado das minhas costas.

Se um peso tinha sido tirado das costas dela, agora estava nas minhas.

Ela apagou a luz, voltando ao aposento principal, segurando minha mão ao passar por mim, conduzindo-me de volta à janela, onde assistimos aos últimos raios de sol desaparecerem.

> Essas páginas são uma fraude elaborada. Seu propósito é insinuar que eu sou a autora e que, portanto, não estou bem e preciso de ajuda. Quando eu as ler em voz alta, você entenderá o tamanho da trapaça. Há referências sagazes à minha vida. Não vou precisar destacá-las — você vai perceber. Mas a caligrafia não é minha e, quando você contar esse simples fato à polícia, nós teremos uma prova, não uma opinião, uma prova de que meus inimigos são culpados. Eles afirmam que as anotações nesse diário foram produto

da minha imaginação doentia, que eu criei o diário de uma personagem fictícia, uma mulher que morava em nossa fazenda há cem anos, em 1899, uma mulher que sofria de solidão e isolamento. É um ataque ousado e criativo, admito, muito mais sutil do que o truque com os cogumelos na floresta. No entanto, eles não contavam com você, não levaram em consideração que eu poderia escapar da Suécia e vir ao seu encontro, meu filho adorado, alguém apartado dos acontecimentos desse verão para confirmar que essa não é minha caligrafia e que eu não escrevi esse diário.

* * *

S EM TOMAR ASSENTO, minha mãe pegou as páginas. Ela assumiu a aparência de um ator lendo o texto de uma peça, mas uma peça pela qual tinha pouco respeito, comunicando seu desprezo e seu distanciamento das palavras.

1º de dezembro — A vida é solitária nesta fazenda. Aguardo ansiosamente pelo dia em que meu marido voltará de suas viagens. Tenho esperança de que ele chegará a qualquer momento.

4 de dezembro — Não há madeira seca suficiente para mais uma semana. Terei de me aventurar na floresta e cortar mais, mas a floresta fica longe e faz muito frio. Há uma densa camada de neve. Vou racionar a lenha restante, na esperança de que a neve dê uma trégua até meu marido voltar.

7 de dezembro — A necessidade de lenha é urgente e já não pode ser postergada. A neve continua a cair. Será difícil chegar à floresta e ainda mais difícil retornar com a lenha que eu conseguir cortar. Depois de coletar a lenha, eu a empilharei em meu trenó e a arrastarei de volta. Irei amanhã, independentemente do clima. Não tenho escolha. Não posso esperar mais.

8 de dezembro — Minha primeira visita à floresta foi um sucesso. Arrastei o trenó vazio pelo rio congelado, pois a neve é mais fina sobre o gelo do que sobre a terra. Meu progresso foi lento, mas constante. No limite da floresta, minha intenção era procurar árvores que tivessem caído durante as tempestades de neve, pois seria mais fácil cortá-las em toras. Depois de um tempo, encontrei uma de tais árvores e a cortei o melhor que pude. Completamente carregado, o trenó era pesado demais para eu puxar, e fui obrigada a devolver a maior parte da madeira. Buscarei o restante da lenha amanhã. Mas estou feliz e, esta noite, pela primeira vez em semanas, desfrutei do calor da minha lareira.

9 de dezembro — Quando regressei à floresta para coletar a lenha restante, vi um alce gigante parado no meio do rio congelado. Ao ouvir o som do meu trenó no gelo, a criatura se virou e me encarou, antes de desaparecer por entre as árvores. Minha alegria durou até que descobri que a lenha que eu cortara havia desaparecido. Alguém a roubara. Havia pegadas na neve. Eu estava morrendo de frio, e não deveria ser uma surpresa que outras pessoas também estivessem à procura de lenha, exceto que nossa fazenda é remota, não há ninguém por perto, e essas pegadas iam para as profundezas da floresta, e não em direção à terra habitável. Seria possível que alguém vivesse nesses bosques?

10 de dezembro — Não houve nem sinal do alce hoje. Caminhei até mais longe do que antes. A densa camada de neve torna difícil encontrar madeira caída, e eu estava exausta. Voltei para casa com muito pouco.

11 de dezembro — Vi as pegadas novamente. Embora elas adentrassem ainda mais a floresta, resolvi segui-las, esperando encontrar meu monte de lenha ou a pessoa que o roubou. As pegadas me levaram a uma ilha no meio do rio congelado. Nessa pequena ilha, havia uma cabana de madeira. Era muito menor do que uma casa de fazenda. Não havia luz nas janelas e não sei ao certo a que propósito essa cabana servia. Era pequena demais para ser uma casa. Do lado de fora estava a madeira que eu havia cortado. Bati à porta, mas ninguém atendeu. Vendo que a madeira era minha, peguei o máximo que pude. Temendo ser flagrada, corri para longe da cabana estranha.

14 de dezembro — Por vários dias, tive muito medo de voltar à floresta e encontrar quem quer que more naquela cabana. No entanto, meu estoque de lenha estava esgotado e fui obrigada a retornar, determinada a recuperar mais madeira da cabana. Eu enfrentaria a pessoa que roubara minha madeira, se necessário. Ao chegar à ilha, vi luz na janela da cabana. Havia um homem dentro. Fiquei com medo e concluí que era perigoso. Corri para longe, arrastando meu trenó, só que os deslizadores de aço arranharam o gelo e fizeram barulho e, quando olhei para trás, vi o homem do lado de fora da cabana. Ele começou a vir na minha direção. Tive tanto medo que abandonei o trenó, correndo o mais rápido que pude, escorregando no gelo, não olhando para trás até que saí da floresta. Foi algo estúpido. Agora não tenho lenha nem trenó. Estou em desespero.

17 de dezembro — A fazenda está congelando. Não consigo me manter aquecida. Onde está meu marido? Não ouvi uma palavra dele. Estou sozinha. Meus dedos se esforçam para segurar esta caneta. Preciso recuperar meu trenó. Enfrentarei o homem na cabana. Ele não tem o direito de ficar com algo que me pertence. Por que entrei em pânico? Preciso ser forte.

18 de dezembro — Voltei à ilha, e à cabana, pronta para me defender com meu machado, se preciso. À distância, vi luz na janela da cabana. Saía fumaça da chaminé. Disse a mim mesma para ter coragem. Na ponta da ilha, encontrei meu trenó carregado com madeira cortada. Parece que eu estava enganada a respeito desse homem. Ele não era meu inimigo. Era meu amigo. Sentindo grande alegria, decidi agradecê-lo pelo gesto tão amável. Talvez tudo que ele desejasse em troca fosse minha companhia. Deve ser solitário morar nesse bosque. Bati à porta dele. Não houve resposta. Abri a porta. À minha frente, vi uma mulher deformada, a barriga inchada, os braços finos como varetas. Eu estava prestes a gritar quando percebi que a mulher era meu reflexo em um espelho curvo. Que

espelho estranho de se ter! Mas havia mais descobertas estranhas a serem feitas nessa cabana. Não existia cama. Em vez disso, um amontoado de aparas de madeira no canto. Não havia comida na cabana, nem cozinha. Que tipo de casa era essa? Comecei a me sentir desconfortável e saí. Eu já não queria agradecer a esse homem. De volta à fazenda, ao acender meu próprio fogo, percebi que todas as lenhas que eu trouxera para casa tinham rostos entalhados. Eu não podia ficar com elas. Elas me assustavam. Joguei todas no fogo, um ato de desperdício, formando uma pira de rostos em chamas. De repente, senti uma coceira terrível nas costas, como se houvesse uma criatura devorando minha pele. Arranquei a camisa, jogando-a no chão, mas não saiu nenhum inseto, apenas uma apara grosseira de madeira em forma de espiral. Peguei-a e a joguei no fogo, prometendo a mim mesma que, não importava quanto frio eu sentisse, eu jamais voltaria àquela cabana. Mas receio que voltarei. Receio que não haverá escolha. E tenho medo do que acontecerá quando eu o fizer.

* * *

URANTE A LEITURA DE MINHA MÃE, seu desprezo pelas palavras abrandou. No fim, ela estava envolvida na história e era incapaz de manter distância do material como no início. Tive a impressão de que minha mãe estava ciente dos sinais confusos que estava transmitindo. Já não falando com desdém, ela devolveu as páginas à caixa:

— Esta é a última anotação.

Ela fechou a tampa e olhou para mim:

— O que você acha disso?

A pergunta era perigosa, o mesmo que perguntar se iríamos à polícia ou ao médico.

— É elaborado.

— Tal como a seriedade e determinação dos meus inimigos.

— Chris pode realmente ter escrito isso?

— Não foi o seu pai. Foi o Dr. Norling. Håkan o aconselhou.

— Por que ele concordaria em fazer isso?

— Ele está envolvido.

— Envolvido em quê?

— Mia é só a ponta do iceberg.

— Você vai me explicar o que quer dizer com isso?

— Daqui a pouco.

Eu a conduzi de volta à cronologia dos acontecimentos:

— O que aconteceu depois? Você estava na fazenda, na sala. Estavam o detetive, o médico. Estavam Chris e Håkan. Eles fizeram você ler essas páginas na frente deles. E depois?

Eu estava assustada. Mas fingi estar calma. Eu me recusei a morder a isca e afirmar que elas tinham sido escritas por Håkan. O diário era uma armadilha. Eles queriam me provocar. Esperavam que eu ficasse furiosa, afirmando que tinha sido um deles. Eu não tinha nenhuma prova do envolvimento deles. Minha tática foi parecer perplexa e um pouco inocente. Falei que aquelas páginas eram uma visão fascinante da vida nessa fazenda, como se eu acreditasse que fossem genuínas. Com um bocejo teatral, declarei então que estava cansada, que havia sido um dia longo e que eu queria dormir. Norling perguntou se eu estava preparada para visitá-lo no dia seguinte, em sua casa, para uma conversa — só nós dois, mais ninguém. Vendo que essa era a única forma de eu me livrar de todos eles, concordei. Disse que eu teria prazer em vê-lo no dia seguinte, depois de uma boa noite de sono. Com aquela promessa, eles foram embora. Propus que Chris passasse a noite nos alojamentos inacabados dos hóspedes, dizendo que seria impossível para mim dormir ao seu lado depois da maneira como ele se havia se comportado.

Mas eu não fui dormir. Esperei até tarde, três ou quatro da manhã. Saí da cama de mansinho e liguei o computador, enviando um e-mail a você. Senti tanto pânico por causa da luz brilhante da tela do computador que não tive coragem de digitar por muito tempo. Havia tanta coisa que eu queria lhe contar. Tomei cuidado porque as buscas na internet não são seguras, elas podem ser monitoradas e interceptadas, nada é seguro, eles podem descobrir qualquer coisa, mesmo depois de deletado, não desaparece, nada jamais desaparece, e no fim das contas resolvi escrever uma única palavra, o seu nome.

* * *

NESTE VERÃO, NOSSAS VIDAS SE CRUZARAM em pouquíssimas ocasiões. Meu pai havia recebido conselhos de Håkan e do Dr. Norling muito antes de me informar o que estava acontecendo. Nesse conselho de guerra de homens reunidos na fazenda eu não tinha cadeira nem voz. Fosse porque, como minha mãe afirmava, eles estavam trabalhando em conjunto para encobrir um crime, ou porque eu tinha me retirado da vida dos meus pais de maneira tão eficaz que meu pai me considerou de pouca utilidade nessa situação difícil. Seu raciocínio teria sido de que eu não tinha nada a oferecer, e talvez eu mesmo necessitasse de atenção, algo que ele não podia me dar. Portanto, acreditar na conspiração me favorecia — me absolvia da responsabilidade, eu havia sido excluído por motivos tortuosos, e não por deficiência de caráter. Sentindo-me perturbado, eu me perguntei se minha mãe havia interpretado minha ausência como mais um indício de uma conspiração contra ela. Minha ausência reforçava a noção de que aqueles homens estavam reunidos contra ela por um motivo específico baseado em acontecimentos locais. Até esse momento eu sentira vergonha por não ter desempenhado papel algum nos acontecimentos. Mas eu estava errado. Ao não estar lá, desempenhei um papel muito específico. Se todo mundo que minha mãe amava, da Inglaterra e da Suécia, estivesse reunido na fazenda aquela noite, poderia ela ter acreditado de modo tão conclusivo que estávamos todos contra ela? Se eu tivesse estado lá, com Mark ao meu lado, não teria havido uma maneira fácil de minha mãe incorporar nosso apoio ao meu pai em sua narrativa, que até agora não passava de insinuações, mas que parecia ser sobre a exploração sexual de uma jovem vulnerável. Vi meu nome claramente no e-mail vazio:

Daniel!

Minha reação a seu e-mail desesperado fora de contentamento despreocupado. Eu não fazia ideia de que, na cabeça da minha mãe, eu estava me configurando como uma alternativa ao meu pai, um ser amado que acreditava nela. Sua conspiração já ganhava vida dentro de mim:

— Eu deveria ter tomado um voo para a Suécia, mãe, depois daquele e-mail.

Minha mãe gesticulou para que eu me sentasse, e eu obedeci. Ela se sentou ao meu lado:

— O que passou passou. E estou aqui com você agora. Estamos quase no fim. Só falta uma última evidência.

Minha mãe abriu sua bolsa, como se estivesse prestes a me dar uma mesada:

— Abra sua mão.

Eu lhe ofereci a palma.

É um dente humano. Nenhum dente de animal se parece com este, queimado, sem restos de carne ou de tecido.

Agora você vai me perguntar se acredito que esse seja um dente de Mia. Você quer fazer essa pergunta porque, se eu disser que sim, você tem a sua prova. Eu sou louca e você deve me levar para um hospital.

Minha resposta é esta...

É um dente de leite, um dente de criança. Mia tinha 16 anos, então o dente não pode ser dela, e eu nunca afirmei que fosse.

O dente veio parar em minhas mãos algumas horas antes da avaliação do Dr. Norling. Minha consulta estava marcada para aquela tarde — ele escolheu o horário, não eu, um fato que me pareceu irrelevante, mas foi de grande importância. A sequência dos acontecimentos é crucial, uma sequência que eles esperavam que me enlouquecesse.

Com a manhã à minha disposição, decidi não trabalhar. Eu precisava estar descansada e alerta. Se eu me saísse mal na avaliação do Dr. Norling, seria o meu fim como investigadora e como indivíduo livre. Minha liberdade estava em risco, decidida não por uma audiência justa, mas por um dos meus inimigos. Seria eu *compos mentis*? Se eu não passasse nos testes, eles me levariam de sua casa na praia para o hospital, onde Norling supervisionaria minha internação pessoalmente. Eu não podia perder a consulta, embora obviamente fosse uma armadilha. Minha ausência seria interpretada como prova de loucura, e eles viriam atrás de mim. Sendo assim, eu iria, na hora certa, pontualmente, bem-vestida — eu iria e não lhes entregaria nada. Esse era o segredo, não entregar nada! Entrar na armadilha e sair ilesa! Eu não falaria sobre assassinato nem conspiração, nem uma palavra; em vez disso, discutiria meus planos para a fazenda, a reforma do celeiro, a pesca de salmão, a horta de vegetais, a geleia caseira, eu desempenharia o papel de uma esposa dócil e inofensiva, totalmente à vontade com sua nova vida, enfrentando dificuldades, sim, cansada do trabalho duro, certamente, mas ansiando por muitos anos de felicidade. Não lhes entregar nada, nem um cenho franzido, nem uma única alegação, nem um pensamento obscuro, e então o que o médico poderia fazer?

Meu plano era bom. Tentei passar as horas seguintes evitando qualquer pessoa que pudesse me perturbar. Eu me entretive com o barco. Nadei. Estava relaxando no cais, com os pés na água, quando, à distância, na floresta, vi fios de fumaça preta subindo para o céu.

Eu sabia — simplesmente sabia — que aquela fumaça estava vindo da Ilha da Lágrima.

Pulei dentro do barco, descalça, e naveguei rio acima, usando o motor elétrico a toda velocidade, passando pela fazenda de Håkan, observando que seu barco não estava atracado. Ele devia estar no rio. Talvez já estivesse lá. Segui em frente, os olhos fixos na espiral ascendente de fumaça. Quando me aproximei da floresta, havia um cheiro químico. Aquilo não era fogo natural. Era combustível queimando. Mais à frente, a Ilha da Lágrima estava em chamas. A cabana na parte de trás tinha sido engolida por chamas que tinham o dobro da minha altura. Brasas se apagavam na superfície do rio, mas eu não desacelerei; direcionei o barco e fui de encontro à ponta da ilha, chocando contra a borda lamacenta, saltando do barco, parando diante das chamas, recuando do calor intenso. Felizmente havia um contêiner no barco para remover a água da chuva, e eu o enchi com água do rio, jogando baldes e baldes na base do fogo, levantando uma nuvem de vapor. Em pouco tempo a cabana inteira desabou. Eu usei um remo para jogar algumas das tábuas em chamas no rio, onde elas crepitavam e estalavam.

Minha conclusão inicial foi óbvia. O fogo havia começado por uma simples razão — destruir provas. Era quase certo que as pessoas que o iniciaram estavam na floresta, vendo o fogo queimar, e agora estavam me vendo.

Que vissem!

Eu não estava com medo. Com a ilha ardendo lentamente, tratei de jogar água com cuidado sobre as cinzas, até que a área esfriou. Feito isso, e com a água já não se transformando em vapor, revirei os restos, correndo os dedos por entre as cinzas e as poças cheias de fuligem, a água preta, até que encontrei algo duro — o dente que você tem nas mãos. Se eu fosse louca, teria saltado para alguma conclusão sensacional, gritando:

— Assassino! Assassino!

Mas não gritei. Eu me sentei na Ilha da Lágrima, olhando para o dente, pensei e pensei, e me perguntei — o que isso estava fazendo aqui? Nenhum corpo havia sido queimado na ilha, onde estavam o crânio, os ossos? A ideia era ridícula. De onde tinha vindo esse dente, esse dente minúsculo, esse dente de leite, não o dente de Mia, mas o dente de uma criança? Foi então que percebi que o verdadeiro propósito do fogo não era destruir provas, mas destruir a mim. O dente tinha sido plantado aqui, possivelmente com vários outros, um punhado de dentes para garantir que eu encontrasse pelo menos um. Meus inimigos plantaram essa prova chocante e provocativa antes de atear fogo na ilha.

Pense na sequência. Por que agora? Por que eles teriam começado um fogo agora, de manhã? Por que não esperar até que eu estivesse na casa de Norling, à beira-mar, longe dali — eu não teria visto a fumaça, não haveria nada que eu pudesse ter feito. Como uma tentativa de destruir provas, o fogo não fazia sentido! A descoberta do dente foi fácil demais. O verdadeiro propósito desse fogo era me deixar perturbada antes do exame de Norling. Eles queriam que eu entrasse na casa de Norling fedendo a fumaça e cinzas, com o cabelo bagunçado e coberto de fuligem, segurando esse dente carbonizado, queriam que eu declarasse que o dente preto era prova de assassinato — que gritasse:

— Assassino! Assassino!

Um simples teste de laboratório revelaria que era o dente de uma garotinha, sã e salva em outra fazenda. Ela o teria trazido à ilha para mostrar a uma amiga, ou alguma mentira do tipo. Onde eu estaria então? O que poderia dizer? Eu seria enviada diretamente para um hospício.

Vociferei e maldisse meus inimigos escondidos entre as árvores. Eu não era a idiota que eles pensavam que eu fosse.

Eu não sou nenhuma idiota!

Mas eles já tinham conquistado uma pequena vitória. Eu chegaria atrasada à minha consulta com o médico. Voltei às pressas para o barco, percebendo, pela primeira vez, que um lado do meu pé havia se queimado com as brasas e estava cheio de bolhas. Não importava. Eu não tinha tempo a perder.

Voltando à fazenda o mais rápido que pude, atrasada para minha consulta, eu me despi, desfazendo-me das roupas fedendo a fumaça, e nadei no rio, lavando-me depressa. Não podia vestir aquelas roupas outra vez, e por isso corri pelada até a fazenda, onde vesti roupas limpas, escondendo o dente chamuscado em minha bolsa.

Chris estava de pé ao lado da van branca, usando suas melhores roupas. Quando o seu pai veste alguma coisa que não jeans e um suéter? A razão era óbvia. Ele estava preparado para seu papel no hospital, para sua aparição diante dos médicos e das enfermeiras, o marido amoroso e dedicado, querendo aparecer em sua melhor forma — isto é, a mais convincente. Lá se foram as camisetas fedendo a maconha. Lá se foram as botas velhas e feias. Assim como um assaltante poderia pegar emprestado um terno que não lhe serve para uma audiência no tribunal, Chris tinha desenterrado roupas que nunca usa normalmente. Ele não mencionou a fumaça no céu, não perguntou onde eu estive, não deu atenção ao fato de que eu tinha pegado o barco. Ele me estudou atentamente, desapontado por me encontrar *compos mentis*. Ele se ofereceu para me levar de carro. Não acreditei na oferta. Imaginei que poderia haver outro incidente, algum item assustador plantado no banco, algo para me chocar, e por isso recusei. Falei que tínhamos pouco combustível, o que era verdade, pouco dinheiro, o que também era verdade. Eu preferia pedalar e mencionei alguns pequenos detalhes que precisavam de atenção na fazenda como se fosse inevitável que eu voltasse logo, a vida continuaria, esse não era o fim! Ele estava usando suas melhores roupas por motivo nenhum. Não haveria visita ao hospício nesse dia!

Saindo da fazenda de bicicleta, pendurei a bolsa no ombro, recusando-me a abandoná-la para que eles a examinassem. Até ousei olhar para trás, adquirindo um talento para a dissimulação, acenando para Chris um tchau despreocupado, gritando um desonesto:

— Amo você!

* * *

PERGUNTEI:

— Mãe, você não ama mais o papai?

Sem parar para refletir, ela balançou a cabeça:

— Não.

— Não?

— Não.

— De todas as coisas que você disse hoje, a ideia de que você não ama o papai é a que considero mais difícil de acreditar.

Minha mãe assentiu com a cabeça, como se esse sentimentalismo fosse esperado de mim:

— Daniel, não se trata do que você quer que seja verdade. Eu queria envelhecer naquela fazenda com o seu pai. Queria construir a casa com a qual sonhei desde criança. Queria que aquela fazenda fosse o cantinho da nossa família no mundo, e que fosse tão especial que você voltaria a nos visitar outra vez de uma forma que não fazia havia muito tempo.

Não senti nenhuma intenção de ataque em seu último comentário. Era uma mera descrição de seu sonho. Falei:

— O papai não queria a mesma coisa?

— Talvez um dia. Mas houve tentação. E ele ficou tentado.

— Mãe, você mesma disse. Você e o papai eram uma equipe inseparável. Isso não pode simplesmente ter acabado. Num único verão, não pode ser. Eu me recuso a acreditar.

Tive medo de ter passado do limite. Para minha surpresa, minha mãe não parecia irritada:

— Fico feliz que você o esteja defendendo. Eu também o defendi, na minha cabeça, por meses e meses. Eu amava o homem que você conhece por pai. Mas não amo o homem que descobri na Suécia. Jamais poderia amar esse homem.

— Você acha que ele esteve envolvido no assassinato de Mia?

Fui longe demais.

— As conclusões parecem absurdas sem contexto. Foi por isso que eu lhe pedi que não pulasse etapas. Deixe-me contar à minha maneira.

Era tarde e o hotel logo ofereceria um serviço noturno de camareira, trazendo gelo ao quarto e fazendo a cama. Falei para minha mãe:

— Vou colocar um aviso na porta para que ninguém interrompa.

Minha mãe me seguiu enquanto eu pendurava a placa na maçaneta. Ela verificou o corredor e então voltou para o quarto. Falei:

— Você estava prestes a ter o seu encontro com o Dr. Norling.

De pé no meio do quarto, ela fechou os olhos, como se enviando seus pensamentos de volta àquele momento. Escolhi me sentar na beirada da cama, sentindo que era improvável que minha mãe se sentasse de novo. Enquanto esperava, não pude evitar me lembrar das vezes em que minha mãe leu uma história para mim na hora de dormir. Ela abriu os olhos:

Apesar de estar atrasada, pedalei devagar, respirando fundo, querendo recobrar parte da calma daquele início de manhã. Meu plano era bom. Tudo o que eu tinha de fazer era fingir, sorrir, falar como uma esposa contente e uma fazendeira trabalhadora, falar de minhas esperanças e sonhos, dizer o quanto eu amava essa região e observar o quanto as pessoas ali eram amistosas. Era só seguir o plano e estaria tudo bem.

O Dr. Norling mora perto do mar, numa casa na praia entre as dunas e os arbustos, a faixa de litoral desolado onde eu costumava correr. De alguma forma, ele tinha conseguido posicionar sua casa extravagante em uma área protegida da praia — uma casa tão intimidadora que as pessoas não se sentiam confortáveis ao caminhar por perto. Elas sentiam que devia haver guardiães — mantenha distância, a casa comunicava, porque a permissão para o projeto só pode ter sido obtida por meio de corrupção e conexões diretas com o poder. Pessoas comuns não moravam em casas assim. Ao me aproximar, desacelerei, mas não havia necessidade, porque o portão automaticamente ganhou vida antes que eu pudesse descer da bicicleta. Ele tinha me visto chegar. Hesitei. Seria mesmo capaz de desempenhar o papel de uma esposa crédula e segurar minha língua? Eu não tinha certeza.

Do lado de fora da casa, acomodei a bicicleta no cascalho e esperei. Não havia campainha para tocar. Havia duas portas gigantes, portas enormes de madeira — portas de castelo —, com o dobro da altura de uma pessoa. Simultaneamente, ambas as portas se abriram com elegância e ele saiu, o renomado e respeitado Dr. Olle Norling. Ele vestia roupas casuais. Sua camisa estava desabotoada, sinalizando de maneira sutil que eu não tinha motivo para temer essa consulta, um sinal que eu inverti, entendendo exatamente o contrário. Eu tinha tudo a temer! Enquanto Chris fora cego aos meus ferimentos, Norling percebeu de imediato o meu andar desajeitado, perguntando se havia algo errado, mas eu lhe assegurei que não havia nada — uma lasca, talvez tenha sido a mentira que eu contei, não desejando mencionar o fogo, um assunto que deveria ser evitado. Continuei repetindo para mim mesma:

É só seguir o plano!

Estava determinada a não me deixar impressionar, algo estúpido sobre o qual estar determinada, e, de todo modo, falhei. Sua casa era magnífica, não opulenta, essa não era a riqueza espalhafatosa a ser desprezada com um revirar de olhos, era simples em estilo, minimalista, se é que se pode aplicar tal palavra diante daquelas janelas de vidro enormes, janelas de catedral trazendo o mar e a praia para dentro da casa, e eu me perguntei por que estava tão maravilhada se havia pedalado pela trilha costeira que tinha exatamente a mesma vista. Mas isso era diferente, as janelas estavam emoldurando o mar como se fossem uma obra de arte particular, possuindo o que não pode ser possuído, tornando privado o que um dia foi público — essa vista era poder e, embora não houvesse sol, nem um céu azul deslumbrante, apenas um mar calmo e cinza, eu poderia ter ficado sem ar diante não da beleza, mas do poder, o poder de emoldurar o mar. Só um punhado de pessoas neste mundo tem esse poder. Norling era uma delas.

Havia outra pessoa presente, um homem, um empregado usando uniforme doméstico, risível se não fosse tão solene. Era um homem bonito, de seus 30 anos, com o cabelo penteado para o lado, como um mordomo da Inglaterra dos anos 1930, um mordomo loiro, e ele falou comigo em um tom de deferência, perguntando se eu queria beber alguma coisa. Recusei, de forma demasiado abrupta —, defensiva, temendo que a bebida pudesse ter alguma droga. Norling não deixava passar nada e imediatamente pediu uma garrafa de água, dois copos, mas especificou que a garrafa de água deveria estar lacrada e não deveria haver gelo no copo. Eu imaginava que ele iria me conduzir a uma sala pequena, algum lugar íntimo e intenso, mas ele me levou para o deque do lado de fora, para a vasta plataforma que se esparramava sobre as dunas de areia. Então me deparei com meu primeiro teste, o primeiro de três. Ele pegou um fósforo e acendeu um fogo, um moderno aparelho a gás em um tambor de cobre cercado de assentos almofadados. As chamas se espalharam e Norling apontou para as cadeiras em volta, posicionando-me diretamente ao lado das chamas. Você precisa reconhecer que essa foi uma referência ao fogo na Ilha da Lágrima, porque não existe nenhuma razão lógica para acendê-lo em um dia de verão. Ele queria que eu visse as chamas e mostrasse o dente preto carbonizado, queria que eu começasse a pular, gritando:

— Assassino...! Assassino...!

Mas eu não fiz isso. Seguindo o plano, eu me sentei, sentindo o calor em meu rosto pela segunda vez naquele dia, e forcei um sorriso, observando o quanto era agradável, muito agradável. Jurei não reagir. Não há forma de ele me pegar, não há nada que ele possa dizer ou fazer, eles julgaram mal a minha mente. Não sou tão frágil, não é tão fácil me manipular. Eles acreditaram que o dente me deixaria louca. Em vez disso, sempre alerta, fui discreta e educada, cumprimentando-o pela elegância de sua casa.

O médico então me perguntou se eu preferia conversar em inglês. Håkan deve ter lhe dito o quanto esse insulto me irritou, mas esse truque me tirou do sério uma vez, não de novo, e por isso eu sorri, dizendo que era muito gentil da parte de Norling me oferecer opções de idioma, mas eu era sueca como ele, nossos passaportes eram iguais, e seria estranho me comunicar em inglês, tão estranho quanto dois suecos falando um com o outro em latim. Ele então apontou para os assentos vazios em volta do fogo e me disse que dava muitas festas ali. Eu pensei comigo mesma:

Aposto que sim, doutor, aposto que sim.

Sentindo a derrota, Norling tentou seu segundo teste, o teste número dois, ainda mais sorrateiro do que o fogo. Ele se ofereceu para me mostrar a vista através do binóculo instalado no deque, afirmando que com isso eu poderia observar os barcos no mar. Eu obviamente não estava no clima, mas cedi, olhando através da lente, pronta para dizer o quanto era aprazível, muito aprazível, quando me deparei com uma visão ampliada do farol abandonado, o velho farol de pedra onde Mia havia esperado, vestida de noiva, o farol onde ela havia pendurado flores na porta, sinalizando, para um observador, que ela estava do lado de dentro. Aquelas flores continuavam lá, apodrecidas, pretas e mortas, como as flores ao lado de uma estrada onde houve um acidente. Norling tinha configurado o binóculo, escolhido essa vista. A provocação era perspicaz e intensa. Apossei-me do binóculo, procurando e encontrando o lugar na praia onde eu havia me escondido atrás de um arbusto. Devo ter ficado visível àquele dia — foi por isso que ele não apareceu. Lentamente, eu me endireitei, fazendo um esforço enorme para me ater ao plano, mas determinada a não mostrar nenhuma reação. Ele me perguntou o que eu achava. Eu disse que achava a vista reveladora — muito reveladora.

Seus dois testes haviam falhado. Desapontado, Norling abruptamente me mostrou o interior, pressionando um botão, apagando as chamas no tambor de cobre em um instante como um mágico que se cansou do próprio feitiço, conduzindo-me pelos corredores após as janelas de catedral até um escritório. Esse não era um aposento de pesquisa intensa, não um escritório de verdade, bagunçado com papéis e notas e livros com orelhas, era um estúdio de design de interiores, do tipo construído com dinheiro ilimitado. Os livros eram tão bonitos quanto a vista, prateleiras do piso ao teto com escadas antigas de biblioteca para alcançar o ponto mais alto. Ao correr os olhos, vi livros em vários idiomas. Quem sabe ele havia lido todos, ou se havia lido algum? Esses livros não estavam lá para serem lidos, mas para serem admirados, propaganda para o intelecto de Norling. Pensei na implicação do farol. Antes eu havia pensado que Norling era um discípulo de Håkan, mas talvez eu estivesse enganada, talvez Håkan fosse um subordinado. Norling indicou que eu deveria ocupar um assento, havia vários para escolher, e eu ponderei sobre em qual deles me sentar, avaliando a altura e o ângulo de inclinação, não desejando ficar cabisbaixa, ou em uma posição de fraqueza. Nesse momento percebi, sobre a mesa de centro, cuidadosamente posicionada no meio da sala — uma evidência. Uma que você já viu, que está na minha bolsa. Você consegue adivinhar qual era? Consegue adivinhar o que esse homem tinha à mostra em seu terceiro e último ato de provocação?

* * *

PENSEI NOS ITENS QUE TINHA VISTO e dei um palpite:
— A citação bíblica da fazenda do ermitão?

Minha mãe ficou satisfeita. Ela alcançou a bolsa e colocou a citação sobre a cama ao meu lado:

— Eu a roubei. Mas não de Ulf, e sim de Norling!

— Como foi parar nas mãos do médico?

Exatamente! Lá estava ela, sobre a mesa dele! Esticada, a citação, com a misteriosa mensagem codificada, bordada dias antes de ela se enforcar no celeiro que já não existe, diante de uma audiência de porcos. Eu a peguei, esquecendo minha promessa de manter a calma, virando-me para Norling, o punho cerrado, e exigindo saber quem a tinha dado a ele. Norling se aproveitou da situação, saboreando minha reação emocional, sua voz suave me envolvendo como se fossem mãos em volta do meu pescoço, afirmando que Chris o havia informado sobre meu fascínio por essas palavras, descrevendo como eu escrevi essas linhas centenas de vezes, como eu as murmurava, entoando-as como uma prece. Norling perguntou o que essas palavras significavam para mim, incitando-me a lhe contar o que eu achava que estava acontecendo nessa parte tranquila da Suécia:

— Fale comigo, Tilde, fale comigo.

Sua voz era tão sedutora, e ele estava certo, tudo que eu queria era contar a verdade, embora soubesse que era uma armadilha. Percebendo minha hesitação, fechei os olhos, lembrando a mim mesma que não falasse, seguisse o plano!

Norling pegou a garrafa de água. Ele me serviu um copo. Eu aceitei a água de modo obediente, embora temendo que ele pudesse ter colocado alguma substância química alteradora de consciência, invisível aos olhos, sem gosto, uma substância que me fizesse falar e que pudesse me incriminar. Eu estava com tanta sede que levei o copo aos lábios e bebi. Em segundos, senti uma necessidade instantânea e avassaladora de falar, não uma compulsão que vinha do coração, mas um desejo artificial, estimulado quimicamente. Ocorreu-me a ideia de que aquela sala estaria aparelhada com câmeras de vídeo, câmeras minúsculas, do tamanho de botões, ou escondidas nas tampas de canetas. Apesar dos meus temores, a necessidade de falar ficou cada vez mais forte. Tentei reprimir as palavras, mas não conseguia. Se eu não podia controlar a necessidade de falar, podia, pelo menos, controlar o conteúdo do que dizia, e então proferi palavras que não poderiam me fazer mal, uma descrição da minha horta, como era a maior horta que já tínhamos cultivado, produzindo alface, cenoura, rabanete, cebola roxa, cebola branca, cebolinha e ervas frescas, manjericão, alecrim e tomilho. Devo ter falado por cinco, dez, vinte minutos, não sei, mas, quando me virei, Norling estava sentado exatamente na mesma posição, naquele sofá de couro requintado, dando a impressão de que estava disposto a esperar para sempre. Eu fiquei sem defesa.

Contei tudo.

* * *

MINHA MÃE TIROU DE seu diário um recorte de jornal, o segundo que ela me mostrou até então. Colocou-o ordenadamente sobre o meu colo. Foi tirado do *Hallands Nyheter*, datado do fim de abril, apenas algumas semanas depois que eles chegaram à Suécia.

Não preciso traduzi-lo para você. É um estudo crítico do sistema de adoção, apontando para a necessidade de rever os procedimentos após o suicídio de uma jovem. A garota nasceu em Angola, assim como Mia, trazida à Suécia quando tinha apenas 6 meses de idade. Aos 13 anos, ela se matou usando a arma do pai adotivo. O jornalista discute as dificuldades de ser uma jovem negra na remota Suécia rural. A matéria causou comoção. Quando telefonei para o jornalista para lhe perguntar sobre a história ele se recusou a falar, dizendo que não queria mais comentar a respeito. Ele parecia assustado. Tinha razão de estar. A matéria só toca a superfície de um escândalo muito mais profundo.

* * *

INDEPENDENTEMENTE DE SUA AVERSÃO A CONCLUSÕES, era hora de perguntar:

— Mãe, que escândalo é esse?

— Você tem que ser capaz de perceber.

Ela sempre mantinha um controle estrito sobre seu relato, preciso e vigoroso, mas quando se tratava das conclusões, certamente a parte mais importante, eu tinha a impressão de que ela preferia apresentá-las disformes, como os kits de modelismo que requeriam montagem. Apesar da culpa que eu sentia por minha falta de envolvimento durante o verão, ou durante os últimos anos, eu não podia colaborar em suas acusações:

— A polícia vai fazer perguntas diretas. O que aconteceu? Quem esteve envolvido? Você não pode insinuar. Não pode pedir para eles inferirem. Eles não estavam lá. Eu não estava lá.

Minha mãe falou de maneira pausada e meticulosa:

— Crianças estavam sendo abusadas. Crianças adotivas estavam sendo abusadas. O sistema de adoção é corrupto. Essas crianças são vulneráveis. Elas são vistas como propriedade.

— Inclusive Mia?

— Particularmente Mia.

— É por isso que ela foi assassinada?

— Ela era forte, Daniel. Ela ia expor todos eles. Ia salvar outras crianças, impedir que elas passassem pelo sofrimento que ela passou. Ela sabia que, se não fizesse alguma coisa, aconteceria de novo. E sua história seria a história de outras meninas e meninos.

— Quem a matou?

— Um dos homens na minha lista, talvez Håkan. Ela era filha dele, problema dele, que pode ter se sentido no dever de lidar com ela. Ou pode ter sido um dos outros — um encontro que deu errado, talvez um deles tenha ficado obcecado por ela. Eu não sei.

— O corpo?

— Não posso escavar florestas ou rios. É por isso que precisamos da polícia para investigar.

— Mas o escândalo envolvia mais do que apenas Mia.

— Não todas as adoções, nem sequer a maioria, mas uma minoria, uma minoria significativa. Antes eu lhe mostrei um mapa da Suécia. Os casos não estão num vilarejo ou numa cidade. Estão espalhados por uma grande área. O jornalista tinha razão: as estatísticas não mentem. Seu índice de insucesso era muito elevado. Veja os números, os números não mentem.

Sentei-me na cama novamente e cruzei as pernas, usando meu parco sueco para ler a matéria. Sob pressão, minha mãe me fornecera um resumo de suas alegações. Havia um círculo de pedofilia ligado ao sistema de adoção. Havia uma conspiração para encobri-lo. A matéria confirmava que havia dificuldade de integração e listava vários exemplos de insucesso, inclusive a perda de uma vida. Perguntei:

— Você acredita que a conspiração envolvia muitos dos homens dos quais você falou, o detetive, o prefeito, embora eles não tenham filhos adotivos?

— Havia festas. Foi assim que seu pai se envolveu. Ele foi convidado para uma. Isso é um fato. Eu não sei o que ocorria nessas festas, então estou especulando. Algumas aconteciam na casa de praia de Norling. Outras, atrás daquela segunda porta com cadeado. Havia bebida. Eles usavam drogas. Traziam garotas.

— Eu não conheço os outros, então não posso comentar. Mas conheço o papai.

— Você acha que conhece. Mas não o conhece.

Minha mãe tinha ligado uma série de pontos, alguns dos quais, concordo, eram extremamente sugestivos e perturbadores. No entanto, as linhas que ela traçou entre eles eram dela. Tentei unir as pontas soltas, procurando um argumento que pudesse ser refutado claramente, ou um que não pudesse ser considerado conjetura. Perguntei:

— E a mulher que se matou no celeiro?

— Ela deve ter descoberto a verdade. Deve ter! É a isso que se referia a mensagem dela — "Pois-minha-luta-é-contra-a-carne-e-o-sangue-contra-os-governantes-contra-as-autoridades-contra-os-poderes-deste-mundo-obscuro-e-contra-as-forças-do-mal-neste-reino-terrestre." Talvez o marido dela estivesse envolvido. Ela não foi forte como Mia. Morreu de vergonha.

— Você não pode ter certeza disso.

— Tudo que eu contei a você se conecta com essa conspiração. Por que fomos levados àquele lugar? Cecilia sabia. Mas era frágil demais para lutar contra isso. Ela compreendeu que somente alguém de fora poderia expor a verdade.

— Mãe, não estou dizendo que você está errada. Mas também é impossível para mim dizer que está certa. Cecilia nunca lhe disse isso.

Sua resposta foi estranhamente abstrata:

> Eu disse a você que nada é mais perigoso do que ser desejada. Digo mais: nenhum lugar é mais perigoso do que o espaço entre portas fechadas. As pessoas sempre encontram uma forma de satisfazer seus desejos. Se não existe uma opção legal, procuram opções ilegais. Håkan e outros criaram uma organização elaborada para satisfazer suas necessidades. Mia era explorada. Não sei ao certo por quantos. Ela não era uma filha. Era um bem. Era uma propriedade. Agora, por favor, Daniel, vamos à polícia.

* * *

MINHA MÃE DOBROU O TECIDO BORDADO, guardando-o dentro da bolsa. Ela estava pronta para sair. Eu coloquei minha mão sobre a dela:

— Sente-se comigo, mãe.

Com certa relutância, ela se sentou na cama, seu corpo era tão leve e pequeno que o colchão só precisou de um leve ajuste para acomodar seu peso. Estávamos os dois voltados para a frente, como duas crianças fingindo comandar um tapete mágico. Ela parecia cansada e baixou os olhos em direção ao tapete felpudo. Dirigindo-me à sua nuca, perguntei:

— O que aconteceu depois? Você contou sua teoria para o Dr. Norling?

— Sim.

— Você afirmou que ele estava envolvido?

— Sim.

— O que ele disse?

Ele não disse nada. Eu me sentei lá, e ele ficou olhando para mim. Sua expressão era vazia. Foi minha culpa. Eu contei a história do jeito errado. Comecei com as conclusões, apresentei em forma de resumo, sem os detalhes ou o contexto. Aprendi com esses erros, e é por isso que fui muito mais meticulosa conversando com você, começando do início, com minha chegada à Suécia, seguindo a cronologia dos acontecimentos, sem me permitir saltar para a frente, apesar de você querer respostas rápidas.

Durante o tempo em que estive falando, o mordomo loiro entrou na sala. Ele estava parado atrás de mim, tendo sido intimado de alguma forma, talvez por um botão de emergência, porque Norling não havia dito uma palavra. Perguntei se podia ir ao banheiro, primeiro meio hesitante, como uma aluna pedindo à professora, então de modo mais assertivo — eu precisava ir ao banheiro e eles não podiam me negar isso. Norling se levantou, concordando com minha solicitação, as primeiras palavras que ele pronunciou desde minha acusação. Ele gesticulou para que o empregado me mostrasse o caminho. Falei que não era necessário, mas Norling me ignorou, segurando a porta aberta do escritório. Segui o empregado, observando seus braços musculosos. De repente eu me perguntei se esse homem poderia ser um servente do hospital, disfarçado de mordomo, preparado com medicamentos e contenções químicas. Ele me escoltou até o banheiro, não permitindo que eu me desviasse do caminho, e quando fechei a porta ele olhou nos meus olhos com pena. Ou foi desprezo — pena ou desprezo? Pode ser difícil saber a diferença.

Tranquei a porta atrás de mim, analisando minha situação. Em vez de não falar nada, eu tinha falado demais. Minha única opção era fugir. Examinei a janela, mas, como tudo naquela casa, era feita sob encomenda, não abria. O espesso vidro fosco não podia ser quebrado facilmente, certamente não sem fazer um bocado de barulho. Não existia escapatória. Eu ainda estava segurando a citação bordada e a dobrei impecavelmente, enfiando-a em minha bolsa sem intenção alguma de devolvê-la, uma das provas mais importantes que eu tinha coletado. Não havia escolha senão sair do banheiro e encontrar outra saída. Eu esperava que os dois homens estivessem lá, esperando, de braços abertos. Mas o corredor estava vazio. Espreitei, vendo-os do lado de fora do escritório, conversando. Considerei correr na direção oposta, procurando outra saída. Mas Norling olhou e me viu, e por isso caminhei até ele. Eu simplesmente explicaria que estava cansada e diria que gostaria de ir para casa.

Eles não tinham nenhum poder legal. Não podiam me deter. Lancei o desafio — eu estava indo embora.

Estou indo embora!

Norling ponderou. Ele assentiu, oferecendo-se para me levar de carro. Seria assim tão fácil? Recusei a oferta, explicando que queria ar fresco e preferia pedalar. Norling se opôs de modo gentil, lembrando-me de que eu tinha acabado de afirmar que estava cansada. Mantive minha decisão, mal conseguindo acreditar que meu suplício estava chegando ao fim.

Embora estivessem fechadas, caminhei em direção às portas gigantes de carvalho, esperando que esses homens pulassem em cima de mim ou me espetassem com uma agulha, mas o empregado obedientemente pressionou um botão e as grandes portas se abriram e eu saí para a brisa do mar. Eu estava livre. De algum modo eu sobrevivera. Desci a escada correndo até minha bicicleta.

Quando me vi na trilha costeira, pedalando depressa, olhei para trás. O carro caro de Norling estava saindo de sua garagem discreta, como uma aranha saindo de um buraco. Ele estava me seguindo. Virei para a frente e, ignorando a dor das minhas bolhas, enfiei os pés nos pedais e acelerei. O carro de Norling poderia ter me alcançado, mas ele estava me escoltando até a cidade. Atravessei a ponte depressa, dobrando bruscamente na ciclovia ao longo do rio, olhando por sobre o ombro enquanto Norling foi forçado a dirigir pela estrada principal. Finalmente eu estava livre dele, ainda que só por um breve período, porque não havia dúvida na minha cabeça de que ele estava indo para a fazenda. Talvez o médico precisasse do consentimento de Chris para me levar para o hospital. Freei derrapando e me perguntei por que estava pedalando de volta para a fazenda, que segurança havia nessa fazenda? Meu velho plano estava morto, eu tinha lhes contado tudo. As coisas não poderiam continuar como se nada tivesse acontecido, não havia forma de retornar à vida na fazenda, nosso sonho estava acabado, a fazenda, o celeiro, a pesca de salmão, estava acabado. Eu vinha mentindo para mim mesma, fingindo que de algum modo as duas vidas poderiam coexistir, mas não podiam. Era investigação ou negação, não havia meio-termo, e eu tinha feito minha escolha.

Eu estava sozinha. Precisava de um aliado. A única pessoa em que pude pensar, pois você estava em Londres, a única pessoa que poderia ouvir o que eu tinha a dizer sem me julgar, apartado dos acontecimentos nessa comunidade, era o meu pai.

* * *

A ESCOLHA DA MINHA MÃE ME SURPREENDEU:
— Você não via seu pai havia cinquenta anos. Ele nem sabia que você estava na Suécia.

— Eu não iria até ele porque éramos próximos. Iria até ele por causa do caráter dele.

— Com base em quê? No homem que você conheceu quando criança?

— Ele não teria mudado.

— De acordo com você, o papai mudou. E durante apenas um verão.

— Chris é diferente.

— Diferente como?

— Ele é fraco.

Considerando que meu pai tinha sido acusado de crimes sexuais gravíssimos, não sei ao certo por que esse insulto me pareceu particularmente mordaz. Talvez fosse a impressão de que, de todos os vícios, o que minha mãe mais desprezava era a fraqueza. E, talvez, porque se o papai era fraco, certamente eu também era:

— O seu pai é forte?

— Ele é incorruptível. Ele não bebe. Não fuma. Era um político local. Embora isso possa parecer uma piada para alguns, naquela parte do país isso significa que ele era escrupuloso e muitíssimo respeitado. Sua imagem e sua reputação eram tudo. Não importava que estivéssemos afastados. Ele estaria do lado da justiça.

— Mãe, ele pensa que você matou Freja.

— Sim.

— Por que você voltaria para ele quando estava procurando alguém que acreditasse em você? Você o abandonou porque ele não acreditou em você!

Em vez de falar por sobre o ombro, minha mãe se virou, de modo que agora estávamos ambos com as pernas cruzadas na cama, olhando diretamente um para o outro, nossos joelhos se tocando, como dois amigos adolescentes expondo nossas almas:

— Você está certo de indagar a decisão. No entanto, nesse caso, eu não estava sendo acusada. Isso era sobre crimes de outras pessoas. E, ao contrário da última vez, eu tinha fatos e provas, datas e nomes. Eu estava pedindo que ele fosse objetivo.

Ousei uma provocação:

— A única forma de isso fazer sentido para mim é se você reconhecer que ele avaliou corretamente o que aconteceu no verão de 1963. Ele entendeu certo na época. Então você achou que entenderia certo agora?

Minha mãe olhou para o teto:

— Você também acredita que eu matei Freja!

— Eu não, mãe. Mas, se o seu pai julgou errado, por que procurá-lo agora?

Os olhos da minha mãe se encheram de lágrimas:

— Porque eu queria dar a ele uma segunda chance!

Visto que a justificativa era emocional, parei de colocar obstáculos, apenas pressionando para tentar compreender a logística. Talvez eles tivessem se comunicado durante o verão e eu não soubesse:

— Quando foi a última vez que vocês tiveram contato?

— Ele me escreveu quando minha mãe morreu.

Há cerca de dez anos, eu me lembro da minha mãe lendo a carta à mesa da cozinha, rodeada pelo que restava do nosso café da manhã. Eu tinha voltado da escola. Era verão. Temendo que a notícia me distraísse antes das provas, ela tentou esconder a carta, mas eu vi de relance as frases em sueco por sobre o ombro dela e perguntei o que era. Para mim, a notícia pareceu muito distante da nossa vida. Minha avó nunca havia nos visitado nem mantido contato. Era uma estranha para nós. A carta foi enviada após o funeral, sem dar à minha mãe uma chance de voltar e estar presente. Como aquela tinha sido a última vez em que eles se comunicaram, perguntei:

— Você pelo menos tinha certeza do endereço dele?

— Ele nunca se mudaria. Construiu aquela fazenda com as próprias mãos. Vai morrer lá.

— Você telefonou primeiro?

Decidi não telefonar. É mais difícil fechar uma porta na cara de alguém do que desligar o telefone. Então, veja bem, eu também tinha minhas dúvidas. Obviamente eu não poderia ir pedalando até lá. Minha única opção era roubar a nossa van e atravessar a Suécia de carro. Abandonei minha bicicleta no campo, aproximando-me da fazenda pelas plantações para o caso de eles estarem observando a estrada. Se você duvidou de mim antes quando falei que Norling estava me seguindo, você estava enganado. O carro dele estava na fazenda, estacionado na entrada — isso não me surpreendeu. O problema era que ele tinha estacionado na frente da nossa van. Não havia como sair! Eu não podia aceitar que isso era o fim. Eu assumiria o volante daquela van e escaparia, empurrando o carro caro de Norling para a estrada.

À janela, espreitei do lado de dentro, vendo Norling com Chris. Não havia nem sinal de Håkan, mas ele viria logo. Eu não precisava entrar, pois as chaves estavam na minha bolsa. Corri para a van o mais rápido que pude, abrindo a porta, fechando-a com força e trancando-me do lado de dentro. Liguei o motor e a velha van tremeu ruidosamente. Chris correu para fora da casa. Quando eu dei marcha a ré, ele esmurrou a porta, tentando entrar. Eu o ignorei, engatando a primeira marcha e acelerando em direção ao carro de Norling. No último segundo mudei de ideia, contornando o carro — do contrário ele chamaria a polícia e eu seria culpada por dano material. Em vez disso, passei por cima da minha horta, minha horta tão querida, esmagando cebolas e abóboras, meses de trabalho, e atravessei a cerca viva, saindo na estrada. A van tinha perdido muita velocidade e parou no meio da estrada. Chris estava correndo atrás de mim. Eu pude vê-lo pelos espelhos retrovisores, junto com os vegetais destruídos. A vista era desoladora, mas aquele sonho estava acabado — a fazenda estava acabada. Quando Chris alcançou a van, acelerei para longe dele.

Era inevitável que eles me perseguissem, em carros caros, acelerando pelas pistas estreitas da zona rural, à minha caça, e uma van branca seria fácil de identificar, por isso dirigi rápido, perigosamente rápido, pegando estradas de maneira aleatória.

Assim que os despistei, usando um mapa da Suécia, tracei um trajeto até a fazenda do meu pai, estimando que levaria seis horas. Era uma viagem cansativa. A van é incômoda de dirigir, pesada e difícil de manobrar. O tempo mudou notadamente, de um sol moderado a pancadas de chuva. Atravessei o limite da província, saindo de Halland e entrando em Västergötland, onde fui obrigada a reabastecer. No posto de gasolina, o homem no caixa perguntou se eu estava bem. O tom de gentileza quase me fez chorar. Declarei que estava mais do que bem. Estava entusiasmada. Estava em uma grande aventura, a última aventura da minha vida. Eu estava viajando havia muitos meses, e era por isso que eu parecia um pouco agitada, mas agora estava quase chegando em casa.

No banheiro do posto de gasolina, examinei meu reflexo no espelho, reconhecendo que eu havia perdido muito peso nessas últimas semanas e vinha negligenciando minha aparência. As mulheres são tratadas com desconfiança se não cuidam da aparência, ainda mais do que os homens. A aparência é importante quando você está tentando convencer as pessoas de sua sanidade. Lavei o rosto com um punhado de sabonete líquido rosa cáustico, endireitei meu cabelo, domando os fios rebeldes, esfreguei minhas unhas, ajeitei minha aparência o melhor que pude para o meu pai, um homem que insistia em limpeza. Só porque vivíamos no campo não significava que vivêssemos como porcos, era o que ele costumava dizer.

A última luz do dia estava desaparecendo, e teria sido difícil para uma estranha se localizar em terra estrangeira apenas com um mapa. Mas essa era minha casa. Eu não era estrangeira ali. Não importava que tivessem se passado cinquenta anos, a região não tinha mudado. Eu reconhecia os pontos de referência como se fossem marcas de nascimento, as pontes, as grandes fazendas familiares da região, os rios e as florestas, as curiosas cidadezinhas locais que, a meus olhos de criança, eram como metrópoles, lares de lojas exóticas, uma loja de departamentos com três andares, praças movimentadas, butiques caras nas quais pessoas sofisticadas compravam perfume francês, e tabacarias obscuras onde os homens faziam estoque de charuto e de fumo de mascar. Passando por uma agora, vi uma cidade dormindo às dez da manhã, um único bar no fim da rua, com uma fachada modesta, atendendo algumas pessoas que não tinham ido para a cama quando o sol se pôs.

Dirigi pela estrada onde abandonei minha bicicleta no campo e onde peguei o ônibus havia tantos anos, retraçando minha rota de fuga, passando pelas campinas de flores silvestres do meu pai, dobrando em direção à sua fazenda. Era exatamente a mesma, a casinha vermelha que meu pai construiu com as próprias mãos antes de eu nascer, ladeada por um mastro como de costume, com lagos e arbustos de groselha como pano de fundo, uma única luz turva sobre a porta na qual serpeavam mosquitos e pernilongos, a única luz em um raio de quilômetros.

Desci da van e esperei. Não havia necessidade de bater porque, nessas partes remotas, o som de um carro passando era raro o bastante para trazer uma pessoa para fora, e meu pai certamente ouviu a van se aproximar. Ele deve ter esperado à janela, observando a estrada, para ver que rumo a van tomaria, chocado ao vê-la vir em direção à fazenda, chocado outra vez quando parou à sua porta, uma visita inesperada — tarde da noite.

Quando a porta se abriu, senti vontade de sair correndo. Teria eu cometido um erro terrível ao vir até aqui? Meu pai estava usando um paletó. Ele sempre usava paletó e colete em casa, gostava de roupas formais a menos que estivesse trabalhando no campo. Eu poderia até mesmo ter reconhecido o paletó, de um tecido grosseiro marrom. Mas seus ternos sempre pareciam iguais — pesados, pinicantes e desconfortáveis, roupas humildes para uma alma humilde. Tudo era familiar exceto a decadência — isso era novo. Os arbustos de groselha estavam crescidos; um deles havia morrido. Os lagos já não eram límpidos, com algas densas sufocando as ninfeias. A pintura do celeiro estava descascada. O maquinário para cultivar os campos tinha começado a enferrujar. Em contraste com tudo à sua volta, meu pai parecia estar em excelente estado, ainda ereto e forte, aos 85 anos, um homem idoso, mas não frágil, não débil, vivo, incrivelmente vivo — vigoroso e de mente aguçada. Seu cabelo era branco e bem-cortado. Ele tinha ido a um cabeleireiro da região. Estava cuidando de si mesmo, usando essência de lima, a única fragrância que sempre usou. Ele pronunciou meu nome:

— Tilde.

Nenhum sinal de surpresa ou assombro, meu nome, o nome que ele havia escolhido, pronunciado como uma declaração pesada, um fato que não lhe trazia alegria alguma. Tentei imitar o som, mas não consegui esconder a surpresa em minha voz:

— Pai!

Eu abandonei essa fazenda de bicicleta e, cinquenta anos depois, voltei em uma van. Expliquei que não estava ali para discutir, ou brigar, não estava ali para causar problema. Ele falou:

— Estou velho.

Eu ri e falei:

— Eu também!

Pelo menos, tínhamos isso em comum.

O interior da fazenda era a Suécia dos anos 1960, malpreservada, como um frasco de geleia esquecido no fundo de uma despensa, sujo de bolor. O acúmulo de sujeira me entristeceu. Meu pai sempre foi obcecado com higiene e aparência imaculada. Mas minha mãe era responsável por manter a fazenda limpa. Ele nunca moveu um dedo a esse respeito. E não assumiu as tarefas depois da morte dela. O resultado foi que, embora ele parecesse meticulosamente arrumado, à sua volta a fazenda havia afundado na imundície. No banheiro, a ducha estava enferrujada, os rejuntes estavam pretos, o ralo estava entupido com cabelo, e havia um pedaço de excremento aparecendo no vaso sanitário. E o cheiro! Era o mesmo, uma construção no meio do campo com o ar mais puro do mundo, mas o ar do lado de dentro era mofado e bolorento, porque as janelas têm vidro triplo com vedações para manter o frio cortante do inverno do lado de fora. Meu pai nunca abria as janelas, nem mesmo no verão. A casa era um espaço fechado, a porta jamais escancarada para permitir a entrada de um pouco de ar fresco. Você vê, meu pai odiava moscas. Cinquenta anos depois ainda havia tiras de papel mata-moscas em cada cômodo, algumas cheias de moscas mortas ou moribundas, outras novas, e meu pai não podia se sentar se houvesse uma mosca na casa. Ele a perseguia até que estivesse morta, perseguia e perseguia, então nunca havia uma porta aberta por mais tempo do que o necessário, e se você quisesse ar fresco tinha que sair da casa. Esse cheiro, o que quer que fosse — papel mata-moscas e móveis velhos e ar aquecido por eletricidade — esse cheiro, para mim, era infelicidade. Comecei a me sentir impaciente quando nos sentamos na sala de estar, respirando esse cheiro, ao lado de uma televisão que deve ter sido comprada depois que eu fugi — um cubo preto enorme com duas antenas de aço saindo dele, como uma cabeça de inseto em tamanho gigante, com um único olho curvo, quase certamente a primeira e única televisão que ele comprou.

Não era como se não nos víssemos há cinquenta anos. Não precisávamos conversar sobre os anos que perdemos. Eram irrelevantes. Ele não fez perguntas. Não perguntou sobre você. Não perguntou sobre Chris. Eu entendi. Algumas feridas não podem ser curadas. Eu o humilhei ao fugir de casa. Ele era um homem orgulhoso. As matérias de jornal desbotadas sobre o mel branco que ele produzia ainda estavam na parede. Meu comportamento fora uma mancha em sua reputação ou, se não uma mancha, um ponto de interrogação, ele havia criado uma filha perturbada. Eu não tivera intenção de aborrecê-lo ao fugir de casa. O que aconteceu com Freja não era culpa dele. Nenhum desses assuntos podia ser discutido. Coube a mim me explicar.

Por que eu estava aqui?

Não para uma conversa casual. Não para fingir que poderíamos consertar o passado. Eu precisava da ajuda dele com o presente. Comecei a descrever os acontecimentos deste verão, nem de longe com o nível de detalhes que você ouviu hoje. No entanto, fiz uma tentativa muito melhor do que o meu esforço com o Dr. Norling. Comecei do início, e não com as conclusões. Tentei contextualizar e fornecer alguns detalhes, mas não tomei meu tempo, era tarde, eu havia dirigido durante seis horas, minha cabeça não estava focada, eu pulava coisas, comprimia meses em minutos. Ao cometer esses erros, aprendi lições fundamentais sobre como a história precisava ser contada para que fosse crível, lições que coloquei em prática hoje. Os resumos não funcionam. Sem provas, minhas palavras pareciam vagas e infundadas. Foi quando eu percebi que precisava estruturar meu argumento em torno das provas que carrego na bolsa, e também usar minhas anotações no diário para corroborar minhas palavras faladas, para lhes dar substância. Eu precisava de uma cronologia. Precisava de contexto. E números sempre que possível. Todo mundo confia em números.

Gastei não mais do que uma hora para chegar à minha afirmação de que Mia havia sido assassinada para encobrir crimes sexuais que infectavam o governo local e o sistema jurídico. No fim, meu pai se levantou. Ele não falou nada sobre os acontecimentos, ou sobre minha acusação, nem uma palavra em apoio ou ataque. Disse que eu podia dormir no meu antigo quarto — conversaríamos no dia seguinte, quando eu estivesse descansada. Concordei que dormir parecia uma boa ideia. Eu estava exausta. Precisava de um novo começo e uma mente clara. Contaria minha história melhor no dia seguinte. Explicaria que havia provas. Eu teria uma segunda chance. E ele também.

Meu quarto havia sido redecorado, não restando um vestígio de mim. Encarei bem as mudanças, porque as pessoas seguem em frente, até mesmo os pais, que seguem em frente sem os filhos, e meu pai explicou que, depois que eu fui embora, o cômodo foi usado como quarto de hóspedes, sempre pronto para a igreja, que frequentemente enviava visitantes à sua fazenda, onde eram alojados às vezes por uma semana. Ele nunca estava sozinho. Bom para você, pensei. Eu não desejaria solidão a ninguém.

Deitei-me na cama, completamente vestida, e decidi ter certeza de que meu pai não ligaria para Chris enquanto eu estivesse dormindo. Ele não tinha acreditado em mim, meu pai — eu sentia isso. Eu não era idiota. Se havia uma reação que eu conhecia muito bem era a descrença do meu pai. Depois de uma hora deitada na cama, eu me mudei para a sala de estar e me pus ao lado do único telefone na casa, esperando para ver se meu pai sairia da cama no meio da noite para dar o telefonema. Na cadeira ao lado do telefone, no escuro, devo ter fechado os olhos por alguns minutos, porque me lembro de ter sonhado com Freja.

Quando amanheceu, não havia nem sinal do meu pai. Ele não dera o telefonema. Eu tinha me enganado. Ele não tinha me traído! Estava falando a verdade quando disse que poderíamos conversar durante o café da manhã, talvez tivesse intenção de obter os detalhes que eu omiti. Era um novo dia em nosso relacionamento.

Fui até a cozinha — havia xícaras de café no armário que não estavam devidamente limpas, e eu fervi uma chaleira de água, com a intenção de lavar cada xícara e prato do armário, esfregar a pia, dar uma geral na cozinha, jogar fora o papel mata-moscas que estava no peitoril da janela e mudar esse cheiro. Enquanto fazia isso chamei meu pai, perguntando se ele queria seu café na cama. Não houve resposta. Bati à porta. Não houve resposta. Estava tarde para o campo. Ele era um homem que se levantava ao amanhecer. Girei a maçaneta e descobri que a porta de seu quarto estava trancada.

Do lado de fora da fazenda, bati no vidro da janela do meu pai. As cortinas estavam fechadas. Eu não sabia se ele estava magoado ou doente e passei incontáveis minutos indo de um lado para o outro entre a janela e a porta, gritando o nome dele, até que escutei o som de um carro. Fiquei na varanda com uma mão sobre os olhos, protegendo-os do sol nascente. O Dr. Norling estava dirigindo rumo à fazenda.

Chris deve ter adivinhado meu plano e telefonado antes de eu chegar. Meu pai deve ter ligado de volta quando escutou a van e lhe dito para vir de manhã, ele me manteria aqui, me traindo antes mesmo de ouvir uma palavra, acreditando em meu marido e não em mim, um homem que ele nem sequer conheceu. Eu poderia ter corrido, imagino, ou entrado na van e fugido. Mas não fiz isso. Eu me sentei à beira do lago, tirei os sapatos e as meias e enfiei os pés na água, correntes de algas se formando em volta dos meus tornozelos.

Quando eles chegaram, não falamos muito. Eles me trataram como uma criança. Eu fui dócil e obediente. Eles me colocaram na parte de trás do carro, atando meus braços para o caso de eu tentar golpeá-los durante a viagem ou tentar pular enquanto estavam dirigindo.

Norling me levou para casa. Chris pegou a van, indo logo atrás. Ele disse que seria muito perturbador dirigir tendo a mim como sua prisioneira. Eu nunca mais vi meu pai. Ele não saiu do quarto trancado. Deve ter concluído que meus temores com relação a Mia eram não mais do que uma culpa renovada por meu envolvimento na morte de Freja — é nisso que ele acreditava, tenho certeza, que isso foi loucura da minha cabeça, a loucura de uma assassina imaginando outro assassinato, incapaz de lidar com meu próprio crime, afogando Freja no lago, segurando a cabeça dela debaixo d'água até que ela não pudesse mais falar. Ele ainda acreditava nisso. Cinquenta anos depois, ele continuava acreditando que eu era uma assassina.

* * *

M INHA MÃE FECHOU O DIÁRIO e o colocou sobre a cama à minha frente:

— É seu.

Ela estava abdicando de sua evidência mais preciosa, suas anotações e seus recortes de jornal, suas fotografias e seus mapas, confiando-os a mim — almas gêmeas partilhando um diário secreto. Perguntei-me se ela também tinha isso em mente — estivera ela à procura de um aliado, um termo que soava estratégico, ou, de modo mais emocional, estivera à procura de um confidente? Lembrei o modo como minha mãe descreveu seu período com Freja na floresta, trocando histórias, jurando serem amigas para sempre, acreditando até mesmo na existência de trolls, meramente porque a outra afirmou que existia. Coloquei uma das mãos sobre o diário, como que impedindo seus segredos de saírem:

— E quanto ao hospício na Suécia?

— Daniel, eu preferia pôr um fim à minha vida em vez de voltar para um lugar como aquele.

Abri o diário numa página aleatória, sem ler, mas correndo a ponta do dedo sobre as anotações, que deixaram marcas profundas no papel. Cheguei à conclusão de que a ameaça era real, minha mãe consideraria o suicídio se fracassasse em suas tentativas de justiça. A ideia continuava além da minha compreensão. Eu não conseguia pensar em nenhuma resposta. Minha mãe explicou:

— O prédio era limpo. Os médicos eram gentis. A comida que eles traziam era aceitável. Mas ser uma pessoa em quem ninguém acredita, uma pessoa que ninguém escuta, uma mulher considerada incapaz — eu nunca fui essa mulher. Nunca serei. Se for submetida a essa situação novamente, sou capaz de tirar a minha vida.

— Mãe, você jamais permitiria que eu falasse desse jeito.

Ela balançou a cabeça:

— Eu não seria sua mãe num lugar como aquele.

— Eu ainda seria seu filho se fosse internado?

— É claro que sim.

— O que você faria se nossas posições fossem inversas?

— Eu acreditaria em você.

Pus o diário de lado e segurei a mão da minha mãe, virando-a para cima, como um quiromante, traçando as linhas com meu dedo:

— Me conte sobre o hospital.

— Não quero falar sobre aquele lugar.

Ignorei:

— Eles levaram você direto para lá?

Não, eles me levaram de volta à fazenda. Chris tinha convencido o Dr. Norling a tentar um tratamento em casa. Não pense que isso tinha sido um ato de gentileza. Eles precisavam fazer parecer que o hospital tinha sido a última opção e que eles tinham tentado de tudo. Do contrário, teria parecido suspeito. A fazenda foi transformada em uma prisão. Apenas Chris tinha as chaves. O computador foi desconectado e por isso eu não podia escrever para você. Eu não tinha acesso ao telefone. Eles colocaram toxinas na minha comida, não para matar, apenas fungos psicodélicos colhidos na floresta, para me deixar louca. Eles queriam que eu gritasse que ouvia vozes em minha cabeça, que ficasse desesperada com visões estranhas, que afirmasse que o solo da nossa fazenda estava cheio de pontos brancos que eram ossos triturados de crianças, ou que apontasse para árvores escuras na distância com a mão tremendo e declarasse que havia trolls perigosos nos observando. Eu me recusei a comer qualquer coisa que não estivesse lacrada. Ainda assim, há formas de contornar isso, substâncias injetadas através da embalagem. Minha língua ficou preta. Minhas gengivas ficaram pretas. Meu hálito ficou podre. Meus lábios ficaram azuis.

Um dia, quando Chris estava fazendo compras, eu analisei as provas que tinha coletado e ele voltou, pegando-me de surpresa. Ele perdeu a calma, me atacou e jogou a citação bordada no fogo. Eu a apanhei, salvando-a bem a tempo, segurando-a com as pinças, ainda em chamas. Foi aí que ele decidiu me internar. Havia o risco de eu incendiar a fazenda, foi o que ele disse.

Junto com o Dr. Norling, eles me levaram para o hospício. Era um plano perspicaz. Uma vez que você tenha sido internado num hospício, sua credibilidade é destruída. Não importa se você é liberado no dia seguinte. Não importa se os médicos declaram que sua cabeça está bem. Um advogado sempre poderia perguntar, diante de um juiz e de um corpo de jurados, se você já esteve num hospício. Dito isso, a estada no hospital se revelou uma bênção. Antes de ser internada, eu estava esgotada. A segunda traição do meu pai tinha me destruído. Minha luta estava acabada. Eu não acreditava que teria forças para tentar convencer outra pessoa novamente. Naquela noite, o médico me contou o relato de Chris sobre minha infância, com a implicação de que eu estive envolvida na morte de Freja. Fiquei tão furiosa que passei cada segundo escrevendo um relato confiável, o testemunho que você leu. Isso foi suficiente para os médicos me deixarem ir. A confiança de profissionais devolveu minha força. Fui uma tola ao procurar meu pai, indo atrás de uma segunda chance. Era com você que eu precisava falar — meu filho, meu filho querido! Você ouviria. Você seria justo. Você era a pessoa de quem eu necessitava. Assim que percebi isso, fiquei feliz como não ficava havia meses.

Ao sair do hospital, tomei um táxi. Tudo de que eu precisava era minha bolsa, meu passaporte e um cartão de débito. Não me importei com o preço. Comprei uma passagem no primeiro voo partindo da Suécia. Dessa vez eu contaria a história da maneira certa, corroborada por evidências. Dessa vez eu a contaria a alguém que sempre me amou.

* * *

SOLTEI A MÃO DA MINHA MÃE.
— Mãe, você confia em mim?
— Eu amo muito você.
— Mas você confia em mim?
Ela pensou na pergunta por um instante e então sorriu.

* * *

* * *

Uma tempestade de neve havia assolado o sul da Suécia, atrasando voos, e quando meu avião aterrissou no aeroporto de Landvetter, em Gotemburgo, era quase meia-noite. Para passageiros incomodados e irritados o piloto anunciou que fazia um frio excepcional para meados de dezembro, mesmo para os padrões suecos. A temperatura era menos 15 graus. Uns poucos flocos de neve ainda caíam sem pressa. A vista acalmou muitos dos ânimos alterados a bordo. Até mesmo as comissárias excessivamente atarefadas tomaram um momento para apreciar a paisagem. Era o último voo a chegar. O aeroporto estava quase vazio, exceto por uma figura solitária no controle de passaportes. Quando fizeram sinal para eu passar, minhas malas estavam na esteira de bagagens. Saí da alfândega, passando por famílias e casais reunidos. Ao vê-los, me lembrei da minha última ocasião em portões de desembarque, e a tristeza que senti me pegou desprevenido.

Quatro meses se passaram desde que minha mãe tinha sido internada. Ela estava sendo mantida num hospital seguro no norte de Londres. Não se podia, de forma alguma, afirmar que estava sendo tratada. Minha mãe se recusava a tomar a medicação. Assim que percebeu que os médicos não a soltariam, parou de falar com eles. Por conta disso, ela não estava se submetendo a nenhuma terapia significativa. Nos últimos tempos começou a pular refeições, acreditando que as porções estavam aditivadas com antipsicóticos. Ela desconfiava da água das torneiras. Às vezes, tomava suco de garrafa, mas só se o lacre não estivesse violado. Estava frequentemente desidratada. Seus sintomas físicos, tão perturbadores quando eu a busquei no aeroporto no verão, estavam piorando. Semana após semana sua pele aderia mais ao esqueleto, como se seu corpo estivesse se retirando do mundo. Minha mãe estava morrendo.

Embora eu nunca tivesse duvidado dos detalhes do relato de minha mãe, questionei sua interpretação dos acontecimentos. Eu não fui à polícia, temendo que, se suas acusações não se comprovassem, se os policiais entrassem em contato com a polícia sueca e ouvissem que não houve assassinato, isso pudesse trazer sérias consequências para a liberdade da minha mãe. Eu queria que nós três, meu pai incluído, conversássemos com um médico, uma figura independente que não poderia ser acusada de corrupção. No fim das contas, minha solução, o hospital, teve exatamente o resultado que eu vinha tentando evitar — a prisão.

Durante o trajeto noturno de carro por Londres, minha mãe segurou minha mão. Ela presumiu que eu tinha pedido um carro do hotel para nos levar a uma delegacia, e, embora eu não tivesse mentido, não a corrigi, não por covardia, mas como uma medida prática. Ela falou entusiasmada sobre seus sonhos para o futuro, sobre como nós dois passaríamos mais tempo juntos e seríamos próximos outra vez. Tamanha era sua confiança em mim que, quando o carro finalmente estacionou do lado de fora do hospital, ela foi incapaz de entender que eu a havia traído. Disse ao motorista que ele cometeu um engano e nos levou ao endereço errado. Ela desconfiava tanto de todo mundo, mas acreditou em mim. Quando compreendeu que não houve engano algum, seu corpo inteiro pareceu tremer de angústia. Eu havia sido seu redentor e seu apoio, a última pessoa a quem ela podia recorrer. No fim, eu me comportei como todos os outros — seu marido, seu pai e agora seu filho. Diante de tamanho golpe, sua resistência foi notável. Isso foi um contratempo, nada mais. Eu já não era seu aliado. Eu já não era seu filho. Ela não saiu correndo nem entrou em pânico. Eu adivinhei seus pensamentos. Ela já havia convencido médicos na Suécia, poderia fazer o mesmo aqui. Se tentasse fugir, seria pega, declarada insana e presa para sempre. Ela soltou minha mão e tomou a bolsa de mim, despojando-me de suas evidências e de seu diário. Pendurou a alça no ombro, saindo do carro calmamente, a cabeça erguida. Estava pronta para se defender, para construir uma nova aliança. Enquanto avaliava friamente o hospício, não pude deixar de admirar sua força, mostrando mais coragem num olhar do que já mostrei em toda minha vida.

Durante o processo de internação ela não olhou para mim. Fui forçado a mencionar as ameaças que ela fez de tirar a própria vida, e chorei ao fazer isso. Diante de minha demonstração de emoção, ela virou os olhos desdenhosamente para o teto. Em sua cabeça eu estava atuando, e mal, "lágrimas falsas" e "tristeza falsa", como ela descrevera mais cedo. Eu podia ouvir os pensamentos em sua cabeça:

"Quem teria pensado que ele seria um mentiroso tão convincente?"

Ela estava certa, eu me tornei bom em mentir, mas não nesse caso. Quando os médicos a escoltaram para a enfermaria, ela não disse adeus. Naquele corredor completamente branco, gritei que a visitaria em breve. Ela não olhou para trás.

Do lado de fora do hospital, sentei-me num muro baixo de tijolos, minhas pernas penduradas sobre a placa da rua, à espera do meu pai. Ele chegou num táxi, desorientado e exausto. De perto eu vi o quanto ele estava perdido, incompleto sem a minha mãe. Quando me abraçou, tive medo de ele desabar. O Dr. Norling o acompanhou, delicadamente perfumado e imaculadamente vestido, lembrando um dândi de uma era passada. Ele pediu desculpas por não ter informado aos funcionários do hospício sueco que minha mãe poderia se machucar ou possivelmente causar danos a outros. Seu comedimento diplomático fora induzido pela solicitação bem-intencionada do meu pai de que ele minimizasse seu estado para que ela pudesse ficar em um hospício durante o menor tempo possível. Em consequência, a equipe subestimou seu perfil de risco — um termo que eu escutaria com frequência. Quando minha mãe ameaçou tomar medidas legais, eles a liberaram. Não tinham justificativas para detê-la. Tecnicamente, fora uma internação voluntária. Ela era bem-comportada. O relato que escreveu sobre seu passado era coerente. O Dr. Norling viajou à Inglaterra para corrigir seus erros. Quando percebi que ele estava preocupado, sobretudo com a própria reputação, não consegui imaginar algum motivo mais obscuro. Ele falou com os médicos britânicos com grande prazer, atuando para eles. Não gostei dele, apesar do fato de ele ter feito tanto para ajudar. A descrição da minha mãe era precisa, ele era vaidoso e pomposo, mas me pareceu um vilão improvável.

Quanto ao hospital, era limpo. Os médicos e as enfermeiras eram dedicados e afetuosos. Havia uma sala de visitas onde minha mãe se sentava com frequência no peitoril da janela, olhando para fora por uma vidraça vedada que não se abria e era inquebrável. A vista, para além da cerca de arame farpado, dava para um parque. Fora da vista havia um parquinho infantil, e a risada das crianças podia ser ouvida durante o verão. Silenciou com a chegada do inverno. Minha mãe não se virava quando eu entrava na sala. Ela não olhava para mim, nem falava comigo ou com meu pai. Quando íamos embora, ela dizia às enfermeiras que nossas visitas eram motivadas por um desejo de garantir que suas acusações fossem desacreditadas. Eu não sei que teoria ela criou para explicar meu envolvimento. Ela desdenhava os medicamentos antipsicóticos, considerando os comprimidos uma admissão de que os acontecimentos do verão não foram como ela descreveu. Para ela, tomar os medicamentos equivalia a abandonar as crianças adotadas que precisavam de sua ajuda. Os médicos não podiam obrigá-la a se medicar. Eles precisavam do consentimento da minha mãe. Ela não aceitava que estava doente. Um muro cercava sua mente, e nós não conseguíamos derrubá-lo. No início, durante a terapia, ela apresentava suas provas e repetia suas acusações.

Agora ficava em silêncio. Se havia um novo rosto, fosse um funcionário ou um paciente, ela contava a história outra vez. A cada vez seu relato ficava mais comprido. Sua habilidade narrativa melhorava, como se ela só estivesse no hospital porque não havia descrito a cena ou caracterizado um dos suspeitos da melhor forma. Sem exceção, os outros pacientes acreditavam nela. Alguns deles me abordavam durante minhas visitas e me censuravam por não resolver o caso do assassinato de Mia.

Dias e semanas se passaram dessa maneira. Às vezes eu ia sozinho, outras com meu pai, ocasionalmente com Mark. Ele sempre esperava do lado de fora, considerando impróprio ver minha mãe nesse estado antes que ela conhecesse sua identidade ou soubesse por que ele estava lá. No início estávamos otimistas. Minha mãe melhoraria e nós ficaríamos mais fortes e mais unidos como família. As brechas entre nós se fechariam. Mas, aos olhos da minha mãe, não havia forma de superar minha traição. A insistência nessa postura pouco a pouco tomou conta de mim. Eu senti uma espécie de luto.

Um dia, no fim do outono, enquanto eu caminhava pela sala de visitas, perturbado com a mudança de estação e a falta de progresso, falei de modo impulsivo:

— Eu vou para a Suécia. Vou descobrir a verdade por mim mesmo.

Foi a única vez que minha mãe reagiu. Ela se virou, olhando diretamente para mim, avaliando minha afirmação. Por alguns segundos seus olhos foram os mesmos de quando ela me viu no aeroporto — havia esperança. Por alguns segundos eu fui seu filho novamente. Ela levou um dedo aos lábios, pressionando-o contra eles como que gesticulando para que eu ficasse em silêncio. Agachando-me ao lado dela, perguntei:

— O que isso significa?

Seus lábios se abriram um pouco, prontos para falar. Vi sua língua com a ponta preta. Então, uma mudança tomou conta dela. Ela rejeitou a sinceridade da minha indagação. Seus lábios se fecharam.

— Mãe, por favor? Fale comigo.

Mas ela não falou. Foi um lembrete de que, não importa o quão doente estivesse, sua capacidade de percepção era aguçada. Eu não havia considerado seriamente a ideia de ir à Suécia quando a mencionei. Meu foco, até aquele dia, foram os médicos, a terapia e o tratamento.

Depois disso eu discuti a ideia com meu pai e com Mark. Não houve nada de espetacular no modo como eles se conheceram, na mais triste das circunstâncias. Eles trocaram um aperto de mão, como se houvessem fechado um negócio. Meu pai o agradeceu pela ajuda. Quando ficamos sozinhos, meu pai pediu desculpas por qualquer coisa que acaso houvesse feito para dar a impressão de que não teria me aceitado por quem eu sou. Vê-lo pedir desculpas foi doloroso, e pedi desculpas também. Ele estava completamente confuso, não por causa da revelação, mas por causa dos anos de segredo, como eu havia imaginado. Apesar da tristeza, finalmente ele e Mark se conheceram. Eu podia parar de mentir. No entanto, nenhum de nós era capaz de comemorar sem a minha mãe. Era impossível conceber comemorar alguma coisa em família sem ela. Nem Mark nem meu pai acharam que ir à Suécia era uma boa ideia. Não havia nenhum mistério a revelar. Mia era uma jovem infeliz que fugiu de casa. Se eu fosse à Suécia, iria me envolver numa busca impossível, uma distração da verdadeira preocupação — tentar convencer minha mãe a aceitar medicação e terapia. O que é ainda pior, isso alimentaria suas ilusões em vez de confrontá-las, e poderia fazer mais mal do que bem. Descartei a ideia, ou pelo menos apaguei-a da conversa, porque comecei a estudar sueco outra vez, passando inúmeras horas lendo meus velhos livros e rememorando listas de vocabulários, aprimorando um idioma que eu falava fluentemente quando criança.

Quando se aproximava a noite mais escura do ano, os médicos discutiram a possibilidade de alimentar minha mãe de forma intravenosa, explicando as questões legais e as implicações morais. Nesse momento, declarei abertamente minha intenção de viajar à Suécia. Mark viu isso como negação, em muitos aspectos algo típico de mim, fugindo de problemas — uma forma de escapar. Meu pai estava tão atormentado de ver minha mãe definhando que não mais se opôs à ideia, disposto a considerar qualquer coisa. Meu plano era descobrir o que existia acontecido com Mia. Não importava qual fosse a verdade, havia uma possibilidade de me comunicar com minha mãe outra vez se eu voltasse com alguma informação nova. Novas evidências seriam a única provocação à qual ela reagiria. Eu tinha certeza disso. Embora discordasse, quando viu que eu estava decidido, Mark parou de contra-argumentar e me emprestou dinheiro para a viagem. No início eu recusei, propondo pegar um empréstimo no banco, mas isso deixou Mark tão furioso que engoli meu orgulho. Não havia trabalho em vista. A empresa de design que me empregava estava à beira da falência. Eu não trabalhava em um projeto havia meses. Estava quebrado. E, em meus momentos mais depressivos, me perguntava se não estaria mesmo fugindo.

Racionando o dinheiro, calculei que teria o suficiente para sobreviver por três semanas, se eu fosse econômico. Mark não podia se ausentar do trabalho, mas planejou ir para lá no Natal se eu não voltasse antes disso. Ele fazia bem em ocultar suas dúvidas. Sua mente era racional e disciplinada. Ele lidava com questões que podiam ser postas à prova em um tribunal. Eu agia com base em sentimentos. Meu instinto estava me dizendo que havia verdade no relato da minha mãe.

* * *

Saí do aeroporto, na noite congelante, contemplando a longa jornada pela frente. Meu carro alugado era um 4 × 4 elegante e potente, escolhido por Mark para suportar o clima extremo. Eu não tinha carro em Londres e me sentia uma fraude atrás do volante desse veículo magnífico. Mas fiquei grato pela escolha dele. As condições eram desafiadoras. As autoestradas não tinham sido totalmente limpas. Como medida temporária, uma única pista fora aberta, margeada com a neve que caiu no dia. Fui obrigado a dirigir devagar, parando em vários postos de gasolina para comprar café preto, cachorro-quente com mostarda doce e *salmiak*. Às quatro da manhã eu finalmente saí da autoestrada, seguindo pelo interior por pistas estreitas até que o GPS declarou que eu havia chegado ao meu destino.

O caminho até a fazenda estava cheio de neve. Eu não tinha intenção alguma de limpá-lo e recuei, avançando com o carro a toda velocidade em meio à neve na altura dos joelhos, escutando-a compactar sob os pneus. Abrindo a porta do carro, desci, observando a casa fechada. Depois de tantas promessas não cumpridas, eu finalmente estava aqui. Parte da neve balançou sobre o telhado de palha e desabou. Um carvalho se aconchegava sobre a casa de 200 anos, como se o par desfrutasse de uma antiga aliança. A neve caída estava intocada. A ameaça que minha mãe percebera nessa paisagem estava ausente, ou pelo menos invisível para mim. A extraordinária quietude que ela considerou sufocante era maravilhosa, a nudez desse mundo parecia o exato oposto de opressora, e apenas as luzes vermelhas distantes das turbinas eólicas — olhos de rato, como minha mãe as chamou — me impediram de descartar totalmente sua reconstrução apavorante da paisagem.

Olhando ao redor, logo identifiquei vários locais que ela mencionou em seu relato: o celeiro reformado para hóspedes que nunca vieram, a construção de pedra onde o porco abatido fora pendurado. Tentei adivinhar onde estaria a horta, escondida sob a neve, bem como o dano causado quando minha mãe dirigiu a van forçosamente por sobre a horta para fugir. Só a fenda na cerca viva revelava o trauma daquele dia.

Dentro da fazenda eu vi sinais de uma saída apressada. Sobre a mesa da cozinha havia uma xícara cheia de chá. A superfície estava congelada. Quebrei o gelo fino e marrom com o dedo, mexendo o líquido abaixo.

Com a ponta do dedo eu o provei. Não havia leite e tinha sido adoçado com mel. Nenhum dos meus pais tomava o chá dessa maneira. Admitindo que essa era uma dedução trivial, senti-me subitamente desanimado ao pensar em minhas chances. A viagem fora um grande gesto, alarde ocultando impotência e desespero.

Apesar da longa jornada, não havia a menor chance de eu dormir imediatamente. Estava muito frio. Minha cabeça, muito agitada. Acendi um fogo no coração de aço da fazenda, um magnífico fogão de ferro fundido, as junções estalando enquanto o metal aquecia. Sentado à frente dele, avistei um rosto demoníaco esculpido na madeira. Agarrei as pinças, removendo a tora, só para descobrir que havia confundido um nó retorcido com um nariz.

Na esperança de acalmar meus pensamentos, vasculhei as prateleiras à procura de um livro para ler, encontrando a bíblia da minha mãe. Consultei os Efésios, capítulo 6, versículo 12. A página não estava marcada. Devolvendo-a à estante, vi a coleção de histórias de trolls que minha mãe lia para mim quando eu era criança, o livro esgotado com uma única ilustração de um troll espreitando na floresta. Fazia muitos anos desde a última vez que vi esse livro e, sentindo carinho por ele, folheei as histórias, sentado perto do fogo. Mesmo depois de todo esse tempo, eu as conhecia de cor, e enquanto lia as palavras escutava a voz da minha mãe. Causou-me grande tristeza, e o deixei de lado. Esticando as mãos em frente das chamas, eu me perguntei o que, honestamente, esperava alcançar.

Na manhã seguinte, acordei curvado diante das cinzas. Meu corpo havia assumido a forma da cadeira, e eu me levantei desajeitadamente. Quando olhei pela janela, a clareza da neve feriu meus olhos. Depois de tomar uma ducha, imaginando água lamacenta correndo por minhas costas, coei um café forte. Não havia comida, a não ser centenas de frascos de conservas e geleias caseiras que meus pais haviam estocado em preparação para o longo inverno. Comendo uma deliciosa geleia de amora-preta que pingava da colher, eu me sentei à mesa da cozinha, tirando da bolsa um caderno em branco e um lápis apontado — as ferramentas de um investigador. Olhei para os itens com ceticismo. No topo da primeira página eu escrevi a data.

Era óbvio que eu deveria começar com Håkan. Meu pai tinha telefonado para o amigo antes da minha chegada, informando-lhe sobre minhas intenções, só para escutar que não havia notícias sobre Mia, nenhum avanço, e que eu não conseguiria nada vindo até aqui. Meu pai recentemente tinha tomado a decisão de vender a fazenda. Com apenas mil libras restantes, ele estava morando no apartamento de Mark, no escritório. Ele não tinha planos, era sustentado apenas pela esperança de que minha mãe melhorasse. À medida que ela piorava, ele também enfraquecia. Eles eram um casal inseparável, unido até mesmo em sua deterioração. Embora eu tivesse muitas preocupações quanto a vender a fazenda, eram todas vagas e supersticiosas e, de um ponto de vista prático, eu não tinha motivo algum para me opor à venda. Para meus pais, a fazenda era um lugar de luto: parado sob seu velho teto de madeira, eu sentia isso intensamente. Håkan estava mantendo sua cotação generosa quando poderia muito bem ter reduzido a oferta e se aproveitado de nossa situação. Ele era um vencedor elegante. No começo do ano seguinte a fazenda seria dele.

Eu não queria encontrar Håkan no estado de ânimo em que me encontrava, perturbado e deprimido. Meu instinto era confiar na descrição que minha mãe fez de seu caráter, em particular considerando que meu pai costumava ser cego aos defeitos das pessoas. Era perfeitamente possível que Håkan fosse gentil com meu pai e horrível com minha mãe. Eu não tinha dúvida de que esse homem temível me consideraria frágil e irrelevante. Mas estava curioso para saber o que ele pensava do meu objetivo. Postergando nosso encontro, decidi dar uma volta pela cidade e comprar comida. Eu tinha lembranças agradáveis de fazer compras com minha mãe em lojas suecas e gostava muito dos alimentos populares que só encontrávamos ali. Eu tinha certeza de que ficaria mais confiante depois de comer bem, abastecer a despensa e fazer da fazenda uma base mais acolhedora.

Com o porta-malas do carro cheio de compras, dei uma volta pelo centro da cidade, pelo passeio público que minha mãe mencionou. Quando estava começando a escurecer, velas do Advento elétricas com temporizador automático se acenderam nas vitrines. Parei do lado de fora do café chamado Ritz, onde minha mãe e Mia conversaram. Sem saber bem por que, entrei e observei a oferta de bolos e sanduíches abertos de camarão, ovo fatiado e uma espessa camada de salada de beterraba. A mulher no caixa me olhou de cima a baixo, não fazendo nenhuma tentativa de ocultar seu interesse por minha aparência. Eu não tinha uma grande coleção de roupas de inverno. Tentando me agasalhar contra temperaturas de menos 15 graus pela primeira vez na vida, eu estava improvisando com camadas malcombinadas e um casaco que encontrei em uma loja de caridade, um *duffle coat* de veludo, muito distante dos casacos de neve tecnológicos e de grife que a maioria das pessoas usava ali. Fingindo não notar que estava sendo inspecionado, escolhi uma garrafa de água mineral, um sanduíche de queijo e, por capricho, o mesmo bolo que minha mãe partilhara com Mia, um Bolo Princesa, um pão de ló coberto com um creme branco espesso e uma fina camada de marzipã verde. Os primeiros bocados foram deliciosos, mas logo se tornou enjoativo, a textura macia demais, como comer neve adocicada, e eu o deixei de lado, esperando que a proprietária não se sentisse ofendida. Encostando em minha cadeira, vi o cartaz de pessoa desaparecida com a foto de Mia no quadro de avisos. Outros cartazes e cartões haviam começado a invadir o perímetro, sinalizando que era notícia velha. Eu me levantei, aproximando-me do quadro, analisando-o atentamente.

Existiam etiquetas picotadas que podiam ser destacadas com o número de telefone de Håkan. Nenhuma havia sido tirada.

Quando me virei, a mulher no caixa estava me observando. Com certeza irracional, eu soube que ela telefonaria para Håkan assim que eu saísse do café, o tipo de afirmação que minha mãe fez com frequência e que eu contestei. Era uma sensação, e não mais do que isso. Mas apostaria o dinheiro que fosse que eu tinha razão. Pegando o casaco, lutei contra o desejo de dizer "foda-se você também" ao sair do café, colocando o capuz do meu casaco de veludo com um gesto desafiador.

Quando voltei à fazenda, eram só quatro da tarde, mas já era noite. Eu havia sido alertado sobre os efeitos depressivos da escuridão do inverno, principalmente estando sozinho numa área remota. Por isso, comprei uma grande quantidade de velas. Havia conforto em sua luz, em comparação com as lâmpadas elétricas. Abrindo o porta-malas do carro, parei. Ao meu lado vi uma linha de pegadas na neve, rastos profundos saindo do campo. Deixando as compras, segui-as até a porta da frente. Uma carta escrita à mão estava presa ao batente de madeira.

Daniel

Enfiei o envelope no bolso, regressando ao carro e carregando as compras para dentro. Com uma xícara de chá e várias velas acesas à minha volta, abri o lacre. Dentro havia um cartão de cor creme, cujas margens estavam decoradas com duendes de Natal. Era de Håkan, convidando-me para tomar uma taça de vinho quente em sua fazenda naquela noite.

Como minha mãe, eu me preocupei com minha aparência e acabei optando por roupas elegantes. Decidi não levar meu caderno e meu lápis, eu não era um repórter entrevistando alguém, e ponderei se não era absurdo até mesmo tê-los trazido à Suécia. Saí cedo, querendo ser pontual e sem saber quanto tempo levaria a caminhada. Ao chegar ao enorme celeiro de porcos que marcava onde eu deveria dobrar, considerei o lúgubre edifício industrial que minha mãe descrevera. Sob uma camada de neve, tudo parecia tranquilo, mas o cheiro era desagradável, e eu não me demorei. Caminhando pela longa pista onde a neve fora meticulosamente removida, percebi que deveria ter trazido um presente. Pensei em voltar à fazenda, mas eu não tinha nada a oferecer. Não poderia usar uma das conservas da minha mãe para esse fim.

A casa de Håkan era uma visão convidativa. Havia velas do Advento elétricas em cada janela. Pendendo sobre elas existiam cortinas de renda com decorações de Natal, duendes embrulhando presentes e arqueados sobre tigelas de mingau. Percebi que começava a me sentir mais à vontade e lutei contra essa sensação. Chacoalhei a neve das minhas botas, batendo à porta. Foi aberta por Håkan. Ele era cerca de um palmo mais alto que eu. Seu corpo era largo. Ele sorriu e apertou minha mão, permitindo-me registrar a firmeza em seu aperto. Enquanto eu deixava as botas na entrada, ele falou comigo em inglês. Embora meu sueco não fosse fluente, eu educadamente lhe disse que preferia conversar em sueco. Era minha versão de um aperto de mão firme, suponho. Sem mostrar reação alguma, ele pegou meu casaco de veludo, segurando-o contra a luz, examinando-o brevemente antes de colocá-lo em um cabide.

Nós nos sentamos na sala de estar ao lado de uma árvore elegantemente decorada. Dos galhos pendiam biscoitos de Natal feitos de tecido bordado. No topo, em vez de um anjo, havia uma estrela firme de papel. As luzes elétricas estavam envolvidas em uma felpa similar a algodão que transformava a nitidez do filamento da lâmpada em um brilho difuso. O suporte da árvore era esculpido à mão, três rostos de troll cuidadosamente entalhados, seus queixos cheios de verrugas se projetando para formar as patas que sustentavam a árvore. Ao lado dela havia uma série de presentes embrulhados em papel dourado brilhante com fita vermelha de cetim. Håkan falou:

— São para Mia.

Cada componente dessa sala era esplêndido. Mas, por alguma razão, era como estar dentro da ilustração de uma cena de Natal perfeita, e não dentro de uma casa de verdade.

Embora eu estivesse conversando com Håkan havia vários minutos, Elise, sua esposa, só apareceu para nos servir vinho quente. Ela surgiu da cozinha, cumprimentando-me com um aceno de cabeça, carregando uma bandeja com duas taças ornamentadas, uma tigela de amêndoas laminadas e uvas-passas picadas, e uma jarra fervendo de vinho quente. Em silêncio, ela depositou algumas amêndoas e uvas-passas no fundo da minha taça, enchendo-a com vinho e oferecendo-a a mim. Eu aceitei, agradecendo, julgando estranho que ela evitasse contato visual e não se juntasse a nós, retirando-se para a cozinha ao terminar.

Håkan bateu sua taça contra a minha e propôs um brinde:

— Que sua mãe se recupere logo.

Com um ar de provocação, respondi:

— E que Mia volte logo para casa.

Ignorando meu comentário, Håkan falou:

— O vinho quente é uma receita antiga da família. As pessoas me pedem todos os anos, mas nós nunca revelamos. É uma mistura secreta de condimentos e diferentes tipos de álcool, não só vinho, portanto tenha cuidado, esse negócio sobe depressa.

Senti o líquido aquecendo meu estômago. Embora a prudência me dissesse para tomar não mais do que um gole, logo terminei a taça inteira. As amêndoas laminadas e as uvas-passas formavam uma pasta doce, deliciosa. Brincando com a ideia de usar meu dedo para tirá-las do fundo, notei que havia pequenas colheres de madeira na bandeja, destinadas exatamente a esse propósito. Håkan observou:

— Vir à Suécia é um gesto comovente. Talvez o próprio gesto seja suficiente para ajudar a pobre Tilde. Mas, em termos práticos, não entendo o que você acredita que possa conseguir.

Sua referência à minha mãe como "pobre Tilde" me irritou, e eu tive certeza de que tinha sido proposital.

— Espero trazer um novo olhar sobre os acontecimentos.

Håkan pegou a taça e encheu meu copo:

— Essa viagem não é em meu benefício.

Tomei um gole da minha segunda taça de vinho quente. Eu queria vê-lo reagir à pergunta, embora já soubesse a resposta:

— Alguma notícia de Mia?

Ele balançou a cabeça:

— Nada.

Seu braço livre caiu lânguido ao lado da cadeira, os dedos roçando o papel dourado do presente mais próximo. Embora o toque tenha sido muito suave, o presente se moveu, e me veio à cabeça que estava vazio, não mais do que uma caixa embrulhada para presente. Seu silêncio parecia um desafio. Passaria eu do limite e insistiria em um assunto que ele claramente não tinha nenhum desejo de discutir? Aceitei o desafio e falei:

— Você deve estar preocupado. Ela é muito jovem.

Håkan terminou sua taça, mas não a encheu novamente, sinalizando seu desejo de que eu fosse embora logo:

— Ela é jovem? Eu comecei a trabalhar nesta fazenda quando tinha apenas 9 anos.

Foi uma resposta curiosa.

Quando nos despedimos, tomei uma decisão brusca de visitar o abrigo subterrâneo onde ele esculpia seus trolls. Ouvindo a porta se fechar atrás de mim, caminhei pela pista de cascalho, mas assim que saí da vista recuei, agachando-me no campo coberto de neve, avançando sorrateiramente para o lado da casa, abaixo da cozinha, onde fiquei por um minuto ou dois, tentando escutar a conversa de Håkan e Elise. As janelas de vidro triplo não permitiam a saída de nenhum som. Desistindo, corri para a frente, chegando ao abrigo. A porta externa estava trancada. Um novo cadeado havia sido comprado. Era grosso, com uma borracha reforçada em volta do arco, irrompível para um bisbilhoteiro amador. Fui embora, voltando para casa por entre os campos e a neve. Inquieto, olhei para trás, em direção à fazenda de Håkan, e o vi à janela do quarto. Velas elétricas tremeluziam à altura de sua cintura. Não saberia dizer se ele me viu ou não.

Na manhã seguinte acordei quando ainda estava escuro, pretendendo explorar totalmente o breve período de luz do dia. Cercado por velas, tomei um café da manhã de iogurte caseiro com sementes de abóbora, maçã fatiada e canela em pó. Tendo tomado o cuidado de me agasalhar bem, saí na neve à altura dos joelhos. Chegando ao rio Elk, descobri que a água estava completamente congelada. Em sua pressa para sair da fazenda, meu pai havia se esquecido do barco, que deveria ter sido trazido a terra firme para o inverno. O rio agora o envolvia, o propulsor bloqueado com gelo, o casco sob pressão, com rachaduras claramente visíveis. Na primavera, o gelo derreteria e esse barco vazaria e afundaria. Fora comprado, meu pai me contou, não como uma embarcação para coletar provas, mas porque a velha Cecilia vinha sofrendo de demência. De acordo com Håkan, ela perdera a razão — havia dias em que acreditava ser uma jovem com muitos anos felizes na fazenda pela frente.

Eu desci do píer e entrei no barco. Como minha mãe descrevera, o motor estava equipado com um painel de LED. Mas estava morto: não havia bateria, nem mesmo o suficiente para operar o display. Voltei meus pensamentos para o fragmento de gelo que minha mãe havia encontrado na guelra do salmão. Ela estava certa, na noite em que sentiu o gelo — meu pai tinha comprado o peixe. No entanto, não pelo motivo de que ela suspeitava. No rio Elk não havia salmão. A escada construída para que o salmão conseguisse ultrapassar a estranha usina hidrelétrica não havia funcionado. Era malplanejada. O salmão já não migrava rio acima — não existia peixe magnífico a ser pescado, apenas enguias agitadas e lúcios agressivos. Na pressa, entusiasmado com o baixo preço da fazenda, meu pai tinha assegurado à minha mãe que o rio era bom. Os muitos livros de pesca que afirmavam o rio excelente foram escritos antes da construção da hidrelétrica. Percebendo seu erro tarde demais, ele tentou encobri-lo, preocupado com o estresse adicional que a revelação causaria à minha mãe, ocorrendo tão logo após os problemas com o poço. Foi um erro motivado pela melhor das intenções. Håkan havia pagado pelo salmão, escolhendo-o de um pescador local, um peixe impostor vindo das águas da Noruega.

Arremessei um torrão de terra congelada sobre o gelo, tentando avaliar a espessura. Incapaz de chegar a uma conclusão, joguei as pernas sobre a lateral do barco e usei meus pés para testá-lo. O gelo não cedeu. Coloquei o outro pé e me levantei, pronto para cair para trás no barco caso o gelo rachasse. O gelo era profundo e firme. Comecei a longa caminhada até a Ilha da Lágrima.

Meu progresso pelo rio congelado foi lento. Meus passos foram cuidadosos. Levei mais de três horas para chegar à beira da floresta e me arrependi de não ter trazido comida ou uma bebida quente. Na extremidade da floresta fiz uma breve pausa, detendo-me diante da paisagem retratada no livro de trolls da minha mãe — atemporal e mítica. O céu era de um branco monótono, e uma névoa gelada pairava sobre as árvores. Em certos lugares, o rio se dividia em torno de rochas e o gelo assumia formas estranhas, redemoinhos e respingos que se congelaram em pleno movimento. A neve estava atravessada por pegadas de animais, algumas das quais eram largas, de criaturas grandes como alces. Talvez minha mãe tivesse encontrado um deles na água — talvez tivesse passado tão perto que poderia ter esticado o braço e tocado sua crina. Certamente a Ilha da Lágrima era um lugar real. Agarrei o mesmo galho que havia chamado a atenção da minha mãe. Existiam linhas no tronco da árvore onde os barcos visitantes eram atracados.

Explorando a ilha, removi a neve para encontrar os tocos de madeira enegrecida onde o fogo tinha queimado. Meu pai afirmou que era um conhecido ponto de encontro de adolescentes, onde eles transavam e fumavam maconha. O fogo não fora acidental. Minha mãe o havia iniciado. Eles encontraram uma lata de combustível no barco. Suas roupas descartadas na beira do rio fediam a gasolina. Quanto ao dente de leite, o dente carbonizado — sua última evidência alarmante —, tinha vindo de sua própria boca. Era o dente de leite da minha mãe, guardado, junto com várias outras quinquilharias de sua infância, em uma caixa de música de madeira ornamentada. Meu pai acreditava ser provável que toda a caixa tenha sido jogada no fogo. Minha mãe a viu queimar, ficando tão perto que sua pele se encheu de bolhas, cada item desaparecendo com a exceção do dente, que ficou preto.

Na fazenda àquela noite, verifiquei a correspondência acumulada. Em meio à propaganda e a um pequeno número de contas vencidas, encontrei um par de ingressos para o festival de Santa Luzia na cidade, um festival da luz no dia mais escuro do ano, o contraponto às comemorações do *midsommar*. Era típico da minha mãe ter comprado os ingressos com tanta antecedência. Ela era organizada e metódica e, o que é mais importante, teria ficado apavorada se o perdesse. Toda a cidade estaria lá, incluindo muitos dos suspeitos em sua lista.

Preparando-me para essa reunião, passei os dias seguintes caçando informações sobre Mia. Conversei com professores em sua escola, lojistas no passeio público, e até mesmo transeuntes desconhecidos na rua. As pessoas ficavam perplexas diante do meu interesse. Muitas sabiam sobre minha mãe. Sua história havia se espalhado pela cidade. Mas elas não conseguiam entender por que eu estava perguntando pela filha de outra pessoa. Em todos os níveis, meus esforços eram amadores. Em certo momento, cheguei a oferecer meu ingresso extra para o festival de Santa Luzia em troca de informação. Sem qualquer autoridade, eu era uma figura digna de pena, risível se não estivesse tão desesperado. Meu encontro mais promissor havia sido com Stellan, o detetive, na delegacia inerte. Ao contrário da minha mãe, ele me manteve esperando e só concordou em falar comigo enquanto caminhava de sua sala até o carro, simplesmente repetindo a afirmação de Håkan de que não existiam novidades. Na esperança de que pudesse ter mais sorte com o amável ermitão, fiz uma visita a Ulf. Ele abriu a porta, mas se recusou a me deixar entrar, e a única coisa que consegui foi ver de relance o espaço na parede na qual um dia esteve a última citação bordada em tecido por sua esposa.

Naquela noite, quando falei com meu pai, ele me informou que minha mãe havia desmaiado de desidratação. Os médicos estavam afirmando que, sob a Lei de Capacidade Mental, ela não tinha o direito de recusar líquidos ou alimentos. Se eles tomassem a decisão de usar soro intravenoso e ela o tirasse do braço, seria submetida à contenção física. Mais tarde, falando com Mark, ele ficou em silêncio a maior parte do tempo. Estava esperando que eu tomasse a decisão de voltar para casa por iniciativa própria.

Prestes a desistir, anotei possíveis horários de voo para voltar a Londres. Naquela noite houve uma batida à porta. Era o Dr. Norling. O charme e a eloquência tinham desaparecido, embora a delicada fragrância de sândalo permanecesse. Ele foi abrupto a ponto da rudeza, dizendo que não podia demorar muito:

— Você não deveria ter vindo. Não conseguirá nada. Tilde precisa voltar à realidade. Ela não precisa de mais fantasia.

Ele gesticulou para meu caderno vazio sobre a mesa:

— Isso é fantasia.

E acrescentou:

— Você sabe disso, não sabe?

Havia certa ameaça em sua pergunta, como se ele estivesse considerando a questão da minha sanidade, tal mãe, tal filho. Foi naquele momento que decidi ficar.

Se minha mãe tivesse ficado na Suécia, o festival de Santa Luzia teria sido um evento essencial em sua cronologia, contendo, a seus olhos, algum incidente de grande importância. Eu tinha intenção de chegar cedo, na esperança de escolher um lugar nos fundos, observando os membros da sociedade local enquanto eles entravam, tentando imaginar a que relações minha mãe poderia ter reagido.

A igreja estava situada em uma praça histórica, o ponto mais antigo e mais elevado da cidade, no alto de uma pequena colina. Com muros de pedra branca e uma torre branca, a edificação parecia se erguer da neve mais como um fenômeno natural do que como uma estrutura feita pelo homem. Duvidando de que eu, um estranho, pudesse possuir um ingresso tão procurado, a mulher à porta me disse de modo soberbo que as entradas estavam esgotadas. Quando mostrei o ingresso, ela o verificou atentamente antes de, relutantemente, permitir que eu entrasse.

Do lado de dentro não havia luz elétrica, apenas o tremeluzir de um milhar de velas, iluminando paredes decoradas com cenas bíblicas pintadas sobre tábuas de madeira tiradas de cascos de velhos barcos de pesca. O folheto que peguei na entrada me informava que essa igreja um dia tinha sido um lugar em que esposas e filhos e filhas rezavam para que seus maridos e pais voltassem a salvo do mar tempestuoso, um local perfeito para rezar pelo retorno de uma filha desaparecida ou, no meu caso, uma mãe presente e ausente ao mesmo tempo.

*

No meu colo, escondida dentro do folheto com os cânticos que seriam entoados na missa, estava uma recriação da lista de suspeitos da minha mãe. O prefeito foi o primeiro suspeito a chegar, com a intenção política de encontrar e cumprimentar os presentes. Ele me viu e me ignorou deliberadamente — a única fissura em sua jocosidade incessante. A primeira fila de assentos estava reservada e o prefeito ocupou seu lugar, com os assentos restantes ocupados, entre outros, pelo detetive e pelo médico. A igreja estava cheia quando Håkan entrou, acompanhado da esposa. Pude perceber que ele se deleitou com os olhares de toda a cidade seguindo-o até seu lugar reservado na frente.

Assim que essas figuras importantes da sociedade se sentaram, a missa começou. Uma procissão de jovens homens e mulheres vestidas de noiva fluiu pelo corredor, os homens segurando varetas com estrelas douradas na ponta, as mulheres segurando velas, cantando enquanto caminhavam lentamente, reunindo-se em fileiras na frente da igreja. A protagonista usava velas presas em um círculo de aço, uma coroa de chamas em seu cabelo loiro, a Santa da Luz, um papel que foi de Mia na cerimônia do último ano. A missa durou uma hora. A congregação celebrou a luz e o calor não como uma ideia abstrata, mas como uma necessidade intensa, um ente querido desaparecido. Apesar da oportunidade óbvia, não se fez nenhuma menção a Mia. A omissão era digna de nota. Certamente era calculada, e não mera negligência; uma solicitação fora feita, e o padre concordou em não tocar no assunto. Dificilmente se configurava como prova, mas era chocante, sobretudo com Håkan sentado bem à frente, e sobretudo considerando que Mia havia sido a última a fazer o papel de Santa Luzia.

Depois da missa, esperei do lado de fora perto da fileira de lanternas bruxuleantes colocadas na neve, ávido por ter uma palavra com Håkan. Pelas portas da igreja pude vê-lo conversando com membros da comunidade, distribuindo apertos de mão, mais como um estadista do que um homem comum. Ao me ver, ele parou, controlado demais para mostrar uma reação antes da pausa em si. Ele finalmente saiu da igreja com a esposa. Quando dei um passo em sua direção, Håkan se virou para Elise, ordenando que ela seguisse adiante, para uma recepção privada. Ela olhou para mim. Talvez tenha sido minha imaginação, mas havia algo naquele olhar, não pena, nem hostilidade, mas algo mais — remorso, ou culpa. Foi por um breve instante, eu posso ter me enganado, e ela logo seguiu pelo caminho iluminado por velas.

A civilidade de Håkan foi pouco convincente:

— Espero que você tenha gostado da missa.

— Muito. É uma igreja bonita. Mas fiquei surpreso por não termos rezado pelo retorno da sua filha.

— Eu rezei, Daniel. Eu rezo por ela todos os dias.

Como meus pais, Håkan se recusava a abreviar meu nome para Dan. Lutando contra meu instinto de evitar um conflito, lembrei-me de algo que minha mãe dissera:

— Fico tentando entender como Mia foi embora da fazenda. Ela não dirigia. Não pegou a bicicleta. Não pode ter caminhado. Não havia transporte público. Agora que estou aqui, vejo o quanto é remota.

Håkan deu um passo para o lado, na neve, isolando nossa conversa. Ele baixou a voz:

— Seu pai e eu ficamos amigos durante o verão. Ele estava preocupado com você. Você se importa de que eu lhe diga isso?

Para Håkan, não era suficiente me atacar. Ele queria minha permissão para fazer isso.

— Vá em frente.

— De acordo com ele, sua carreira não está dando frutos. Depois das oportunidades que você teve, que seus pais não tiveram, você não pensou por si mesmo, seguindo os passos deles, tomando o caminho mais fácil possível. Ele se perguntava se foi devido ao seu fracasso que você se afastou da família. Você raramente telefonava. Nunca os visitava. Quando escutava Chris repetir suas desculpas, eu pensava para mim mesmo — esse homem está mentindo. Ele não quer vir. Chris ficava magoado com sua ausência. Tilde também. Eles não conseguiam entender o que tinham feito de errado. Temiam que você simplesmente não viesse este ano. Mas a parte que acho mais difícil de acreditar é que você realmente pensasse que eles fossem ricos! É verdade isso?

Eu estava envergonhado e cogitei dar uma resposta elaborada, me defendendo, mas no fim optei por uma simples admissão:

— É verdade.

— Como? Eu soube, assim que eles chegaram, que estavam passando dificuldade. É por isso que sempre paguei para o seu pai quando bebíamos juntos, é por isso que, quando convidávamos os dois para uma festa, nunca pedíamos que trouxessem algo caro, como salmão ou carne.

Em meio à minha humilhação, o mistério do motivo de ele haver pedido que minha mãe trouxesse salada de batatas estava resolvido. Foi um ato de caridade, com um quê de condescendência. Håkan parou, avaliando minha reação. Eu fui incapaz de protestar. Tendo concluído seu ataque, ele agora se voltou em sua defesa:

— Ninguém está mais angustiado por Mia do que eu. Eu fiz tudo que se esperava que eu fizesse. Ter meu papel questionado publicamente por um homem que não fez nada por seus pais, um homem que nem sabia que sua mãe estava gritando "assassino" para qualquer sombra, bem, é ofensivo. Você está incomodando a minha esposa. Está insultando meus amigos.

— A intenção nunca foi insultar ninguém.

Calçando as luvas, Håkan se comportava como um homem decepcionado pela briga ter sido tão unilateral. Mas, antes de ele ir embora, acrescentei:

— Tudo o que eu quero são algumas respostas, não para mim, mas para minha mãe e, nesse momento, apesar dos seus esforços, não há nenhuma. Não sabemos nem mesmo como Mia foi embora da sua fazenda.

Talvez Håkan tenha visto em mim uma centelha da crença da minha mãe, porque foi a única vez que o vi perder o controle sobre suas palavras:

— Você não conseguiu nem perceber que seus próprios pais estavam falidos. Em que poderia ajudar? O objetivo dessa visita não é ajudar a sua mãe e certamente não é me ajudar. Você se sente culpado. Está tentando se sentir melhor consigo mesmo. Mas você não tem o direito de fazer isso se metendo na minha vida, na minha comunidade, insinuando que fizemos alguma coisa imprópria. Eu não vou permitir isso!

Recompondo-se, Håkan cutucou pela última vez a ferida:

— Ao contrário de muitos aqui, eu não acredito que exista algo de vergonhoso em perder a cabeça. E talvez ela não soubesse disso, mas eu gosto de Tilde. Ela era forte. O problema dela é que ela era forte demais. Não deveria ter lutado tanto contra mim. Não havia razão para isso. Ela colocou na cabeça que eu era inimigo dela. Eu poderia ter sido amigo. Vejo sua mãe no seu rosto. Mas não vejo nada da força dela em você. Chris e Tilde criaram você para ser brando. As crianças estragam quando recebem amor demais. Vá para casa, Daniel.

Com isso, ele me deixou sozinho na neve.

Dirigindo de volta à fazenda, eu não senti raiva de Håkan. Seus comentários não foram injustos. No entanto, em um aspecto importante ele estava errado. Eu não vim até a Suécia motivado por culpa. Minha tarefa não era sem sentido. Havia respostas aqui.

Na fazenda, tentei encontrar as palavras que minha mãe havia escrito nas paredes. Eu não as tinha visto em parte alguma durante minha semana na casa. Procurando a sério, finalmente percebi que um armário fora movido. Havia pequenos arranhões no piso de madeira em volta dos pés. Puxando-o de volta, fiquei desapontado ao ver apenas uma palavra:

Freja!

Um único nome, cercado de espaço, exatamente como o e-mail que ela tinha me enviado...

Daniel!

Eu já havia discutido com meu pai a questão da caligrafia da minha mãe, querendo saber quem escrevera o diário perdido, o diário perturbador encontrado em uma caixa de aço enferrujada. Meu pai explicou que minha mãe era ambidestra. Durante o verão, ele a flagrou, tarde da noite, escrevendo nos velhos papéis encontrados debaixo do solo. Ela redigiu o diário fictício com tinta marrom elegante usando a mão esquerda.

Peguei o telefone e liguei para o meu pai. Ele ficou surpreso com o telefonema àquela hora da noite. Sem as amabilidades de sempre, perguntei:

— Pai, por que você mudou o armário de lugar para encobrir o que estava escrito na parede? Por que não queria que ninguém mais visse?

Ele não respondeu. Eu continuei:

— Você não guardou as coisas na fazenda. Você deixou o barco congelar no rio. Mas tomou seu tempo para encobrir uma palavra.

Ele não respondeu. Eu falei:

— Pai, quando me ligou da Suécia para me contar que a mamãe estava doente, você disse que havia muita coisa que eu não sabia. Disse que a mamãe poderia ficar violenta. Mas ela não foi violenta durante o verão. E não machucou ninguém. A que você estava se referindo?

Silêncio novamente, então perguntei:

— Pai, a mamãe matou Freja?

Finalmente ele respondeu:

— Eu não sei.

E acrescentou, em um tom quase inaudível:

— Mas se matou, isto explicaria muita coisa.

* * *

Sem conseguir dormir, levantei da cama e me vesti. Preparei uma garrafa térmica de café forte e, sobre as brasas do fogão de ferro, aqueci um rocambole recheado com várias fatias grossas de queijo sueco suave, esperando que derretesse. Fiz uma pequena mala, levando comigo uma muda de roupas, meu caderno e meu lápis, carregando-os como mascotes, símbolos de intenção, em vez de itens sendo destinados a alguma utilidade prática. Saindo da fazenda na noite mais escura do ano, dirigi pelo interior, para o norte e para o leste, em direção ao grande lago no qual minha mãe havia nadado e no qual Freja se afogara. Durante grande parte da viagem, eu era o único carro na estrada. Quando cheguei à fazenda do meu avô, estava começando a amanhecer, com um céu dividido igualmente entre dia e noite.

Pelo modo como minha mãe descreveu a vida nessa fazenda, meu avô deve ter escutado meu carro se aproximar. Bastou uma batida para ele abrir a porta, como se estivesse esperando atrás dela. Assim, nós dois nos encontramos pela primeira vez. Seu cabelo era de um branco encantador, o cabelo de um grande mago, mas havia sido escovado para baixo, formando sincelos oleosos e irregulares. Às oito da manhã ele estava usando paletó e colete pretos, com uma camisa cinza e uma gravata preta — traje de funeral. Um desejo inapropriado de abraçá-lo tomou conta de mim, como se isso fosse um reencontro. A vida inteira ele foi um estranho para mim, mas ainda era família, e família sempre foi importante. Como eu não sentiria afeição por ele? Quaisquer que tenham sido os problemas ocorridos no passado, eu queria que ele fosse parte do nosso pequeno círculo. Nesse momento eu precisava dele. Com minha mãe no hospital, ele era nosso único elo com o passado. Talvez tenha sido minha estranheza, ou minha familiaridade — talvez, como Håkan afirmou, meu rosto tivesse algo que lembrasse a minha mãe —, de todo modo, ele sabia quem eu era. Ele falou, em sueco:

— Você veio à procura de respostas. Não há nenhuma aqui. Exceto a que você já conhece. A pequena Tilde está doente. Sempre esteve. Receio que sempre estará.

Ele chamou minha mãe de "pequena Tilde" sem desprezo nem afeto. Havia um vazio calculado em sua voz. Suas sentenças eram polidas, como se preparadas com antecedência, proferidas com tanta compostura que pareciam destituídas de qualquer emoção.

Entrei na casa de fazenda do meu avô, construída com suas próprias mãos quando ele era mais novo que eu. Disposta num único andar, sem escadas nem porão, era antiquada e surpreendentemente pequena, considerando a quantidade de terra que ele possuía. A decoração não havia mudado em décadas. Na sala de estar, percebi o cheiro a que minha mãe se referiu, ela o chamou de cheiro de infelicidade — ar bolorento e queimado por aquecedores elétricos decrépitos e papel mata-moscas enrolados. Enquanto ele preparava café, fiquei sozinho e examinei as paredes, os prêmios por seu mel branco das campinas silvestres, as fotografias dele e da minha avó. Ela vestia roupas simples e era robusta, fazendo-me lembrar da esposa de Håkan. Quanto ao meu avô, era visível que ele sempre se orgulhara de sua aparência. Suas roupas tinham bom caimento. Sem dúvida ele fora bonito, e imensamente sério, nunca sorrindo, mesmo ao receber um troféu; um pai severo, certamente, e um político local honrado. Não havia fotos da minha mãe nas paredes. Não havia sinal da minha mãe nessa fazenda.

Retornando com o café e com dois biscoitos finos de gengibre, cada um deles solitário em um prato separado, pude sentir sua colônia de lima pela primeira vez e me perguntei se ele teria passado um pouco enquanto esperava o café coar. Ele me disse que estava aguardando hóspedes da igreja para ficar em seu quarto livre e, infelizmente, não podia me oferecer mais do que uma hora. Era uma mentira, uma que ele havia concebido na cozinha a fim de limitar o tempo da nossa conversa. Eu não tinha o direito de ficar chateado. Aparecera de surpresa. No entanto, estipular um limite de tempo era uma rejeição, e dolorosa. Sorri:

— Sem problemas.

Enquanto ele servia o café, ofereci um breve relato da minha vida a título de apresentação, esperando que algo despertasse seu interesse. Ele pegou seu biscoito de gengibre e o partiu meticulosamente ao meio, colocando ambas as metades ao lado do seu café. Então bebeu um gole do café, comeu uma metade do biscoito e falou:

— Como Tilde está agora?

Ele não estava interessado em mim. Não fazia sentido perder tempo tentando construir um vínculo. Éramos estranhos. Que continuássemos assim.

— Ela está muito doente.

Se ele não era capaz de oferecer emoção, eu me conformaria com fatos:

— É importante que eu saiba o que aconteceu no verão de 1963.

— Por quê?

— Os médicos acreditam que poderia ajudar no tratamento dela.

— Eu não vejo como.

— Bem, eu não sou médico...

Ele encolheu os ombros:

— O verão de 1963...

Ele suspirou:

— Sua mãe ficou doente de amor. Ou de desejo, eu diria. O homem era dez anos mais velho que ela, estava trabalhando em uma fazenda próxima, veio da cidade para trabalhar durante o verão. A pequena Tilde não tinha nem 16 anos na época. A relação foi descoberta. Houve um escândalo...

Eu me inclinei para a frente, erguendo a mão para interromper, como fiz quando minha mãe estava contando sua versão dos acontecimentos. Eu tinha ouvido essa história antes. Mas a respeito de Freja. Talvez meu avô tivesse confundido os nomes.

— Você não quer dizer que Freja se apaixonou pelo trabalhador da fazenda?

Meu avô ficou alerta de repente. Até então ele se dirigira a mim com um cansaço melancólico, mas já não mais:

— Freja?

— Sim, minha mãe me contou que Freja se apaixonou pelo trabalhador da fazenda. Freja, a garota da fazenda vizinha, a que veio da cidade; aquele escândalo foi sobre Freja, não sobre minha mãe.

Meu avô ficou confuso, esfregando o rosto, repetindo o nome:

— Freja.

— Ela era a melhor amiga da minha mãe. Elas fugiram juntas uma vez.

O nome significava alguma coisa para ele. Eu não sabia dizer o quê.

— Eu não me lembro dos nomes das amigas dela.

A observação me pareceu inacreditável:

— Você deve se lembrar! Freja se afogou no lago! Minha mãe nunca superou a ideia de que você acreditava que ela fosse responsável pela morte de Freja. Foi por isso que ela fugiu. É por isso que estou aqui.

Ele olhou para o teto, franzindo o cenho, como se houvesse uma mosca que chamara a atenção. Então falou:

— Tilde é doente. Eu não posso desenredar as histórias dela para você. Não vou me sentar aqui tentando dar sentido ao que não tem sentido. Já fiz muito disso na vida. Ela é uma mentirosa. Ou fantasiosa, você escolhe. Ela acredita nas próprias histórias. É por isso que está doente.

Fiquei confuso, em parte por causa da veemência de sua reação, mas sobretudo pela inconsistência. Falei:

— Eu não deveria ter interrompido. Por favor, termine de me contar o que aconteceu.

Meu pedido o tranquilizou apenas em parte, e ele concluiu seu resumo com uma rapidez repentina:

— A cabeça da sua mãe era cheia de sonhos. Ela se imaginava vivendo feliz para sempre em uma fazenda com o namorado, só os dois. As regras da sociedade e da decência que se danassem! O rapaz lhe contou mentiras românticas para persuadi-la a dormir com ele, e ela acreditou. Ela era ingênua. Depois que o romance terminou, o trabalhador foi mandado para longe. Tilde tentou se matar no lago. Ela foi resgatada da água e passou várias semanas na cama. Seu corpo se recuperou, mas a cabeça não. Ela era uma pária. Na escola, as amigas a repudiaram. Os professores comentavam sobre ela. O que ela esperava? Ela me envergonhou muitíssimo. Caí em desgraça. Deixei de lado meus sonhos de concorrer a um posto no governo nacional. O escândalo arruinou minhas ambições. Quem votaria num político com uma filha como aquela? Se não sou capaz de criar minha própria filha, que direito tenho eu de fazer leis para os outros? Para mim foi difícil perdoá-la. Foi por isso que ela fugiu. É tarde demais para arrependimentos. Você tem sorte de ela ter sofrido um colapso este verão, e não mais cedo, quando você era criança. Era só uma questão de tempo.

Era incrível que minha mãe tivesse me criado com tanto amor e carinho — ela não pode ter aprendido esses sentimentos com ele.

Embora estivéssemos conversando havia apenas quarenta minutos da hora reservada, meu avô se levantou, encerrando nossa conversa:

— Você queira me desculpar. Meus hóspedes logo estarão aqui.

Na penumbra do corredor ele gesticulou para que eu esperasse. Sobre um armário lateral, usando uma caneta-tinteiro mergulhada em um pote de tinta, ele escreveu seu número de telefone em um cartão:

— Por favor, não apareça novamente sem ser convidado. Se tiver alguma pergunta, telefone. É triste, mas precisa ser assim. Somos parentes, mas jamais seremos uma família. Hoje levamos vidas separadas, Tilde e eu. Ela escolheu assim. Vai ter de viver com a decisão. Sendo filho dela, você deve fazer o mesmo.

Do lado de fora eu caminhei até o carro, virando para trás para olhar a fazenda pela última vez. Meu avô estava na janela. Ele deixou a cortina cair, uma declaração de que esse adeus era um ponto final. Ele queria que eu entendesse que jamais nos veríamos novamente.

Tirando as chaves, notei uma mancha de tinta em meu dedo, de onde eu tinha segurado o cartão. Vi que a tinta não era preta, era marrom, num tom claro.

* * *

Numa cidade vizinha, reservei a única acomodação disponível, uma pousada familiar. Sentei-me na cama e estudei a mancha de tinta marrom no meu polegar. Depois de ter tomado banho e comido uma refeição fria de salada de batatas, pão de centeio e presunto, telefonei para o meu pai. Ele não sabia nada sobre o suposto caso da minha mãe com o jovem trabalhador da fazenda próxima. Como eu, ele questionou a memória do meu avô, reiterando que foi Freja que se envolveu com o rapaz. Perguntei o nome da antiga escola da minha mãe.

Situada no extremo da cidade, o prédio da escola parecia ser novo — a velha sede fora demolida. Receei que tempo demais tivesse passado. Quando cheguei, as aulas tinham terminado e não havia crianças nos pátios. Chacoalhei o portão, esperando que estivesse trancado, mas ele abriu. Do lado de dentro, caminhei pelos corredores, sentindo-me um intruso, sem saber se deveria gritar para ver se existia alguém. Escutei o som de uma voz cantando ao longe e o segui até o andar de cima. Numa aula extracurricular, dois professores estavam conduzindo um ensaio de canto com um pequeno grupo de estudantes. Bati à porta, explicando rapidamente que era da Inglaterra e que estava à procura de informações sobre minha mãe, que frequentara aquela escola havia mais de cinquenta anos. Os professores eram jovens e só trabalhavam na escola havia alguns anos. Eles explicaram que eu não tinham autorização para acessar os registros da escola, e portanto não existia nada que pudessem fazer para ajudar. Desanimado, continuei à porta, sem ideia de como superar esse obstáculo. Uma das mulheres se apiedou de mim:

— Há uma professora daquela época. Ela está aposentada, é claro, mas talvez se lembre da sua mãe, e talvez concorde em conversar com você.

O nome da professora era Caren.

Caren morava em um vilarejo tão pequeno que supus ter não mais do que uma centena de casas, uma única loja e uma igreja. Bati à porta, sentindo alívio quando ela se abriu. A professora aposentada estava usando mocassins de tricô. Sua casa cheirava a pão de especiarias recém-saído do forno. Assim que mencionei minha mãe, Caren reagiu:

— Por que você está aqui?

Disse a ela que levaria algum tempo para explicar. Ela pediu para ver uma fotografia da minha mãe. Eu lhe mostrei meu telefone, encontrando uma foto tirada na primavera anterior à mudança para a Suécia. Caren colocou os óculos e estudou a fisionomia de minha mãe antes de dizer:

— Alguma coisa aconteceu.

— Sim.

Ela não parecia surpresa.

Sua casa estava quente, mas, diferentemente do calor elétrico na fazenda do meu avô, esse calor era acolhedor, emanando de uma lareira a lenha na sala de estar. As decorações de Natal eram feitas à mão. Não havia decorações na casa do meu avô, nem mesmo uma vela do Advento na janela. E, o que contrastava ainda mais com a fazenda do meu avô, existiam fotos de seus filhos e netos nas paredes. Apesar de ela ter me contado que seu marido falecera no ano anterior, essa casa era cheia de vida e amor.

Caren me preparou uma xícara de chá preto adoçado com mel, recusando-se a falar enquanto preparava o chá e me obrigando a ser paciente. Nós nos sentamos perto da lareira. Da barra da minha calça, úmida com a neve, emanava vapor. Com seu ar de professora, Caren me instruiu a não correr, a lhe contar tudo, na ordem certa — o que me fez lembrar as regras da minha mãe para a narração.

Contei a ela a história da minha mãe. No fim, com a calça seca, expliquei que tinha viajado até aqui para testar minha teoria de que a morte de Freja, acidental ou não, pudesse ser um evento decisivo no cerne da doença da minha mãe. Caren olhou para o fogo enquanto falava:

— Tilde amava o campo mais do que qualquer aluno que já tive. Era muito mais feliz brincando numa árvore do que na sala de aula. Ela nadava nos lagos. Colhia sementes e frutas silvestres. Os animais a adoravam. Mas ela não fazia amigos facilmente.

Eu perguntei:

— Com exceção de Freja?

Caren se virou do fogo, olhando diretamente para mim:

— Não havia nenhuma Freja.

* * *

Sob a lua cheia, voltei à fazenda do meu avô, estacionando longe o suficiente para que ele não escutasse o motor. Caminhei pelo campo coberto de neve, chegando ao aglomerado de árvores perto da fazenda dele, o lugar onde minha mãe tinha construído um abrigo e onde, segundo me contou, ela e Freja passavam o tempo. Cerca de uma centena de pinheiros crescia entre rochedos cobertos de musgo, um bolsão de terra selvagem que não podia ser cultivada. E, embora minha mãe tivesse descrito que subia em uma árvore e olhava para a fazenda de Freja, não havia nenhuma construção por perto. Decidi subir mesmo assim, para ver o mundo como minha mãe tinha visto. Os galhos do pinheiro formavam ângulos retos com o tronco, como degraus em uma escada, e pude subir dois terços do percurso antes que eles se tornassem frágeis demais. Empoleirado ali, olhando para essa paisagem, vi que eu estava enganado. Havia uma construção por perto, muito menor do que uma fazenda, camuflada pela neve espessa. Lá do alto, vi o cume do telhado — um entalhe preto cortando o tapete de neve.

Quando desci, a construção desapareceu da vista novamente. Caminhei mais ou menos em sua direção e, pouco tempo depois, pude distinguir, para além dos montes de neve, paredes de madeira. Fora construída com toras de bétula-branca. Por seu tamanho, imaginei que seria uma oficina ou um galpão de ferramentas, provavelmente conectado à fazenda do meu avô por um caminho de terra. Havia um cadeado enferrujado na porta. Usando a ponta do meu chaveiro, desparafusei a dobradiça da madeira, removendo o cadeado e entrando.

Tendo encontrado a cabana sob a luz da lua cheia, pela primeira vez precisei da minha lanterna. Diretamente à minha frente, vi um reflexo distorcido de mim mesmo. Minha barriga parecia inchada, retorcida no lado curvo de um contêiner de aço gigante. Era onde meu avô coletava seu mel branco. O espaço era funcional. O único item decorativo era um elaborado relógio cuco feito à mão, pendurado na parede. Já não mostrava a hora certa. Brinquei com ele até que o mecanismo ganhou vida. Havia duas portas, uma de cada lado do relógio, uma alta e outra baixa. Quando o relógio tocou, as portas se abriram ao mesmo tempo, e surgiram duas figuras de madeira, uma masculina e outra feminina. O homem ficava no alto; ele olhou para a mulher de madeira, embaixo, e ela olhou para ele. Instintivamente, completei o diálogo:

— Oi, aí em cima.
— Oi, aí embaixo.

O casal voltou para dentro do relógio e a cabana ficou em silêncio novamente.

*

Na parte de trás da caixa de aço eu vi, pendurado num cabide, o traje de apicultor do meu avô, as roupas protetoras que ele usava ao tirar mel das colmeias. O traje era feito de couro branco. Colocando a lanterna no chão, vesti a roupa — a calça, a blusa e as luvas. Coloquei o chapéu com a rede protetora preta e me virei para examinar meu reflexo distorcido. Diante de mim havia o troll que minha mãe descrevera, com sua pele áspera de dinossauro, suas mãos pálidas e membranosas, os dedos gigantes e, em vez de um rosto, um único olho preto enorme, que olhava e olhava e nunca piscava.

Tirando a roupa, notei uma segunda porta trancada. Não me importei em ser discreto, chutando a porta com a sola da minha bota pesada até que a madeira rachou. Ao entrar, lancei luz sobre um chão coberto de aparas de madeira. Havia serrotes e cinzéis — era aqui que meu avô consertava e restaurava as colmeias. Também era aqui que ele fazia os relógios cuco. Havia vários relógios incompletos no chão, e uma pilha de figuras de madeira semiacabadas. Rostos se projetavam de tábuas de madeira. Eu peguei uma delas, correndo o dedo sobre o longo nariz curvo. Algumas dessas figuras eram criaturas fantásticas, revelando uma imaginação que eu nunca teria associado ao meu avô. Esse era um espaço para ser criativo, onde ele podia trancar o mundo do lado de fora e se expressar. Agachando-me, peguei uma apara de madeira grosseira em forma de espiral.

Não sei por quanto tempo meu avô ficou parado à porta, observando-me. Em algum nível mais profundo eu sabia que ele estava a caminho; talvez derrubar a porta tenha sido uma maneira de chamá-lo, fazendo-o sair da fazenda. Num ritmo deliberadamente calmo, terminei de examinar a oficina, imaginando que ele tivesse recorrido ao medo antes, ao trazer minha mãe aqui, mas não teria o medo à sua disposição agora. Esmaguei a apara de madeira em minha mão quando o ouvi fechar a porta de fora.

Virei-me, erguendo a lanterna. Ele gesticulou para que eu tirasse a luz de seus olhos. Consenti, baixando o feixe. Mesmo no meio da noite, ao me escutar do lado de fora, ele vestiu um paletó. Falei:

— Você trouxe minha mãe aqui. Só que não era Tilde, você lhe deu um novo nome. Você a chamou de Freja.

— Não.

Ele ia negar. Senti um acesso de raiva, estava prestes a apresentar evidências, quando ele completou:

— Ela escolheu o nome. Tinha lido em algum livro. Ela gostava do som.

Era um detalhe assombroso, insinuando cumplicidade. Parei, reavaliando esse homem terrível. Sendo um político astuto, ele estava sinalizando sua conduta. Não negaria as acusações. Muito mais sutil, preferia transferir parte da responsabilidade para minha mãe. Eu não podia permitir isso:

— Você contou uma história para ela. A sua história. Você fingia ser o marido dela. E ordenou que ela fingisse ser sua esposa. Este lugar, você falou, seria a fazenda de vocês.

Esperei que ele falasse, mas ele não disse nada. Ele queria saber o quanto eu tinha descoberto.

— Tilde ficou grávida. De você.

A professora, Caren, tinha me contado sobre a desgraça que minha mãe sofrera por causa da gravidez. Embora ela tenha sido amável com Tilde, muitos outros não foram. Tão eficazes foram as mentiras do meu avô que Caren acreditava, ainda hoje, que fosse culpa do trabalhador da fazenda:

— Você culpou um trabalhador. Ele perdeu o emprego. Você era um homem importante. Todo mundo acreditou nas suas mentiras. Elas se tornaram a verdade.

— Continuam sendo verdade. Pergunte a qualquer um que tenha idade suficiente para se lembrar e eles vão repetir a minha história.

O poder de cometer um crime, e o poder de sair impune dele, e, embora eu não tivesse estômago para conceber que ele ainda sentisse prazer com a lembrança do primeiro crime, ele nitidamente se deleitava com o poder de fazer com que acreditassem em sua palavra.

— Minha mãe falou com a sua mulher? Ou tentou? E ela se recusou a acreditar na filha?

Ele balançou a cabeça:

— Não, minha mulher acreditou em Tilde. Mas ela a odiou por ter contado a verdade. Preferia as minhas mentiras. Ela precisou de mais tempo do que os outros, mas acabou aprendendo a esquecer a verdade. Que é algo que Tilde também deveria ter aprendido. Minha mulher e eu vivemos nesta fazenda, um casamento feliz, queridos por todos à nossa volta, por mais de sessenta anos.

— O que aconteceu com o bebê?

Assim que fiz a pergunta, a resposta me veio à cabeça. Finalmente entendi o desejo avassalador da minha mãe de proteger Mia — uma filha adotada.

— Foi entregue para adoção.

Falei:

— E agora, meu avô?

Observei enquanto ele pressionou um dedo contra os lábios, o gesto que minha mãe fez para mim no hospital — a pista que ela pediu que eu procurasse. Não significava silêncio: significava que ele estava imerso em seus pensamentos. Eu me perguntei se ele teria o costume de pressionar um dedo contra os lábios enquanto contemplava os vários elementos em seu cenário fictício, indicando que logo uma nova ficção seria imposta sobre ela. Por esse motivo ela passara a temer seu dedo contra o lábio. Finalmente ele recolheu o dedo, enfiando as mãos nos bolsos, assumindo a aparência de um homem à vontade:

— E agora? Agora nada. Tilde está num hospício. Ninguém vai acreditar numa palavra do que ela disser. Ela é doente. Sempre vai ser. Ela fala de trolls e outros absurdos. Esse assunto está encerrado. Já estava encerrado há séculos.

Ele considerava a hospitalização da minha mãe uma vitória, que lhe dava a certeza de que jamais seria exposto. O que eu poderia fazer? Não vim atrás de retaliação. Vim atrás de informação. Pensamentos de violência pipocaram em minha cabeça, mas não eram reais, eram ideias, e infantis, por sinal, aferrando-se a uma resolução quando, na verdade, eu estava impotente. Meu único objetivo era ajudar minha mãe. Não era minha intenção me vingar, e clamar por vingança também não.

Enquanto caminhei para a porta, ocorreu-me que talvez fosse útil saber mais um detalhe:

— Que nome você se dava? Ela era Freja. E você era...?

— Daniel.

A resposta me pegou de surpresa. Parei, olhando-o nos olhos enquanto ele completou:

— Ela batizou o próprio filho com o nome dele. O que quer que você pense de mim, ela deve ter desfrutado um pouco.

Era uma mentira, uma improvisação, uma mentira nefasta — uma centelha de sua crueldade, e de sua criatividade, visto que a depravação também pode ser criativa. Meu avô era um contador de histórias, e era mestre nisso, histórias surgidas primeiro do desejo, depois da necessidade de autopreservação.

Sentado no meu carro, com a cabeça apoiada no volante, disse a mim mesmo para dirigir para longe, para ligar o motor e ir embora, mas, quando fechei os olhos, vi o dente queimado, um remanescente da infância da minha mãe, que não podia ser destruída não importava o quanto ela tentasse, e saí, caminhando até o porta-malas, pegando a lata reserva de gasolina.

Antes de perder a coragem, corri pela neve usando as pegadas para me guiar de volta até a cabana de bétula-branca. Agindo depressa, usei um galho para limpar a neve do telhado. Esperando que meu avô voltasse a qualquer momento, despejei gasolina sobre as aparas de madeira e os relógios cuco, sobre as ferramentas e a bancada de trabalho, sobre a roupa protetora e sob a caixa de aço. Parei no batente da porta, com as mãos tremendo enquanto tentava acender um fósforo. Finalmente, segurando o fósforo aceso, perguntei a mim mesmo se essa era a coisa certa a fazer e se ganharia algo com isso. A chama descia em direção à ponta do meu dedo. Mas eu não conseguia decidir. A chama queimou minha pele e eu a joguei na neve, onde se extinguiu, inofensiva.

— Dê-me isso.

Meu avô estava parado ao meu lado, a mão esticada. Não entendi o que ele pedia. Ele repetiu:

— Dê-me isso.

Eu lhe entreguei a caixa de fósforos. Ele acendeu um fósforo, resoluto, na primeira tentativa, segurando-o à altura dos olhos:

— Você acha que eu sou um monstro. Olhe à sua volta. Não há nada aqui. O que mais se esperava que eu fizesse com uma esposa frígida? Eu fui um bom pai por 14 anos. E um mau pai por dois.

Minha mãe descrevera Freja como sendo uma mulher, não uma menina. Prestes a virar adulta, com seios e uma consciência de sua sexualidade, ela chamara a atenção do meu avô. Ela culpou sua transformação pela dele. Ao descrever a vileza imaginada do meu pai, ela enfatizou que ele mudara, tornara-se outra pessoa, abruptamente, no decurso de um único verão — assim como aconteceu com o pai dela no verão de 1963.

Com um movimento brusco, meu avô jogou o fósforo dentro da cabana. As chamas de gasolina se espalharam depressa, as aparas e os pedaços de madeira foram os primeiros a queimar, e depois os rostos de madeira semiacabados. A roupa protetora encerada derreteu devagar, a pele do troll se tornando verde e azul. Quando o fogo cresceu, a caixa de metal entortou e cedeu. Logo as paredes estavam em chamas, e então o telhado estava tomado pelo fogo. Fomos forçados a recuar do calor intenso. Uma nuvem de fumaça encobriu um conjunto de estrelas. Perguntei:

— Vai vir alguém?

Meu avô balançou a cabeça:

— Não virá ninguém.

Quando o telhado desabou, meu avô falou:

— Eu parei de fazer mel há muito tempo. Os clientes sempre preferiram que o mel fosse amarelo. Meu mel branco tinha um sabor delicado, que desaparecia no chá ou no pão. As pessoas compravam um pote, pela novidade, e deixavam na despensa, intocado. Isso partia meu coração. Tilde entendia minha dor melhor do que ninguém. Para apreciar como se deve, ela só comia puro. Costumava listar o sabor das flores que conseguia identificar.

Ficamos lá um ao lado do outro, ao pé do fogo, avô e neto, aquecidos pelo calor. Foi o período mais longo que já passamos juntos. No fim, a neve derretida apagou as chamas. Sem uma única palavra, ele voltou para casa, sozinho, para o cheiro de aquecedores elétricos e papel mata-moscas, e não importava o que ele dissesse sobre seu final feliz, eu não acreditava.

Ao ir embora da fazenda, imaginei minha mãe quando jovem, pedalando por essa estrada o mais rápido que podia, no bolso as moedas que havia economizado. Passei pelo ponto de ônibus onde ela esperou, visível em um raio de quilômetros, parada ao lado de nada além de um poste de metal com uma grade horária afixada, onde não mais de um punhado de ônibus passava a cada dia. Imaginei o alívio que ela sentiu quando pagou a passagem e ocupou um assento nos fundos, olhando pela janela de trás para ver se estava sendo seguida. Levava consigo uma caixa de música de madeira cheia de bugigangas, incluindo um dente, memórias desse lugar — memórias daqueles 14 anos felizes, e das mais tristes histórias dos outros dois.

Percorri a mesma rota que seu ônibus percorreu para sair dessa região, a estrada principal para o sul, passando por uma placa que marcava o fim da província. Atrás dessa placa havia um afloramento de rochas de uns 30 metros de altura, cujo topo estava cheio de árvores. Em meio à vegetação, à beira do penhasco na rocha mais alta, vi um alce magnífico. Freei abruptamente e estacionei o carro. Grande parte da circunferência desse afloramento era íngreme, mas encontrei um ponto onde pude escalar as rochas em direção ao cume. No topo estava o alce. A criatura não recuou mesmo quando me aproximei desajeitadamente. Toquei-lhe o dorso, o pescoço e os chifres. O alce era uma escultura de aço, as patas fixas à rocha com parafusos enferrujados, a cabeça erguida com um olhar protetor sobre essa terra.

Dirigindo de madrugada, parei com frequência para esfregar o rosto com neve a fim de me manter acordado. Quando cheguei à fazenda era de manhã, cedo demais para ligar para Londres e, de todo modo, eu não tinha dormido e duvidava de que pudesse apresentar ao meu pai mais do que um breve resumo. Decidi dormir por algumas horas antes de telefonar. Quando acordei, vi que tinha dormido um dia inteiro. Mais neve havia caído. Os caminhos que abri na última semana estavam cheios outra vez. Sentindo como se tivesse ressurgido da hibernação, acendi o fogo e esquentei mingau no fogão, condimentando-o com uma pitada de cravo em pó.

Liguei às onze da manhã — por algum motivo esperei até que desse a hora exata. Meu pai ficou em silêncio durante a maior parte da conversa. Ele parecia ter chorado. Eu não tinha certeza. Não proferiu nenhum som. Então me ocorreu que eu não tinha chorado, nem expressado emoção alguma, a menos que despejar gasolina sobre a cabana de bétula-branca possa ser chamado de expressão. Quando falei com Mark, ele confirmou que meu avô havia acendido o fogo — pude ouvi-lo construindo silenciosamente a minha defesa. Depois de ouvir os detalhes do que aconteceu, ele perguntou:

— Como você está?

Tudo o que eu sentia naquele momento era uma nítida consciência de que minhas descobertas estavam incompletas. A lacuna em meu conhecimento era como um dente faltando na minha boca — um espaço de gengiva ao qual minha língua não podia se ajustar. Para Mark, minha resposta não correspondia à sua pergunta:

— Não estou pronto para voltar para casa.

— Mas você tem as respostas?

— Não.

Ele me devolveu a palavra, tentando entender:

— Não?

— Eu não acredito que a conexão entre os dois verões esteja apenas na cabeça da minha mãe. Alguma coisa aconteceu aqui, algo real. Tenho certeza.

A mente racional de Mark não conseguia dar o salto. Minha afirmação era infundada e parecia ir na direção oposta à minha descoberta. No entanto, ele já não deu a impressão de querer me contradizer, confiando em minha afirmação de que os dois verões formavam um ciclo. Um desatava o outro.

Dirigi pelas praias turísticas; meu destino era o litoral deserto onde minha mãe ia correr regularmente. Carregando uma mochila pequena, encarei a caminhada por entre arbustos e dunas, agasalhado contra uma brisa cortante. Eu estava vestindo o capuz do meu casaco de veludo, firmemente atado em volta do pescoço para que o vento não o derrubasse. Finalmente, com os olhos cheios d'água, vi o que restava de um velho farol.

As ondas haviam coberto as rochas com uma camada de gelo. Em certos momentos era tão escorregadio que precisei engatinhar. Com frio e machucado, cheguei à porta onde Mia um dia pendurou as flores. Não havia nenhuma agora, as flores foram substituídas por um arco de sincelos onde o mar havia respingado. Bati o ombro contra a porta e os sincelos caíram à minha volta, espatifando sobre as rochas.

Dentro, havia pontas de cigarro e latas de cerveja. Como na Ilha da Lágrima, os adolescentes reivindicaram esse espaço para si, longe dos olhos adultos. Eu tinha vindo aqui antes, na minha primeira semana, e não encontrara nada. Mas uma coisa me pareceu estranha. O chão estava sujo — o farol fora abandonado —, mas as paredes do interior estavam recém-pintadas.

Tirei a mochila das costas e, da garrafa térmica, servi um café doce e quente, segurando o copo para me aquecer. Meu plano era remover a camada superior de pintura, expondo o que quer que houvesse debaixo. Numa loja de ferragens, longe da região, eu havia discutido a ideia. Sem acesso à energia elétrica, fui obrigado a optar por um removedor químico. Depois do café, sentindo-me reanimado, ataquei várias áreas de uma vez, expondo fragmentos de um mural. Um ponto em particular chamou minha atenção, um pedaço com cores brilhantes — um buquê de flores de verão. Concentrando-me na área ao redor das flores, lentamente revelei uma pintura de Mia usando um vestido branco do *midsommar*. Havia flores em seu cabelo e sob seus pés. Na minha pressa, danifiquei a pintura. Apesar de estar longe de ser um trabalho de restauração profissional, foi o suficiente para oferecer uma ideia da excepcional qualidade artística do mural. Embora eu tivesse visto a foto dela no cartaz de desaparecida, esse mural me deu a primeira ideia real de Mia como pessoa. Ela era forte e orgulhosa, e também uma sonhadora, a cabeça erguida enquanto caminhava pela floresta.

Lembrei-me da fuga de Mia no meio da noite, e minha mãe tinha razão, não fazia sentido, a não ser que Mia tivesse recebido ajuda. Alguém a buscou — um namorado. Meu palpite é que foi a pessoa que a pintou na parede do farol. Repassando o relato da minha mãe, ocorreu-me que o namorado de Mia pudesse ser o homem que usou um insulto racial na primeira festa do *midsommar*, descrito como um jovem de cabelo comprido e um brinco na orelha. Por que ele chegaria ao extremo de usar linguagem racista, afinal? Seus comentários tinham a intenção de despistar Håkan. Mia correu para fora da barraca não porque tenha sido insultada, visto que ela sabia que o racismo dele era uma encenação necessária, mas porque ficou furiosa com a interferência de Håkan. O fato de que esse rapaz tinha um emprego temporário durante o influxo de turistas no verão indicava que ele era um estudante.

Mark tinha um amigo que trabalhava em uma galeria de arte contemporânea no leste de Londres, e, com a conivência dele, usando seu e-mail, mandei uma mensagem a cada universidade e faculdade de arte na Suécia, anexando uma série de fotos que tirei do mural no farol abandonado, explicando que a galeria gostaria de marcar uma reunião com o artista responsável. Os resultados foram escassos durante vários dias — todos negativos, até que chegou um e-mail de um professor da Faculdade de Artes, Ofícios e Design da Universidade Konstfack, a maior escola de arte da Suécia, situada logo ao sul da capital. Ele tinha certeza de que o mural era de um de seus ex-alunos. O artista era um recém-graduado. Se o professor fosse do tipo desconfiado, poderia ter se perguntado como uma galeria particular em Londres sabia de um farol abandonado no sul da Suécia, mas eu tinha calculado que a bajulação e o entusiasmo gerado pelo e-mail superariam a maioria das dúvidas. Uma reunião foi agendada em Estocolmo. O nome do artista era Anders.

Fui de carro até lá na noite anterior, hospedando-me no quarto mais barato de um grande hotel perto da zona portuária, e passei grande parte da noite ensaiando meu papel, lendo perfis de novos artistas obscuros. Na manhã seguinte esperei no saguão, em frente à entrada principal. Anders chegou cedo, era alto, bonito, usava jeans preto ajustado e uma camisa preta. Ele tinha um piercing na orelha e carregava um portfólio debaixo do braço. Conversamos um pouco sobre arte. Minha apreciação por seu talento era genuína. No entanto, contei muitas mentiras a meu respeito, admirado de como me tornei bom em mentir ao longo dos anos. Mas algo havia mudado. Odiei cada mentira que contei. Só a perspectiva de fracasso me impediu de contar a verdade. Mia talvez não quisesse ser encontrada. Se eu arriscasse contar a verdade, Anders poderia ir embora.

Desempenhando meu papel, avancei pouco a pouco em minha solicitação de ver as obras reais — as telas propriamente ditas, grandes demais para serem trazidas ao hotel. Presumi que ele não tinha como pagar um ateliê. Ele provavelmente pintava em casa e, se Mia havia fugido com ele, então ela também estaria lá, ou pelo menos haveria algum indício dela. A armadilha funcionou. Ele explicou timidamente que eu precisaria ir até seu apartamento, pedindo desculpas porque era longe do centro, pois ele não podia arcar com os custos elevados de Estocolmo. Falei:

— O hotel pode providenciar um carro.

Paguei por nossos cafés com uma nota de 100 coroas suecas, observando no dinheiro não algum rosto famoso, um inventor ou político, mas uma abelha. Anders já estava saindo da mesa quando falei, em sueco:

— Espere.

Lembrei-me da neve clara e macia do lado de fora da fazenda e de minha esperança de que esse pudesse ser um recomeço. Eu não faria essa descoberta com base em mentiras.

Comecei minha história com a solicitação de que Anders não fosse embora antes de eu terminar. Ele concordou, confuso por minha mudança de tom. Vi como ele ficou com raiva quando revelei que o havia enganado. Pude perceber que ele ficou tentado a ir embora, mas, sendo um homem de palavra, continuou sentado. Sua raiva se transformou em tristeza quando resumi a relação da minha mãe com Mia e o que aconteceu depois que Mia se foi. No fim do meu relato, sua raiva tinha quase desaparecido. Restava certa decepção por ele ainda não ter sido descoberto como artista. Eu lhe assegurei, como leigo, que minha apreciação era genuína, bem como a do dono da galeria cujo e-mail eu tomei emprestado. Finalmente perguntei se poderia falar com Mia. Ele me pediu que esperasse no saguão. Ele daria um telefonema. Estranhamente, nem passou pela minha cabeça que ele talvez não voltasse. Fechei os olhos e esperei, sentindo-me mais leve, apesar do risco que acabava de correr.

Chegamos a um bloco residencial longe do centro da cidade. Anders murmurou:

— Os artistas devem viver na pobreza.

Ele era romântico, o tipo de temperamento que inspira uma garota a fugir de casa. Subimos a escada de concreto coberta de gelo em fila indiana, visto que só o meio da escada fora coberto com sal para evitar o acúmulo de neve, e o elevador não estava funcionando. Chegando ao andar de cima, ele tirou as chaves do bolso. Com uma piada sobre ser o dono da cobertura, gesticulou para que eu entrasse. Anders disse, agora em sueco:

— Mia volta logo.

Esperei na sala de estar, cercado por suas pinturas. Eles tinham poucos móveis, nenhuma televisão, apenas um pequeno rádio ligado na parede. Para passar o tempo, ele começou a pintar. Trinta minutos depois houve o som de uma chave na porta. Fui até o corredor e vi Mia pela primeira vez. Ela parecia ter mais de 16 anos, extremamente vestida para o frio. Pude sentir seus olhos procurando minha mãe em meus traços. Ela fechou a porta, tirando o cachecol. Quando tirou o casaco de inverno, vi que estava grávida. Quase perguntei quem era o pai, mas me contive a tempo.

Nós três nos sentamos na pequena cozinha, o piso de linóleo geométrico chiando sob nossas cadeiras. Tomamos chá preto adoçado com açúcar, pois o mel, imaginei, era um luxo ao qual eles não podiam se dar. Prestes a ouvir a verdade sobre este verão, tive medo de que talvez minha mãe estivesse simplesmente errada. Mia falou:

— Eu não fugi. Håkan me pediu para ir embora. Depois que eu contei que estava grávida, ele agendou um aborto. Se eu quisesse continuar na fazenda, como filha dele, teria de me comportar de uma maneira que ele considerasse aceitável. Ele disse que estava preocupado com o meu futuro. Estava. Mas, principalmente, estava preocupado com sua reputação. Eu era uma desgraça, já não mais o tipo de filha que ele queria. Eu não sabia o que fazer. Anders e eu não temos muito dinheiro. Nós não somos estúpidos. Poderíamos ser pais? Eu quase desisti, quase aceitei fazer o aborto. Uma noite, vi sua mãe caminhando pelo nosso campo. Eu não sei o que ela estava fazendo ali. Mas me lembrei das nossas longas conversas. Ela era tão diferente de todos os outros. Ela havia me contado a história de como tinha ido embora de casa com apenas 16 anos. Ela não tinha nada, e fez a vida dela na Inglaterra, e começou um negócio, e uma família. Eu pensei: essa é uma mulher que eu admiro. Ela é tão forte. Todo mundo baixa a cabeça para Håkan, mas ela não. Ele a odiava por isso. Eu disse a Håkan que, se não podia ficar com o bebê, então iria embora. Parte de mim tinha certeza de que ele mudaria de ideia quando visse que eu estava falando sério. Mas ele aceitou. Nem sequer falou com Elise. Ela é minha mãe, e não pôde dizer uma palavra sobre o meu futuro. Ela ficou angustiada. Ela me escreve toda semana. E também me visita com frequência, e sempre que vem enche a geladeira de comida. Ela sente muito minha falta. E eu sinto falta dela.

A voz de Mia se encheu de emoção. Havia amor verdadeiro por Elise.

— Ela é uma boa pessoa. Sempre me tratou bem. Mas nunca o enfrentaria. É uma serva dele. E eu não queria ser como ela.

Eu perguntei se Mia havia quebrado os trolls de madeira por raiva. Ela fez que não. Por dedução, só podia ser uma pessoa:

— Então foi Elise.

Mia sorriu diante da ideia de sua mãe pegando um machado para destruir os trolls de Håkan e falou:

— Quem sabe um dia ela resolve ir embora.

*

Perguntei sobre a bebedeira de Mia na segunda festa do *midsommar*. Ela negou. Se pareceu bêbada, foi porque naquele dia havia descoberto que estava grávida. Ela estava em transe. Os dez dias seguintes ela passou como prisioneira na fazenda — os piores dez dias da sua vida. Quando tomou a decisão, Håkan veio com um plano. Ele queria que ela desaparecesse. Não queria ter de explicar nada para a comunidade local. Ele não suportaria a vergonha.

Mia falou:

— A ideia dele era encenar uma história de fuga para que ele pudesse ser a vítima.

Minha mãe estava certa em ambos os cálculos. Para fugir de uma fazenda remota você precisava de um plano, mas o plano não foi de Mia, foi de Håkan. E houve uma conspiração. Stellan, o detetive, foi informado de que Mia não estava desaparecida. Ninguém estava procurando por ela. Os cartazes só foram colocados em lugares onde eram inúteis. Håkan transferia dinheiro para a conta de Mia no fim de cada mês. Ele pagava o aluguel do apartamento. Podia visitá-la sempre que quisesse. Até o momento, nunca o fizera.

Quando Mia terminou seu relato, perguntei se houve alguma situação de perigo. Minha mãe estava convencida de que Mia estava em perigo. Mia negou esse ponto crucial:

— Håkan nunca tocou em mim, nunca me bateu, nunca encostou um dedo em mim, ele não era assim. Ele nunca nem ergueu a voz. Se eu queria uma roupa nova, ele comprava no mesmo dia. Ele me dava tudo que eu queria. Dizia que eu era mimada. E tinha razão. Eu era. Mas ele não me amava. Eu não acho que ele entenda o que é amor. Para ele, amor é controle. Ele mexia nas minhas coisas. Ele encontrou o diário dentro do espelho que Anders esculpiu para mim. Guardou o diário de volta para que eu continuasse escrevendo e ele pudesse continuar lendo. Quando percebi o que ele estava fazendo, rasguei as folhas todas e pus de volta no espelho para ele ver. Isso o deixou furioso, como se o diário pertencesse a ele.

Perguntei sobre o suicídio de Anne-Marie e o ermitão no campo. Mia encolheu os ombros:

— Eu não a conheci muito bem. Ela era amiga de Cecilia, a mulher que vendeu a fazenda à sua mãe, e Cecilia culpava Håkan por seu suicídio, mas eu não sei por quê. Talvez Anne-Marie estivesse dormindo com Håkan. Não é nenhum segredo que Håkan tem casos. Para ele, a mulher de todo mundo era um alvo legítimo. Elise sabia. Anne-Marie era devota, quando sóbria. Você viu todas aquelas citações bíblicas, não viu? Mas ninguém flertava mais do que ela quando bebia, ela fazia isso na frente do marido, torturava-o com isso, sempre achou que ele fosse um completo idiota. Ela era horrível com ele quando estava bêbada, e cheia de culpa quando sóbria. No fundo, era uma pessoa muito infeliz.

— Por que Håkan quer tanto a nossa fazenda?

— Por motivo nenhum, além do fato de que ele possui todas as terra ao redor. Ele olhava para o mapa e a sua fazenda era uma mancha no reino dele, um pedaço de terra que ele não controlava. Era uma mancha. Isso o exasperava.

— Logo vai ser dele.

Mia refletiu sobre isso:

— Goste dele ou não, é difícil não respeitar um homem que sempre consegue tudo o que quer.

Eu imaginei Håkan se alegrando diante de seu mapa, mas aquela não era uma batalha para mim.

Mia vinha falando havia uma hora. Ela e Anders estavam os dois se perguntando o que mais eu poderia querer. Pedi a eles que esperassem enquanto eu dava um telefonema. Saí do apartamento e, no corredor frio de concreto, telefonei para o meu pai. Ele disse simplesmente que minha mãe não acreditaria em nada do que eu lhe contasse ou dissesse:

— Mia precisa vir a Londres. Tilde precisa ouvir da boca de Mia.

Depois da nossa conversa, telefonei para Mark, perguntando se poderia usar o dinheiro restante e comprar para Mia e Anders uma passagem para Londres. Durante nossa conversa o tom de Mark foi diferente. Eu tinha sentido muitos sentimentos afetuosos da parte dele, mas nunca admiração. Ele concordou com a compra das passagens. Eu lhe disse que o amava e que o veria em breve.

Dentro do apartamento, apresentei meu plano:

— Eu gostaria que vocês viessem a Londres. Os voos, o hotel, tudo pago. Ainda assim, sei que estou pedindo muito a vocês. Mia, preciso que você fale com a minha mãe. Preciso que ela a veja. Não é suficiente que eu repita a informação, ela não vai acreditar em uma palavra do que eu disser, ou o que meu pai disser, ela não fala comigo desde o verão, não vai falar comigo, não vai me ouvir, ela precisa ouvir isso de você.

Eles discutiram o assunto. Embora eu não tenha ouvido a conversa, imaginei que Anders estivesse relutante, preocupado com o estresse, pois Mia estava grávida de seis meses. Eles voltaram, e Mia falou:

— Tilde teria feito isso por mim.

Durante a viagem para Londres, Mia viu a bíblia da minha mãe e sua coleção de histórias suecas de trolls na minha mala. Quando fez menção de pegar, eu estava convencido de que a bíblia havia chamado sua atenção. Em vez disso, ela pegou o livro de histórias de trolls, examinando a ilustração:

— É da Tilde, não é?

— Como você sabe?

— Ela queria me emprestar. Disse que havia uma história em particular que ela queria muito que eu lesse. Sua mãe era maravilhosa comigo, mas eu nunca entendi por que ela achava que eu estaria interessada em ler mais histórias de trolls. Eu já tinha ouvido o bastante para uma vida inteira. Prometi pegar o livro, mas nunca o fiz.

Fiquei surpreso com a ênfase da minha mãe numa história em particular, curioso para saber a qual ela estaria se referindo. Ela nunca havia destacado uma história antes. Eu folheei o livro, tentando descobrir qual era. No meio do volume, deparei-me com uma história chamada "A princesa troll". Lendo as primeiras linhas, percebi que eram novas para mim. Não pude ouvir a voz da minha mãe, apesar de estar convencido de que ela lera o livro em voz alta muitas vezes. Verificando o resto da coleção, concluí que essa era a única história que ela havia pulado. De acordo com o apêndice, uma parte do livro que eu nunca explorei nem soube que existia, essa lenda de troll era uma das mais antigas. Havia inúmeras versões na Alemanha, na Itália e na França, em volumes de contos de fadas de Italo Calvino, Charles Perrault e dos irmãos Grimm. A variante sueca era de origem desconhecida. Comecei a lê-la pela primeira vez.

* * *

A PRINCESA TROLL

Era uma vez um grande rei que governava seu reino com justeza. Ao seu lado havia uma rainha mais bonita do que qualquer outra mulher e uma filha mais adorável do que qualquer criança no reino. O rei viveu muito feliz até que sua rainha ficou gravemente doente. Em seu leito de morte, ela o fez prometer que só se casaria novamente com uma mulher tão bonita quanto ela. Quando a rainha faleceu o rei ficou de luto, convencido de que jamais se casaria novamente. Seus cortesãos insistiram que seu reino precisava de uma rainha e que ele deveria procurar uma nova esposa. Ciente de sua promessa, o rei era incapaz de encontrar uma mulher tão bonita quanto sua falecida esposa.

Um dia o rei estava olhando pela janela de seu castelo. Ele viu sua filha brincando no orquidário real. Ela havia crescido e se tornado tão bonita quanto a mãe. O rei se levantou de um salto e declarou que ela seria sua nova esposa. Os cortesãos ficaram horrorizados e imploraram que ele reconsiderasse. Um sábio clarividente previu que tal casamento traria ruína ao reino. A filha implorou que seu pai repensasse, mas ele não quis. A data do casamento foi marcada. A filha foi trancada na torre para que não pudesse fugir.

Na noite anterior ao casamento, um dos cortesãos, temendo que o reino estivesse prestes a ser amaldiçoado por um ato tão perverso, ajudou a filha a fugir para a floresta encantada. Na manhã do casamento o rei percebeu que sua filha tinha desaparecido. Ele executou o cortesão. Então, mandou seu exército para a floresta à procura dela.

A filha certamente seria encontrada. Ela implorou à floresta encantada por ajuda. Um cogumelo veio em seu socorro. Se a princesa prome-

tesse cuidar da floresta, o cogumelo a ajudaria. Havia uma condição. Ela jamais teria contato com as pessoas novamente, devendo se dedicar ao mundo natural. A princesa concordou e o cogumelo soprou esporos mágicos em seu rosto, transformando-a em um troll feioso. Quando o exército do rei a encontrou espreitando detrás de um rochedo, recuou e continuou sua busca em outras partes.

A princesa troll passou muitos anos cuidando da floresta e se tornou amiga dos pássaros e dos lobos e dos ursos. Enquanto isso, o reino de seu pai caiu em ruína. O rei ficou louco em sua busca pela filha desaparecida. Finalmente, com o castelo desmoronando e seu tesouro vazio, o velho rei louco já não tinha servos para comandar nem cidadãos para governar. Ele partiu para a floresta a fim de procurar a filha pessoalmente. Passou meses rastejando pelo musgo, mastigando cascas de árvores, até que finalmente sofreu um colapso. O rei estava à beira da morte.

A princesa troll soube, pelos pássaros, do estado de saúde de seu pai. Ela o visitou, mas não ousou se aproximar demais. Vendo os olhos amarelos do troll entre as árvores, o rei lhe pediu que o enterrasse para que seu corpo não fosse dilacerado por corvos e para que ele pudesse, na morte, reencontrar a paz. O coração da princesa troll era puro. Ela se lembrou de seu amor por seu pai e pensou que deveria lhe conceder seu último desejo. No entanto, assim que assentiu com a cabeça, sua promessa se quebrou e ela se transformou, voltando à forma adorável de princesa, mais bonita do que nunca.

A visão de sua filha rejuvenesceu o rei doente. Cambaleando, ele se levantou e correu atrás dela. A princesa gritou por socorro. Os lobos e os corvos e os ursos atenderam ao seu chamado e dilaceraram o rei, cada um deles levando um pedaço do seu corpo para os cantos mais distantes da floresta, para se alimentar.

Depois disso, a princesa disse adeus aos seus amigos da floresta e regressou ao castelo. Tudo voltou à ordem. A princesa se casou com um belo príncipe. Estiveram presentes no casamento os ursos e os lobos. O telhado do castelo se cobriu de pássaros. A floresta encantada tingiu suas folhas de dourado em celebração.

O reino recuperou sua grandeza e a nova rainha governou com justeza e viveu feliz para sempre.

* * *

PEDI LICENÇA PARA ME levantar do meu assento e fui até a cozinha no fundo da aeronave. Na Suécia eu havia mantido a compostura, recusando-me a me deixar dominar pelas emoções entranhadas em minhas descobertas, concentrando-me no procedimento de reunir fatos e no objetivo de apresentá-los à minha mãe no hospital. Mas, ao ler essa história, não pude deixar de imaginar minha mãe sentada na minha cama, seus dedos se demorando nessa história antes de pular as páginas, recusando-se a lê-las, temendo ser incapaz de mascarar seus sentimentos, temendo que eu fizesse uma pergunta ou percebesse a tristeza que ela passou grande parte da vida escondendo, não só de nós, mas também de si mesma. Eu deveria ter lido essas histórias por mim mesmo há muito tempo, e me perguntei se minha mãe secretamente teria desejado que eu as lesse. Ela poderia facilmente ter se desfeito do livro, mas o manteve por perto, revisitando essa coleção de tempos em tempos, comunicando sua grande importância enquanto, ao mesmo tempo, se recusava a revelar por quê. Pensei no modo como sempre partilhamos da felicidade um do outro, acreditando que isso tornaria o momento mais intenso e mais duradouro, mas a tristeza também pode ser partilhada; talvez partilhá-la a torne menos intensa e mais breve. Se fosse assim, eu tinha, por fim, isso a oferecer.

Mark nos buscou no aeroporto. Eu expliquei para ele que havia deixado meu emprego. No ano-novo eu procuraria outra profissão. Se a ideia tivesse soado excêntrica, Mark teria manifestado reservas. Ele aceitou a declaração sem protestar, o que me fez supor que vinha pensando algo parecido havia algum tempo. Ele perguntou:

— O que você quer fazer?

— Preciso descobrir.

Meu pai estava esperando no hospital. Ele cumprimentou Mia com um abraço. Eu vi desespero em seu rosto. Senti isso também em seu corpo, quando ele me abraçou — a perda de peso, a tensão. Embora ele quisesse ir direto ao ponto, sugeri que almoçássemos juntos. Não queria que ninguém se sentisse apressado. E eu tinha um último assunto para tratar com Mia.

Encontramos um café antiquado perto do hospital. Eles serviram nossa refeição com um prato de fatias de pão branco macio com manteiga e bules de aço com chá coado tão forte que Anders até riu quando foi servido. Com a exceção dessa explosão bem-vinda de leveza, ninguém falou muito. Não saía da minha cabeça o fato de que o perigo era um elemento muito presente no modo como minha mãe concebeu os acontecimentos. Não era só infelicidade. Ela percebeu uma jovem em perigo. Havia um vilão. Rompendo o silêncio, perguntei a Mia novamente se ela estivera em alguma situação de perigo. Ela fez que não. No entanto, havia algo que ela não tinha me contado. Suspeito que a razão é porque ela não tinha contado a Anders.

Decidi arriscar, entregando a Mia a coleção de histórias de trolls, apontando para aquela que minha mãe queria que ela lesse. Um pouco perplexa, ela começou a ler. Ela deve ter sido próxima da minha mãe, porque, ao terminar de ler, ela chorou. Eu prometi que nunca mais perguntaria novamente, repetindo minha pergunta pela última vez:

— Você em algum momento esteve em perigo?

Mia fez que sim. Anders olhou para ela. Isso também era novidade para ele. Perguntei:

— O que aconteceu?

— O prefeito era um nojento. Todo mundo sabia disso. Ele fazia comentários sobre o meu corpo, sobre minhas pernas, meus seios. Ia ao banheiro e deixava a porta aberta, e ficava lá parado, esperando que eu passasse. Eu contei a Håkan. Contei a Elise. Ela admitiu que o prefeito era um velho sujo. Mas ele apoiava Håkan. Faria qualquer coisa que Håkan pedisse. Então Håkan me disse que eu deveria me vestir de forma menos provocativa perto dele.

Lembrei-me da primeira vez que minha mãe viu Mia e falei:

— No churrasco de verão, em maio, você tirou a roupa e foi nadar, na frente de todos os convidados.

— Foi minha maneira de dizer a Håkan que eu ia vestir o que quisesse e não ia me cobrir inteira porque o prefeito era um canalha asqueroso ou porque Håkan mandou. A premissa era boa, certo? Mas o prefeito era estúpido demais para entender. Ele achou que eu estivesse flertando com ele. Mais tarde naquele verão, eu estava lendo na minha mesa, tarde da noite, e quando levantei os olhos vi o prefeito parado à minha porta. Håkan estava jogando baralho com alguns amigos e saiu para levar um deles para casa porque tinha bebido demais. Håkan nunca ficava bêbado. Nunca. Mas ele encorajava outras pessoas a beberem. De todo modo, Elise não estava. De alguma forma eu e o prefeito ficamos sozinhos na casa. Eu nunca tive medo daquele homem antes, só o considerava patético, mas naquela noite eu fiquei com medo. Ele estava apoiado no batente da porta. Eu forcei um sorriso e disse ao prefeito que ia preparar um café para ele. Tive dúvida de que ele me deixaria sair da sala, porque ele não se moveu, então peguei a mão dele, fingindo me divertir, puxando-o para fora da sala, porque eu meio que sabia que ele achava que eu estava interessada nele e que só quando eu deixasse claro que não estava é que ele se tornaria perigoso. Eu disse que nós dois poderíamos tomar um drinque, não café, algo alcoólico, e ele disse que parecia uma boa ideia. Assim que ele colocou um pé na escada, eu virei as costas e corri. A porta do meu quarto não tinha tranca, mas a do banheiro sim, e eu a fechei com um golpe e tranquei a porta, gritando que não estava me sentindo bem e que ia tomar um banho, que ele podia se servir com café ou com o que quisesse. Ele não disse nada. Mas pude ouvir seus passos vindo em minha direção — pude ouvir quando ele chegou ao final da escada. Eu me perguntei se ele derrubaria a porta, não era uma porta resistente e a tranca era apenas um trinco. Vi a maçaneta girar, vi que ele forçava o trinco. Esperei, segurando uma tesoura de unha. Ele deve ter ficado lá por uns cinco minutos. Então foi embora. Mas eu não saí do banheiro. Fiquei lá até que Håkan voltou para casa.

O prefeito era o quarto nome na lista de suspeitos da minha mãe.

Anders segurou a mão de Mia, perguntando, em uma voz suave:

— Por que você não me contou?

— Porque você teria tentado matá-lo.

Acrescentei:

— Mia, quando você conversar com a minha mãe, pode começar contando isso?

A enfermaria da minha mãe ficava atrás de duas portas de segurança, a gravidade de seu estado expressada pelo forte som metálico de cadeados se abrindo e se fechando. Meu pai havia persuadido os médicos a postergar o uso de terapia intravenosa, aguardando até que eu voltasse. Ficou combinado que Mia entraria sozinha, visto que nós não queríamos que minha mãe se sentisse coagida. Mia ficou feliz com esse acordo, mostrando grande força, aparentemente inabalada pelo ambiente à sua volta ou pelos pacientes perambulando pelos corredores. Ela era uma jovem notável. Anders a beijou. Uma enfermeira a acompanhou até a sala de visitas.

Tirei o relógio, para evitar contar os minutos. Eu estava sentado ao lado de Mark, que estava sentado ao lado do meu pai, sentado ao lado de Anders, os quatro um ao lado do outro, nenhum de nós capaz de ler um jornal, ou verificar o telefone, nenhum de nós capaz de passar o tempo de outra forma que não olhando para o chão ou para as paredes. De tempos em tempos a enfermeira vinha nos manter atualizados. Ela verificava pelo visor na porta e informava que Mia e minha mãe estavam sentadas lado a lado, de mãos dadas, profundamente envolvidas na conversa. Elas não se moveram dessa posição. Quando a enfermeira voltou pela quinta vez, ela se dirigiu a nós como se fôssemos uma só família:

— Sua mãe quer dar uma palavra.

Este livro foi composto na tipografia
Adobe Garamond Pro, em corpo 12/16, e impresso
em papel off-white no Sistema Digital Instant Duplex
da Divisão Gráfica da Distribuidora Record.